U0566266

银幕之海

李道新　著

中国国际广播出版社

银海与生命（访谈代序）

应上海戏剧学院主办的《电影研究》之邀，2020 年 1 月，北京师范大学陈刚教授与李道新教授有过一次访谈。此访谈以《影道惟新：中国电影史研究的创化与传承》为题发表于厉震林、万传法主编的《电影研究 7》。

特以此访谈代序。

学术之路与人生旅程

陈刚：李老师，您曾经说过："实际上，我的很多学术论文，看起来客观理性不可亲近，但还是跟我的人生旅程和情感经历联系在一起的。"这一点我非常赞同，学术之路不仅是一种职业选择，更是一种人生状态。其实，每一个人生节点的转折，都会受到内在和外在因素的影响。从石首到黄石再到西安，最后落脚在北京，学术和北京大学（简称"北大"）既是您不断追求和自我超越的结果，也是冥冥之中您必然的人生归宿。

李道新：正是如此。也就是在这几年里，基本出于被动的要求，我开始回顾自己的过去并修整杂乱的思绪，也才真正开始意识到发生在自己身上的，跟时代与个体、学术与生命等相关的各种命题，算是逐渐获得了某种必需的身份认同和自我意识。爱我所爱，常怀感恩；轻装上阵，步履不停。我想，五十知天命，先贤是对的。

记得很清楚的是，当我还在湖北师范大学读书的时候，19 岁生日那天，我曾经躺在宿舍的床上默默地对自己说，一定要努力，成为一个真正的诗人，否则白活了一生。倏忽之间，30 多年过去了，我没有成为诗人，却在北京大学这个中国新诗发源地和诗人多如未名湖水的地方，成为一个职业的中国电影史研究者。奇怪的是，虽然我已经年过半百，却也感觉没有白活一生。

在一篇小小的公众号文章《我的诗生活（西大篇）》（2018）里，我曾经这样描写过硕士毕业之后我的"诗生活"："留校两年，我的主要任务，竟然是为历史系的本科生讲授中国当代诗歌，这也是母校留给我的特殊记忆。西安就是这么一个神奇的地方，史与诗总是触手可及，并且结伴而行。然而，北岛、舒婷、顾城、周涛、杨炼、欧阳江河，不仅需要自己懂得，而且要让学生喜欢，想起来都是不容易的事情。因为到了现在，我应该不会拥有这样的超能量了。这就是作为老师，面对学生讲诗的最大满足。诗里诗外，每一个生命都是相互感通的灵魂，在言语的节奏中体味内心的音声，继而在某一特殊的时空，抵达梦境的彼岸，拥有超越一切的诗生活。"

更进一步，由我个人署名出版的第一部著作，并不是我的博士学位论文《中国电影史（1937—1945）》，而是由北京大学中文系乐黛云先生组织的"金蔷薇·外国名人成功揭秘"丛书之一《波德莱尔是怎样读书写作的》（长江文艺出版社，1998）。实际上，在接触和研究波德莱尔的那些日子里，我已经在中国艺术研究院获得了电影史论专业的博士学位。这本书的写作，在我进入电影史研究的职业学术生涯之前，不经意而又恰到好处地纵容了我对诗的热爱和对诗人的全部想象。

确实，冥冥之中，人生自有归宿。一路走来，原来是为了将诗与史、影与文以及电影史研究和诗文创作跟自己的生命连接在一起。意识到这一点，也让我自己非常吃惊。

这就让记忆回到了1989年。在我刚刚进入西北大学攻读硕士研究生的那个秋天，偶然在西安大雁塔附近遇到一个电影摄制组，正在拍一部叫作《西安杀戮》的电影，我便跟着人群围观了大半天，还在人流的缝隙处看到了坐在椅子上威风八面的导演。不久，我还特意在西安边家村电影院看了这部非常特别的武侠影片。十几年以后，为撰写《中国电影文化史（1905—2004）》，我才发现那天的偶遇具有不同寻常的意义。因为我终于知道，那天我跟武侠电影大师（张彻）的最近距离，只有不到一米。而在银幕上看到的某个镜头，自己也曾在拍摄时目睹过它的数次NG（重拍）。

1990年春天，我在西安第一次听说了邵逸夫这个人，并有幸在西北大学目睹了这位电影奇人和商界巨子精瘦干练的背影。在一篇纪念邵逸夫先生的文章《邵逸夫：绵长的光影》（《中国艺术报》，2014）中，我曾经描述："那一天，西北大学校园里的白玉兰骄傲绽放、清香阵阵。邵逸夫出席了由他捐资一千万元港币并倾心关注的西北大学图书馆落成典礼。这是邵逸夫于 20 世纪 80 年代末在内地捐建的首批十所高校图书馆中的一座，也是西北地区首座逸夫图书馆。我迫不及待地进入其中，在目送邵逸夫背影远去的同时，突然察觉到自己终于结束了身心的流浪，重新回到了书的故乡。"

没想到，四年后，我便有机会坐在北京前海西街的一座前朝王府里，沉浸在 20 世纪 20—40 年代的老旧影刊中，不断地看到邵逸夫及其兄弟们。那是一个家族企业为了生存和发展左冲右突、里应外合却又常被围攻、总遭诟病的过往，有些不堪，却也无伤根本。接下来的一些年，几乎在每一个学期，我都会面向北京大学各个院系的选课学生，讲到邵逸夫及其创建的影视帝国和东方奇迹，并佐以《大醉侠》（1966）、《独臂刀》（1967）等经典名片。每当课堂上出现侠客义士赤膊上阵、盘肠大战的画面，总会引发无数惊叹；而当邵氏兄弟（香港）有限公司的标志"SB"赫然在目时，照例会有一阵心照不宣的笑声。这个时候，我就会指着窗外的两座逸夫大楼说，历史其实一直活着，电影就在我们身边。

陈刚：您是中国第一届电影学博士学位获得者，李少白先生是您的博士生导师。您在追思少白先生的文章中写道："作为影史'李家军'的一员，我是误打误撞考入师门的。直到今天，我也不知道当时的先生为什么没有拒绝我的贸然拜访并打消我的考博诉求。事实上，当我在 1993 年的寒冬从西安走进京城恭王府的那间办公室之前，我既没有读过《中国电影发展史》，也没有看过《小城之春》（1948）。我还记得先生没有试探我最害怕的专业问题，只是在临走之际送了我一本他的《电影历史及理论》。"

可以看出，您在准备考博之前，并没有非常深厚的电影理论和影史研究的知识背景，那您为什么要选择跨专业报考电影学专业的博士呢？对您来说，从文学史论进入中国电影史研究，只是研究对象的更换吗？在学科与研究范式上与之前的文学史论研究存在冲突吗？从波德莱尔到《小城之春》，在您的电影知识体系转换和不断丰满的过程中，您经历过怎样的彷徨、焦虑和自我超越？

李道新：确实，总有朋友和学生提出这样的问题。为了回答，我不得不认真地、反复地去回忆和思考当初的选择。有时夜深人静，想起 26 年前的那一段日子，真的恍若仍在梦中。不敢说当初就很明白，更不能标榜经历了怎样的彷徨、焦虑和自我超越，而是说一个人的过去、现在和未来，其实是由时代和时间所造就的，也跟自我的性情和命中的机缘联系在一起。

在前面提到的那篇公众号文章中，我曾经写道："在西北大学的时候，作为一位潜在的诗歌写作者，我虽然可以接受那些飘荡在太白北路的流行歌曲，但也更想从《小芳》和《涛声依旧》的伤感情调和怀旧情绪中走出来，直接面向族群和文化的悲怆，高傲地拷问历史与人。为此，便会就着西北大学图书馆门前的玉兰花香，在脑海中浮现'五月的地球死亡漂浮／哀伤滚滚'的句子；也会顺着西安环城西路的古城墙踽踽独行，发出屈原一般的天问'道义已殁／大厦将倾／谁在巷道的尽头／等待着我们／谁守望大地／眼眶里蓄满绝望的泪水'。"

总之，20 世纪 90 年代前半段，在西安，作为一个蜗居在集体宿舍和筒子楼里的年轻人，我开始用文学史研究和写作谋求职业，但也更希望举着海德格尔和李白的旗帜，以赤贫和梦想滋养自己的"诗生活"。但遗憾的是，下海的浪潮席卷中国，杜甫的长安，也几无诗意栖居的陋室；中国校园里的"诗生活"，也仿佛流浪者遇到丧家犬，同样不可免于无能的抵抗，还有饥饿的恐惧。已是告别的时刻，仅仅为了生活。

1994 年 9 月，我离开了西安。选择跨专业报考博士研究生，从中国现当代文学转向电影历史及理论，虽然较有难度，却也并非盲目冒险。我当时以为，电影史的时间跨度正好跟中国现当代文学史吻合，应该是我喜欢的，也还比较擅长；另外，同样作为一种讲故事和表情达意的艺术形式，电影跟文学之间的关系，应该比跟音乐、舞蹈、美术、建筑等的关系更加紧密，两者大约也能共享文学理论或文艺美学的很多概念和方法。因此，在考博之前，虽然没有足够的电影理论和影史研究的知识背景，但我还是拥有一定的自信。我相信，既然有能力研究文学，那么也应该有能力研究电影。后来，我才发现事情远远没有这么简单。好在当时的我，出于无知无畏，才能不计后果；因为无路可走，所以抓住了机会。我想，这既是个人的性格和偶然的运气，也是改革开放为我们这一代人创造的奇迹。

当然，在考博之前，我的电影梦跟诗人梦一样并行不悖，只是觉得诗人梦可以仅靠一支笔和一张纸，对于我这种祖祖辈辈出身农门、过早缺失家庭资助而且始终没有摆脱贫困的年轻人来说，或许相对容易实现；但电影梦就实在高不可攀，遥不可及。说实话，在此之前，我根本没有进去过电影制片厂的大门，也从来没有摸到过专业的照相机和摄影机。电影之于我，不仅有着极高的门槛，而且非常神秘。

回过头来说，虽然没有读过《中国电影发展史》，也没有看过《小城之春》，但在 20 世纪 90 年代前半段，这样的缺憾还是可以被理解的。毕竟，电影作为学术，或者说电影史作为研究方向，还远未像今天这么"热闹"，相反，甚至可以说极为"冷僻"，实在不太容易找到真正感兴趣的年轻人，遑论还有人"自投罗网"了。我相信这也是李少白先生没有婉拒我报考的主要原因。

我记得来北京之前，我已经搜罗了西北大学图书馆和陕西师范大学图书馆的许多电影文献，也在努力阅读能够找到的《电影艺术》《当代电影》《世界电影》等学术杂志，并在西安的各家书店里购买了仅有的一些电影书籍。因为无人指点，电影专业领域涉猎的知识又太乱太杂，缺乏应有的系统性，所以，当我拿到李少白先生送给我的《电影历史及理论》，并将《中国电影发展史》等基本著作如饥似渴地读完一遍之后，才真正发现零乱知识之间的有机联系，这就是经历了所谓的醍醐灌顶。

从现当代文学史进入中国电影史，不仅是研究对象及其理论方法的转换，而且是研究范式及其学科属性的更新。但在刚刚进入博士阶段学习，以及准备撰写博士学位论文的时候，我对此是缺乏理解的，往往表现得不以为然，甚至有点掉以轻心；又因生活困窘和家庭重负，以及文字资料和影像文献的双重欠缺，便很难摆脱此前研究中养成的"文学中心主义"惯习，忽视电影研究和历史研究本身的特殊性，其间产生的冲突，自然会在李少白先生对我们的指导和答辩委员会对我们的评价中表现出来。

现在想来，当年也是让导师太过操心了，有点过意不去。当然，作为国内第一届电影学专业的博士研究生，导师和学生都是新手，也是一定要付出代价的，能够达到差强人意，就已经算是阿弥陀佛了。

在此前的一篇访谈录（2017）中，我曾经表示："电影作为学术，最重要的部分恰恰是不同于文学的媒介特性及其无法被其他学科所替代的学术史。"迄今为止，我仍然将其当作自己最重要的学术观点之一。

如果让我重写1937—1945年间的中国电影史——实际上我已经通过各种方式，对"孤岛"时期的商业电影，以及沦陷时期的"满映""华北映画""中联""华影"等展开过进一步研究，我指导的一些硕士生、博士生也对此进行了较多的观照——我一定会做得更好一点，但仍然不一定会得到程季华先生的认同，也可能不会让李少白先生和我自己都满意。

因为在我看来，跟现当代文学史研究不同，中国电影史研究立足不同的学术语境，并已经形成独具特色的学术史。也正因为如此，还有太多的问题悬而未决，需要电影史研究者全身心地投入，才能逐渐接近电影的"原貌"和历史的"现场"。这也是我一直强调电影史研究的"门槛"，以及研究者自身的职业化和专业性的主要原因。

尽管在近二十年的教学和研究中，我都在致力于建构主体性、整体观与具体化的电影史学观念，并且试图从跨学科、跨媒介、跨文化与跨时空的史学视野，在战争、冷战与后冷战（全球化）的史学框架里"重写"中国电影史，但我也深知研究对象之

"难"，故而明白"重写"是多么艰巨的使命和重大的责任。

陈刚：对于我个人来说，您是指引我进入学术研究领域的领路人，这些年从写作方式到思维习惯，再到人生态度以及为人处世的方式，您对我的影响都非常大。从某种程度上来说，您更像一位父亲或者兄长。而在您很小的时候，您的父亲就去世了。父亲的缺席和父爱的缺失，对您的影响很大。在您的成长经历中，校园欺凌、贫困所造成的心理负担，一直挥之不去。

您在散文《老父亲》中写道："考大学的时候，我知道我的人生已经开始面临重大选择。我还没有成熟到胸有成竹地自作主张的地步，我希望五十九岁的父亲首先给我一个参考或者命令，然后我再遵守或者叛逆，两者必居其一。做父亲的不可能对儿子的选择无动于衷。但我终于失望了。我报了师范学院，我的父亲竟然再一次不置可否。"其实在您考大学的时候，您的父亲已经去世多年。我特别想知道，您的硕士生导师赵俊贤先生和博士生导师李少白先生对于您来说，是否在某种程度上也承担了父亲的角色？赵俊贤先生和李少白先生对您最大的影响是什么？

李道新：我也说过，父亲的缺席与父爱的早失，对我造成的影响极其深远。尽管我现在也已经是一个成年儿子的父亲了，但在父亲一辈的人面前，我仍然会手足无措，内心充满了莫名的情绪和特别的渴望。因此，我也非常关注父亲和父爱题材的电影作品，其中最能打动我的影片包括维托里奥·德·西卡的《偷自行车的人》（意大利，1948）、吉姆·谢里丹的《因父之名》（美国，1993）、杰茜·尼尔森的《我是山姆》（美国，2001）、萨姆·门德斯的《毁灭之路》（美国，2002）、蒂姆·波顿的《大鱼》（美国，2003）、查恩·厄尔马克的《我的父亲，我的儿子》（土耳其，2005）与多丽丝·德里的《当樱花盛开》（德国，2008）等。或迟或早，我都会写一本名为《父影》的书，献给我的父亲和父辈。

毫无疑问，我的硕士生导师赵俊贤先生和博士生导师李少白先生，在某种程度上承担了父亲的角色。两位导师待我如子，除了嘘寒问暖，在精神层面的关照也令我刻骨铭心。但师徒如父子，在我这里具有另一种含义，大约也只在精神层面。我不是一个善于表达感激的人，尤其是面对宽厚的父辈。父亲的早逝，不仅让我无法体会父爱的隐衷，而且学习不到人子的要诀。我知道我没有经验处理好这种关系，连失败的教训也没有。所以，除了立志要把学问做得更好，想让导师以我为荣，我做得实在不够多。

两位导师学风不同，性情有别，但都让我受益匪浅。赵俊贤先生在当代文学史领域的理论架构气魄与嬉笑怒骂手段，跟李少白先生在中国电影史领域的严谨治史功底与宽容平和心态，使我在处理学术研究以及为人处世中的诸多问题，尤其是"跨"与"度"等问题上，获得了诸多体会。这大概也是我会在诗与史、影与文之间寻找对话和沟通的主要原因。

陈刚：我记得很清楚，十多年前，我们住在长春做《长影史》调研的时候，您和我说过您经常梦到自己站在家乡的十字路口，找不到回家的路。后来我一直在想，是否是您在学术上寻找身份认同和自我定位的过程中，才会出现这样的焦虑映射？您后来希望建构的中国电影史研究的学术主体性是否也与之有关？

李道新：应该是有关系的。如果一直写诗或从事文学创作的话，我一定已经写了大量失怙失家、寻根望归的文字。因为在梦中，我总是找不到回家的路。反映在日常生活里，应该就会体现出安全感和归宿感的缺失及其带来的强烈焦虑。我相信我是有这种焦虑映射的。

对于我们这一代学者而言，20 世纪 80 年代开始即受到西方文化思想的熏陶和影响，对弗雷德里克·詹姆逊、雅克·德里达、米歇尔·福柯以及吉尔·德勒兹等人的了解，甚至比对刘勰、朱熹和王阳明还要多很多。现代与后现代的诸多经典论述，以及主体间性、去中心和解构等概念，我们并不陌生，如果将其移植或运用到中国的电影研究中，便有望获得海内外学者的关注和肯定，这在 80 年代即已成名的一代电影研究者中得到了较好的示范效应。

但我觉得不能继续。首先，在具体的中国电影史研究中，迄今为止，我仍然无法脱离丰富而又复杂的历史"现场"，将对中国电影的阐释纳入某种"现代性"或"白话现代主义"的视野之中；其次，我在对能涉猎的大量海外中国电影研究成果予以学习吸纳的过程中，越来越多地意识到，海外中国电影研究，甚至包括一部分中国内地的中国电影研究，其实深植于西方人文社科体系，或者说只是为西方人文社科理论及其相关概念提供一种有效的旁注或解释的案例；最后，我并不认为在当今世界，所谓的跨国主体以及超越了民族界限的电影广泛存在并能凸显出历史的脉络。

基于这样的考虑，这几年我一直在呼唤建立中国电影史研究的主体性，既包括跟鲁晓鹏教授的争鸣，也包括对中国电影学派进行知识构建或学术史层面的探究，还包括影人年谱工作的展开。

陈刚：您曾经回忆："在西安的五年，是我人生中最大的改变。就像一个轻飘的灵魂，突然遭遇厚重的历史和鼎盛的人文，到今天都还要用全部的身心去接引。"您的硕士生导师赵俊贤先生曾经和您说："与其做二流的诗人，不如去做一流的学者。"从前不久您刚出版的那本诗集来看，里面的大部分作品也都是您在西安求学和工作的时候创作的，是什么原因让您当初真的放弃了创作而全身心投入学术之中？完全是因为赵先生的话吗？还有没有其他的原因？您怎么看待学术与创作之间的关系？我发现您最近公众号里的文章，写作方式少了一些理性分析，反而多了一些感性随想，故事性和阅读性也都更强，您是有意为之吗？

李道新：现在看来，诗人是自我当年的期许，学者是师长此后的发现。感谢西安五年的学习工作带给我的启发和思考，也感恩硕士生导师赵俊贤先生对我学术能力的发现和发掘，更感慨时代变迁和家庭生活引导着我一步一步地走到了今天，包括经常面临的各种困难和挑战。如果没有博士生导师李少白先生与各位师友的宽容、默许和期待，我也不会在那么长的一段时间里，全身心地投入学术研究之中去。

而将诗与史、影与文结合在一起，是我最近一些年来的主要追求。我希望在学术研究之中和理性思考之余，重拾曾经的文学创作之梦和感性生活之路；或者，希望在自己正在展开的表达实践中，更好地处理学术研究与诗文创作之间的内在关系。

目前，我的研究目标和写作计划，大约可以呈现出分工比较明确的三个层次：第一个层次仍然是讲求逻辑、符合规范并聚焦影史的学术著作，包括正在进行的学术论文写作，以及《中国电影与古典文学》和《中国电影通史》（三卷本）等学术专著的撰写，都是一个人投入的工作，类似学术项目的手工作坊，是真的要做一辈子的。第二个层次是尝试一种新影史写作，以史料的情感剪辑呈现光影的绵长肌理，以影者的人文关怀勾画历史的别样轨迹。看起来是影史故事，读起来也颇有趣味，但仍然尊重历史的"真实性"，并以对史料和文献的发掘、整理和考释为基础。第三个层次便是相对自由的诗文写作，题材和篇幅等均能率性而为。第二、三个层次的文字，就是主要发表在公众号的那些文章，大多诉诸感性，纯属有意为之。

我在这几年出版的著作中，有三种是我自己更为看重的。第一种是《光影绵长：李道新电影文章自选集》（2017），收录了迄今为止我的代表性学术论文 22 篇，试图在对电影史研究的理论与方法，以及具体的电影史研究实践进行全方位、多层面探索的过程中，在重建主体性与重写电影史的前提下，提出中国电影史研究的主体性、整体观与具体化。第二种是诗集《大地的方向》（2017），收录了我创作于 1989—1996 年间的 85 首诗，试图从汉语诗性、中国诗境与现代感知等层面，追溯、呈现并呼唤主要建基于 20 世纪 90 年代以来的时代精神、中国经验与个体困境，作为青年时代"诗生活"的纪念。第三种就是《影与文：李道新影视文化批评集》（2019），收录了多年来我撰写的影视评论、影人感怀、影事今昔和影著序评等 106 篇文章，基本呈现出学术评论和思想随笔的特征。

等到时机成熟，我还会争取出版一本真正的非影视文化散文集。

陈刚：您在西北大学教书时到处讲课，以缓解工资不高的经济压力，也经历过一家三口住在地下室的蜗居生活，我师母高红岩教授当初也是因为家庭经济压力太大不得已放弃攻读北大博士而入职北京交通大学教书。学术从来都不可能在真空的环境中开展，面对浮躁的社会风气和微薄的工资，您认为刚进入高校的青年教师该如何坚守？怎样在生存和学术之间做出选择和平衡？

李道新：大多数刚入高校的青年教师，跟我们当年一样面临着巨大的生存压力，甚至有过之而无不及。这一点我是知道的。我刚写完一篇文章《伤逝：悼袁本涛教授并为英年早逝的农裔高知而哭》，就是为悼念我的同乡、清华大学教授袁本涛而作。我发表的感慨是："当我们审视中国当代知识版图的时候，请一定记得，曾经有一代农裔高知，在难以想象的贫困与不可逾越的艰难之中，至死都在顽强地求生并坚守着底线，为他们心中的学术信念，也为他们自己的生命尊严。"

作为好不容易一路打拼，几乎也被折腾得有点精疲力竭的过来人，我不想劝说年轻学者清贫乐道、无望坚守。我认为新一代的年轻人，本来应该更加远离贫穷困顿和恶性竞争，在更好的平台和环境中从事学术，创造成就。但愿望归愿望，现实归现实。在生存与学术之间做出选择和平衡，是比生存与学术本身更加艰难的一道命题。相信每个人都会有自己的最佳方案。但我认为，最好不要为了学术伤害了生存，也不要为了生存磨损了学术。实际上，生存与学术可能并非完全对立，如果条件许可，最好能将生存与学术结合在一起，生而为学术，或者因学术而生。

"重写"中国电影史与史学范式的拓展

陈刚：在文章《民国报纸与中国早期电影的历史叙述》

（2005）中，您肯定了《中国电影发展史》的史料价值："迄今为止，在中国早期电影研究领域，还没有出现更新的研究成果，在积累原始资料、引述民国报纸方面真正超越《中国电影发展史》。这也意味着：《中国电影发展史》为中国早期电影史的写作奠定了一个不同凡响的起点和较难逾越的高度。"除此之外，从历史观和史学范式的角度，您如何评价《中国电影发展史》以及比之更早的中国电影史写作（比如郑君里的《现代中国电影史略》等）？这其实也是我们"重写"中国电影史的动因和起点。

李道新：其实，在发表你提到的这篇文章之前，我就发表过一篇主要讨论《中国电影发展史》《现代中国电影史略》以及为"重写"中国电影史寻求理论和方法的论文《中国电影史研究的发展趋势及前景》（2001），这篇论文正是从历史观和史学范式的角度，对《中国电影发展史》予以较为大胆的批评，甚至出现过这样的断语："在新的历史时期，尽管《中国电影发展史》仍是一般读者了解1949年以前中国电影发展历史的一条重要途径，但是，由于历史观及相应的电影史观的巨大嬗变，《中国电影发展史》已经失去了继续发挥其电影史学价值的基本依据。"后来，在一些场合遇到程季华先生，先生说要跟我好好"谈谈"，我才意识到可能是这篇论文"闯祸"了，心里不免惶恐。好在我们之间的谈话并没有进行，但这也成了不可弥补的缺憾。

邢祖文、李少白和程季华这三位先生相继去世之后，电影史学界对他们的贡献和成就展开了相应的纪念和研究。我也参与其中，并对《中国电影发展史》以及"重写"中国电影史等问题展开过更进一步的思考和探讨。在《无悔与不舍：程季华的中国电影史研究与中外电影学术交流》（2012）和《坚守与垦拓：程季华与中国电影主流史学》（2016）等论文中，我表示，有关中国电影史研究范式的讨论，以及"重写"中国电影史的呼声，其实都是建立在对程季华及其中国电影主流史学的反思基础之上。虽然鉴于中国电影主流史学"自身的价值取向"，一些相关话题和关键问题仍然没有得到更加深广的讨论，但程季华及其创建的中国电影主流史学"也已成为电影历史的重要遗产，值得后来者珍视"。

显然，针对老一代电影史学家以及《中国电影发展史》，在不同的阶段，我也会有不同的认知，总的来看是随着研究的逐步深入，也更多一些"了解之同情"。甚至在更近的一篇论文《影人年谱与中国电影史研究》（2019）中，我也对《中国电影发展史》在"述史体裁"和"治学方法"上取得的"重大成就"给予了肯定的评价。当然，针对《中国电影发展史》在历史观和史学范式等方面的问题，如受制于阶级分析框架与政党意识形态、缺乏电影面貌的多重性与历史内里的复杂性等，我始终是予以批评和反思的。

至于更早的中国电影史写作，如郑君里的《现代中国电影史略》等，我也在相关的文章中展开过较多的考察和分析。现在我倾向于将这样的研究工作当成中国电影史学术史的一部分。

在《中国电影史研究的发展趋势及前景》一文中，我以《中国电影发展史》为界，将中国电影史研究划分为前后两个阶段。在我看来，《中国电影发展史》之前的中国电影史研究，严格意义上的专著只有两部：谷剑尘的《中国电影发达史》和郑君里的《现代中国电影史略》。

另有一些成果则散见于各处报刊，由于缺少明确的历史观和电影史观的指导，也由于研究条件和研究者素质的限制，基本上还停留在对电影史料的一般收集和整理的水平上。只有郑君里的《现代中国电影史略》和于君的《中国电影史记》，在一定程度上弥补了这种缺憾。尤其《现代中国电影史略》，第一次从中国社会和中国电影错综复杂的矛盾中，找到了中国电影发展的基本脉络和规律，并在强调电影综合特性的基础上，基本摒弃了传统的编年式体例，开始运用民族矛盾和社会冲突的观点看待电影，是"最早一部值得重视的中国电影史著作"。

后来，在《中国电影：历史撰述的开端》（2008）一文中，我试图将"中国电影史学术史"上溯到更早的时段。在我看来，20世纪20年代，中华民族影业从萌芽走向初兴，中国电影人也开始了针对中国电影的历史撰述。深入分析这一时期专业性电影报刊上发表的相关文字，以及1927年出版印行的《中华影业年鉴》与《中国影戏大观》，可以看出，在开放的心态与比较的视野中，通过影戏溯源考、影业发展论与电影进化史等撰述形式，在把电影当作一种集社会改良、民众娱乐、艺术追求与商业竞争于一体的新兴实业的前提下，秉持着一种民族主义立场与历史进化观念，20世纪20年代中国电影的历史撰述，拥有一个不同凡响的起点与较高水平的开端。

作为"重写"中国电影史的动因和起点，确实需要建构一种电影史学术史。

陈刚：前几年，您提出了"中国电影史研究的主体性、整体观与具体化"的学术观点。在我看来，分别对应了电影史学研究中的研究主体（主体性）、史学观念（整体观）与研究方法（具体化）的问题，由此您完成了对于中国电影史学研究体系的自我定位。综观您"重写"中国电影史的研究实践，其实一直都在循序渐进地践行这"三体"，整体上呈现出系统性和体系化的特点。您能解释一下"三体"观点的形成过程吗？最近您对"三体"有没有更进一步的阐述和更新？

李道新：说起"三体"的形成过程，确实有点辗转反侧之后妙手偶得的感觉。自从 2001 年调到北京大学艺术学院任教开始，每学年我都会给研究生开设一个学期的电影史研究专题课。除了少数年份因请假、出国等情况合并到另一个学年，这个课程到现在已经开过 15 个学期。

我想说，教研结合与教学相长，是这门课程的主要特点，也是它带给我的最大快乐与收获。从一开始，我就尝试着将自己的研究方法、问题困惑与经验教训等纳入课程体系之中，并且尽可能地向选课学生展现我当时的思考轨迹、探索路径和写作方式，甚至跟同学们一起进行具体的研究和论文的撰写，反复讨论并共同分享论文写作从创意缘起、资料搜集和文献整理，到主题设定、观点调整，再到最终成稿等各个环节。我很高兴大多数选课和参与的同学都投入了巨大的热情，也因此对学术研究产生了浓厚的兴趣，并在北京大学形成了一种电影史研究的独特氛围。当然，北大图书馆的报纸杂志，以及现在拥有的各种数据库，也是我们的教研能够顺利展开的重要支撑。

这样，在教研结合与教学相长的过程中，通过锲而不舍地翻阅《申报》《大公报》《电影月报》《青青电影》等民国报刊，我们得以一步步地进入中国电影的历史"现场"，随后又在汗牛充栋的数据库中爬梳整理中国电影的知识体系，并逐渐确立"影人年谱"的研究思路。这也使我自己的学术研究，得以落脚在比较丰富复杂的中国电影史的具体问题之中，并借此展开理论和方法层面的思考。

除此之外，随着电影教育与学术交流的日益繁荣，电影史研究也逐渐从"冷僻"之学转变成某种意义上的"显学"，相关领域的学术成果也能在海内外更多地发表和交流。我自己就有幸到访过香港大学、台湾艺术大学以及釜山大学、圣彼得堡大学、罗马大学、华盛顿大学、加州大学伯克利分校、哥伦比亚大学、哈佛大学等地，并在东京大学跟刈间文俊教授一起开设过中国电影史研究的相关课程，始终跟学界保持着紧密的关联性，也因此有幸获得更加多样的体会和比较深广的视野。

我记得是在跟美国加州大学戴维斯分校的鲁晓鹏教授就"华语电影"、"跨国电影"和"重写电影史"等问题展开争鸣之前，"主体性"问题就已经成为我特别想要展开的论题。那篇在海内外引起争鸣和较大反响的文章，便题为《重建主体性与重写电影史——以鲁晓鹏的跨国电影研究与华语电影论述为中心的反思和批评》（2014）。争鸣没有在学术规范的语境中走得太远，但引发了我对"重写"中国电影史的更多思考。

正是在2015年春季学期的电影史研究专题课上，"主体性"、"整体观"与"具体化"三个概念跃入我的脑海，兴奋之余也吃惊地发现，这三个概念正好可以归结为中国电影史研究的"三体"。随后，我撰写了一篇论文《中国电影史研究的主体性、整体观与具体化》，发表在《文艺研究》2016年第8期。

最近两三年来，我们被数据库深深地吸引，也想通过影人年谱研究为中国电影史寻找新的理论和方法，其中很多问题和观点，跟"三体"殊途同归。

陈刚：其实，您的"重写"中国电影史研究实践，是一个不断清晰或者叫"渐显"的过程，您在努力寻找各种重新进入中国电影史研究的新视角，并且不断向文学、历史学、传播学、政治学、社会学、经济学和新闻学等文史哲以及其他人文社会科学借鉴研究方法和理论资源，从而拓展中国电影史的研究范式，您怎样看待跨学科的研究思维？这是否是拓展史学范式的唯一途径？在借鉴其他学科的研究方法和理论视角的过程中，该如何保持中国电影史研究的主体地位？

李道新：跨界不仅是当代学术的重要趋势，而且是电影作为学术的必然要求，还是我个人作为学术主体学科背景的自然选择。美国电影史学家罗伯特·C. 艾伦和道格拉斯·戈梅里曾经指出："关于电影史研究，有一点很令人兴奋（这一点使电影史研究独立于其他史学分支），那就是它几乎可以从任何一个地方着手研究。"两位学者的观点，对我的鼓励和影响非常巨大。

跨学科的研究思维，是拓展史学范式的重要途径，但并非唯一途径。在我看来，在借鉴其他学科的研究方法和理论视角的过程中，也要极力尊重并有效坚守电影学与历史学以及电影史学自身的学术史及其规定性。首先，电影史学是电影学分支，而非历史学分支；其次，跨学科的电影史，如电影文学史、电影美学史、电影传播史或电影产业史等，是电影史学分支，而非文学史、美学史、传播史或产业史的分支。以此类推。只有这样，才能凸显电影史研究主体的职业性和专业性，也才能保证电影史研究的独立性和权威性。

陈刚：除了《中国电影史（1937—1945）》（首都师范大学出版社，2000）是断代史，您已经出版的专著《中国电影批评史》（中国电影出版社，2002）、《中国电影的史学建构》（中国广播电视出版社，2004）、《中国电影文化史（1905—2004）》（北京大学出版社，2005）和《中国电影传播史（1949—1979）》（中国电影出版社，2021）都是通史，属于历时性的写作。但是，以法国年鉴学派为起点的西方新史学已经经历了从历时性研究到共时性研究的转变，研究对象也从宏观逐步走向微观、从精英走向"草根"。在您看来，中国电影史写作是否需要摆脱线性叙事？是否需要对西方新史学的转向做出回应？

李道新：我对以法国年鉴学派为起点的西方新史学颇为景仰。我在撰写《中国电影文化史（1905—2004）》的时候，以及在"三体"的形成过程中，还有面对一些具体的电影史研究个案之际，也都会受到西方新史学的感召，但也争取做到以我为主、博采众家、固本培基、兼收并蓄。对目前正在兴起的"全球史"，我也保有极大的兴趣。我一直在期待跨国主体的生成并努力寻求主体间性，我相信电影史研究最终的目标是走向一种"全球电影史"。

然而，跟历史本身一样，电影史的丰富性、复杂性甚至矛盾性也超出所有人的想象。特别是对于亚洲、非洲、拉丁美洲的国家和民族的电影史（或"第三电影史"）而言，去帝国、脱殖民与民族化、抗争性的电影史构建，到底能在多大程度上跟第

一、第二电影史整合成一种跨界交互的电影史构架，其实是需要进行更加深入广泛的思考和探求的。这也是我特别关注亚洲电影论和亚洲电影史的原因。在刚刚发表的《作为方法的亚洲电影》（2019）一文中，我也是想从更加宏大的视野，如从亚洲电影的高度观照中国电影史，反之亦然。

这样，对于回答是否需要摆脱线性叙事，以及是否需要对西方新史学的转向做出回应等这样的问题，我还需要进行更多的准备和思考。至少现在，我觉得我不可能摆脱电影史的分期及其线性叙事，因为这会关涉电影史的价值和意义等根本的问题。

陈刚：洪子诚先生在《材料与注释》一书中说："尝试以材料编排为主要方式的文学史叙述的可能性，尽可能让材料本身说话，围绕某一时间、问题，提取不同人，和同一个人在不同时间、情境下的叙述，让它们形成参照、对话的关系，以展现'历史'的多面性和复杂性。"在中国当代文学史学界，史料研究已经成为一种史学的研究方法和写作范式。您之前提出的从民国报纸进入中国早期电影史研究的倡议以及您最近提出的影人年谱研究，我认为都是对此的积极呼应。那么在您看来，史料研究只是占有和玩味史料的"钩沉之术"吗？史料研究是否也应成为中国电影史的一种重要的研究方法和写作范式？随着中国电影史学科意识的深化，中国电影史料学和文献学的建构是否越来越迫切？

李道新：谢谢你在文学史研究和电影史研究之间建立的联系，这也带给我更多的启发。洪子诚老师的书我也是经常在读。应该说，一开始我就没有打算沉湎于史料之中，更不会把史料研究当作占有和玩味史料的"钩沉之术"。实际上，跟很多研究者相比，我的史料功夫并不特别深厚，在这一点上，我是有自知之明的。

从发现《申报》的那一刻，我就努力想让史料和文献成为中国电影史的一种重要的研究方法和写作范式。因此相继撰写了《民国报纸与中国早期电影的历史叙述》（2005）、《沦陷时期的上海电影与中国电影的历史叙述》（2005）、《〈人民日报〉与新中国电影的生存空间》（2007）、《中国电影：历史撰述的开端》（2008）、《史学范式的转换与中国电影史研究》（2009）、《冷战史研究与中国电影的历史叙述》（2014）以及《影人年谱与中国电影史研究》（2019）等论文。甚至在很多时候，对自己如此"急功近利"的做法感觉还有点过意不去。

正如你所说的，随着数据库的出现以及信息流通的便捷，史料和文献总是短缺的时代已经远去，而对史料和文献的甄别、整理和使用，正在成为电影史研究中面临的重大问题，中国电影史料学和文献学的建构也确实越来越迫切。目前海内外相关机构及其研究者，也在这些方面展开了相应的研究和探讨。我也注意到，在《建构中国电影史料学》（2013）一文中，你也曾经对电影史料学进行过专门的研究，并呼吁中国电影史的研究者摒弃过去霸占史料的"圈地史学"观念和不愿做基础史料研究的功利思想，进一步加强形成文献的整理和出版工作，做到史料公开和史料共享，从而保证学术研究权利的平等性和学术道德的纯洁性。我非常赞成你的观点，并期待中国电影史料学和文献学早日出现。

不得不说，由于电影史料学和文献学的缺位，电影史研究中的许多基础性工作始终没有展开，这也在很大程度上制约着中国电影史研究学术水准的提升，甚至导致许多研究始终停留在重复性、低水平的循环之中，浪费了大量的人力、物力和财力。为此，我们是将影人年谱的研究工作跟对中国电影史料学的建构以及对电影文献学的探讨联系在一起的。在我们看来，各种电影年表、电影编年纪事、电影编年史与影人自传、影人传记、影人口述史，以及影人年谱（长编）等，作为电影学与历史学之间的跨学科生长点，既是进一步拓展电影史研究的史料学基础，又是"重写"中国电影史的方法论选择，还是建构中国电影学派的历史性撰述。

除此之外，本学期的电影史研究专题课，我们还试图引入"数字人文"概念，来讨论与此相关的一些问题，但愿能为电影史料学和文献学的建立带来一定的启发性，或者找到某种可行的路径。

事实上，电影（或运动影像）研究作为数字人文的重要组成部分，在西方学术界已经得到应有的重视。这体现在一系列以数字人文为手段，研究电影和活动影像的学术组织以及研究中心的先后成立。此外，有关数字人文与电影相关的科研项目也相继展开。纽约大学和哥伦比亚大学的相关统计显示，目前数字人文与电影和媒介研究的科研项目已经达到 53 个，一些有关数字人文与电影和媒介研究的论坛及会议也在陆续举办。

这些会议的目标，是提供一个跨学科以及相互协作的平台，使得人文学者、软件工程师、计算机科学家、图书管理员、档案学者等专业人员可以相互对话，从而实际解决一些研究中的问题，让专家学者从各自的专业领域出发，在历史写作、哲学、社会、文化、制度建立以及数字工具的运用和方法上，对电影与媒介问题展开讨论。现在看来，作为研究的方法和工具，数字人文可以通过技术以及算法深入分析电影的叙事结构、镜头语言与情节安排，通过日益丰富的数据库资源，可以在更宏观或更微观的维度，阐发和丰富电影史。

主体性与中西电影史学对话的可能

陈刚：您提出"需要搭建一个跨代际、跨地域的时空分析框架"，"并在多语现实及其国族意识和文化认同的基础上，将海内外中国电影整合在一起"，从而"在后现代主义与后殖民主义、文化认同与国族认同的张力之间，确立中国电影史研究的整体观"。其实，您一直都努力以超越地域、意识形态和政治分歧的方式，将中国大陆电影、中国香港电影和中国台湾电影纳入同一个中国电影历史研究的框架之中（但非"华语电影"的研究框架）。然而，您的立场并不一定会被中国的港、台和西方学者所完全认同，甚至已经成为您和他们的根本分歧。您为什么一直秉持着这样的学术立场？这是不是就是您所坚持的学者"主体性"？

李道新：这个问题又要把我拉回那场学术争鸣。其中的一些观点，我已经在几篇相关的论文和车琳对我的访谈《"华语电影"讨论背后 —— 中国电影史研究思考、方法及现状》（2015）中有过阐述，就不再展开了。我想，主要是因为我在研究中国电影史的过程中，有意无意地把自己当成了一个"中国"的、"电影"的和"历史"的学者。在我的观念中，无论"中国"，还是"电影"，或者"历史"，都不是不证自明的对象；相反，三者都需要进行理性的辨析与学术的观照，这可能就是我所坚持的学者"主体性"。

我的学术立场来自我无法选择的农门出身和有意秉持的本土关怀，以及改革开放以来的教育背景和"60后"一代学者的代际特征，没有太多引人关注的地方。如果说还有什么值得标榜的话，那就是还能被学术的信念所感动，也能为生命的尊严付出更多。

陈刚：在《中国电影批评史》中，您以批评史作为贯穿中国电影一百年的纽带，在时间维度上整合了不同意识形态的中国电影，并跨越了以政治划分时期的局限。在《中国电影文化史（1905—2004）》中，您又把历史叙述的时间维度划分为早年的道德图景（1905—1932）、乱世的民族影像（1932—1949）、分立的家国梦想（1949—1979）和整合的文化阐发（1979—2004），通过探寻共同的历史脉络和文化身份，将中国大陆、中国香港和中国台湾的电影整合在文化史的框架之中，深入阐发中国电影共同的精神走向及其文化意涵。而在您正在写作的《中国电影通史》中，又依循战争（1895—1949）、冷战（1949—1979）与全球化或后冷战（1979—2015）的历史分期，跨越了不同历史时期区域政治格局的变化，迈向了更加世界化和全球化的框架语境中。

把中国电影置于世界政治和经济格局下进行考察，也有效地将不同区域的中国电影整合在一起。法国年鉴学派的著名学者雅克·勒高夫曾经提出："我们必须给历史分期吗？"面对历史的连续性和断裂性，尤其是在全球化的当下，我们应该如何重新审视历史分期的问题？它对于中国电影史写作意味着什么？

李道新：历史分期的问题太过复杂，前面大约提了一下。在《我们必须给历史分期吗？》（2018）一书中，雅克·勒高夫重新反思人类感知、把握和切割时间的方式，通过对中世纪和文艺复兴之间关系的研究，得出结论：文艺复兴时期只不过隶属于欧洲漫长的"中世纪"，而漫长的中世纪直到18世纪中叶才结束。正如书评家们所言，勒高夫展现了为一个新时代命名是如何包含了对先前时期的拒斥，当我们论断说"这是文艺复兴时期"时，我们便抛弃了中世纪。勒高夫启发我们要避免这样的偏见："断裂是人们对历史的误读，连续才是历史的常态。"

我以为，雅克·勒高夫对历史研究中历史分期的批判是值得深入反思的。在中国电影史研究里，已有的历史分期也确实粗暴地切割、无情地遮蔽或严重地误导了我们对研究对象的阐释，这一点是毋庸置疑的，但在很多情况下又无能为力。我觉得我在中国电影史研究领域这么多年的努力，也是在试图寻找一种更加有效的历史分期，以便最大限度地彰显、接纳或承载更加丰富和复杂的电影历史。但即便如此，也仍然通过新的历史分期造成了对历史的新的断裂。我现在能想到的是，影人年谱（长编）或许在某种程度上可以克服这一点。

陈刚：这就带给我们一个无法回避的疑问，就是历史写作的主体是谁？历史写作是不是一种个人写作？如果是，个人与历史之间如何建立关联？毫无疑问，个人写作无法回避个体经验的介入，这种由自身经验所形成的"主体性"或"主体意识"势必会影响写作文本的历史观。

李道新：在一篇书评中，我曾经对德国历史学家约恩·吕森的《历史思考的新途径》发表了看法（2010），可以算作我的历史理解。

在我看来，一度被利奥塔和德里达等后现代主义者"解构"，更被海登·怀特"元史学"确立为"诗学本质"的历史叙事，虽然充满着颠覆的快意与魅惑的气质，但在约恩·吕森的书中仍被再一次界定，这是我最感兴趣的部分。而在现代主义与后现代主义文化路标的中间地带，约恩·吕森孜孜不倦地寻求平等运用、互认差异与理解分歧的原则，在 20 世纪人类危机，特别是大屠杀的回忆和悲痛的主体实践中，拯救历史被迫中断的意义拓展着历史思考的新途径，这是最能感动我的部分。

这种以跨越、协调、交流与整合等为特征的历史理论，既有现代史学的理性方法和经验研究，又有后现代史学的叙事策略和导向力量，更从哲学的层面对历史意义、历史意识、历史文化、历史责任及其伦理维度进行了批判性思考，显示出一个当代史家深广的专业水准与博大的人文关怀，这便是我最佩服的部分了。

陈刚：其实我认为您有一种自觉的意识或者冲动，希望与西方学界进行对话和交流，比如您之前和鲁晓鹏教授有关"华语电影"和"学术主体性"的争论。汪琪先生在《本土研究的危机与生机》（华东师范大学出版社，2016）中提出，我们"是否要接纳、排拒或创新西方理论"？然而，"盲目的排拒与草率的创新就和盲目接受一样，也会是个问题"。对于中国电影史研究来说，我们的"本土理论"是什么？在中国电影史研究领域，我们应该如何看待自己？看待西方？又如何与西方对话？如何摆脱余英时先生所谓的"双重边缘化"的困境？

李道新：其实我们一直明白，面对西方理论，盲目接受、盲目排拒和草率创新都是不可取的，"西方"已在我们之中，即便

"回归本土"，也不能以"去西方"为前提。在汪琪先生看来，华人学界需要面对的最大挑战，不是方法论上的障碍，更不是所谓思想能力上的缺陷，而是如何重建中国知识分子在实施科举制度以后就丧失的学术主体性，以及因"西方主义"而丧失的自信心。更重要的，是必须重新深入认识被现代教育体制所削弱的文化资产，并且反思这种文化资产在现代学术中的意义，赋以时代意义。为了应对西方知识体系，汪琪先生提出了以下学术主张：以"可共量性"与"不可共量性"所共同营造的"共通性"作为非西方学界扎根本土以及与西方学界理论对话的途径。

作为一种学术主张，汪琪先生的观点具有相当的代表性，也是大多数中国学者看待自己和西方并与西方对话的一种方式。对于中国电影史研究来说，现存的"本土理论"非常有限，往往捉襟见肘，确实有待发掘或予以阐释。但在此之前，还是可以从中国电影知识体系或中国电影史学术史中寻找跟西方理论的某种"共通性"，并以此回归中国本土的语境，重建中国电影的理论话语。

余英时先生所谓的"双重边缘化"困境，确实是中国知识分子、中国电影人与电影史学者面临的普遍命运。轻易摆脱社会政治与思想文化的"双重边缘化"是不可能的，也缺乏历史和现实的依据。只有依靠一代又一代知识分子和电影学者的共同努力，并仰赖国家民族的前途和人类命运共同体的命运，才有可能真正获得我们的学术主体性。

陈刚：在您看来，建构中国电影学派，如何与世界电影在创作实践和话语体系上形成对话？是我们重新建构一个对话的秩序，还是纳入以往西方建立的秩序和范式之中？这关系到您所说的如何"在知识体系和价值观念的层面审视自我，而且可以在世界电影和国族电影的框架中定位自身"。

李道新：建构中国电影学派，是一个目标非常宏大、主体和诉求也较为复杂的文化工程，当然不可一蹴而就。在这方面，在此前发表的相关文字中，我总想试图重建一个中西方对话的平台。

我认为，无论是对中国电影学派进行理解和阐释，还是积极促进或努力推动中国电影学派，都需要在知识体系的层面，观照并构建中国电影学派的交往平台、理论框架和考察方法，并通过历史脉络的梳理、现实处境的探析和未来愿景的想象，寻找并赋予中国电影学派本应拥有的自主性和深广度。与此同时，作为一种能使中国电影学派更易于被理解和吸收的工作理念，中国电影学派的知识构建，需要在处理中国电影的知识组织、导航、标识和检索的过程中，指向其不可或缺的主体意识、整体把握和具体观点。

与诗歌、戏剧、音乐和美术等文学艺术领域相比，电影知识体系并不具备相应的时空跨度，但却拥有更为丰富复杂的精神当下性、社会共享性和文化延展性。作为 19 世纪末期以来出现的最重要的文化工业之一，电影知识体系也已整合世界文明的方方面面，凝聚着人类宏赡幽微的思想情感。无论是全球流行的好莱坞电影工业体系，还是爱森斯坦的蒙太奇学派、意大利新现实主义和法国电影新浪潮，以及波兰电影学派、巴西新电影等，都是各国电影在发展过程中得以形成的流派景观或学派传统，无疑已经成为各国乃至世界电影最重要的历史资源和文化遗产。

然而，鉴于各种原因，中国电影与世界各国电影之间的交流互动，并未得到应有的关注和系统的研究；海峡两岸的中国电影及其内在关联，也未予以全面探析和充分揭示；一个世纪以来中国电影的整体面貌，及其在特定历史时期的复杂状况，更未在学术的层面提纲挈领，或阐幽发微。随着全球化与互联网时代的到来，信息传播的碎片化与个性化趋势，不仅更会加剧因知识体系的缺失而带来的无法为中国电影有效"命名"的后果，而且更有可能沿袭此前以西方宏大理论和电影观念为中心的思维方式，并以此组织、标识进而解释、评价中国电影，使中国电影的话语权继续旁落。

正因如此，在学派框架下构建中国电影知识体系，便不仅意味着需要更加全面、系统和深入地分析考察中国电影，而且需要进入思想史和学术史的脉络，呼唤中国电影的主体性、整体观与具体化。这也是为了在知识体系和价值观念的层面审视中国电影，进而在世界电影和民族电影的框架中定位自身。

目录

上编 电影之中

下编　电影之外

上 编

电影之中

费穆是谁？是费米吗？

本学期开学第一天，起了个大早，测了个血糖，不低。

照例是走着去上学。天越来越亮，阳光越来越灿烂，很快就到春天了，尽管还没有春天的样子。但无论如何，春天总是好的。不然的话，就这么活着，还能怎样呢？

进了校门，走过逸夫楼，不知道楼里的人知不知道逸夫是谁，就像邱德拔体育馆里的人也不知道我知不知道邱德拔是谁一样。

想得有点多了，但经过理科教学楼的时候，还是会想，我也算在理科教学楼这种能容纳500人的大教室上过课、讲过电影的老师了。20年前，竟能够乐此不疲地组织有如此壮观场面的大课堂，真的是青春无敌。所谓青春小鸟一样不回来，确实是一眨眼就能体会到的真理。

下午3:10的研究生必修课——电影史研究专题，是我本学期三门课中的第一门，也是本学期开始第一天的课程。于是，就在刚进1教的那一刻，见到了王博副校长带领的教务部视察队伍，还有一台应该正在工作着的摄影机。好的，电影史研究专题课有可能在学校新闻里曝光一次了。

其实，从 2001 年开始，这门课我已经在北大准备了 22 年，总共讲了至少 11 次，不仅让我从一个精力充沛的"青椒"变成白发稀疏"大叔"，而且见证了我自己从"三史"到"三体"再到"三论"和"知识体系"的学术嬗变，也就成了生命的一部分。

我告诉这次选课的同学们，我现在准备写一本《电影史研究专题十五讲》，想要总结课程建设及教学科研的经验和教训。总的来说，《电影史研究专题十五讲》将以电影理论、电影批评和电影史研究的理论、方法与实践为中心，以跨学科、跨文化、跨国别与跨媒介的学术视野，对电影研究的理论与方法展开较为深入广泛的教学研究活动，并特别注重学术史的梳理、学术态度的建立与学术方法的养成；在学术命题的拓展、研究方法的创新以及相关论文的撰述等方面，追踪学术前沿、引领研究潮流。

按照惯例，本课程会要求观摩 10 部相关影片、阅读 10 本相关著作，并根据选题确定具体的学术研究方法，在此基础上撰写一篇基本达到在重要学术刊物发表标准的原创性学术论文。本学期则会要求，在数字人文视域里，以影人年谱或电影计量为中心，与中国电影知识体系平台（CCKS）互动，展开中国电影知识体系亦即中国电影学科、学术、话语体系与创新、评价机制研究。

在三个小时的课程中，我颇为得意地分享了我在 B 站（哔哩哔哩）找到的一个视频，南开大学数学科学学院教授顾沛主讲的数学文化十讲中的其中一讲"抽象群"中说："虽然不可能真正懂得数学文化，但已经懂得了其中的魅力。"是"数字人文"的学术转向，引导我这么晚才开始领略如此美好的人类智慧。半辈子错过了，在此后的生活与思维中不会再错过。

　　课程快要结束之际，话题便集中到正在大热之中的 ChatGPT。同学们纷纷发给我他们早已跟 TA 的各种互动记录。其中两条是关于费穆的（图1）。

请比较一下蔡楚生和费穆的异同

蔡楚生和费穆是中国的两位著名演员，他们在表演风格和作品类型上有一些异同。

相同点：

1. 两人都是中国的著名演员，在中国影坛有着广泛的影响力。
2. 两人都有着丰富的表演经验，演技高超。

不同点：

1. 表演风格：蔡楚生更善于表现戏剧性的角色，而费穆则更善于表现幽默风趣的角色。
2. 作品类型：蔡楚生更喜欢演戏剧和颇具探索性的电影，而费穆则更喜欢演喜剧和轻松风趣的电影。
3. 艺术生涯：蔡楚生和费穆在他们的艺术生涯中所取得的成就和获得的荣誉也不尽相同。

总的来说，蔡楚生和费穆是中国影坛的两位杰出演员，他们各有所长，在表演方面均有着不可忽视的影响力。

图 1　ChatGPT 界面截图 1

　　这一次，ChatGPT 基本不知道费穆和蔡楚生是谁，但还是煞有介事地展开了论述，看似很正确的样子，其实完全错误。另一次，ChatGPT 仍然不知道费穆是谁，但还算诚实，以为费穆就是费米（图2）。

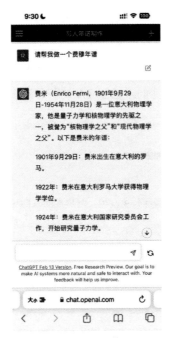

图2　ChatGPT界面截图2

再一次提醒 ChatGPT 之后，TA 勇于承认自己的错误，但还是坚持把费穆当成了费米。

看来，在目前 ChatGPT 的宇宙空间里，中国电影史上最杰出的电影导演之一费穆，仍然没有基本的存在感。我不知道是应该默认呢，还是应该怎么样。

2023 年 2 月 21 日　北京

儿童电影：不断开放的领域和边界

　　记得我家孩子五六岁时，曾经沉迷过一段时间的美国、日本动画片。先是迪士尼的《米老鼠和唐老鸭》与华纳兄弟的《兔八哥》，然后是日本的《哆啦A梦》和《数码宝贝》。在观看这些动画片的过程中，他还有一种非常强烈的愿望想要跟爸爸妈妈分享，并且注意收集、把玩和交流这些动画片的周边。在他慢慢长大的过程中，我和他妈妈都是忽视甚至阻碍他的动画片爱好的某种邪恶力量。但似乎在一个不经意的转折点，我突然发现，他不再沉迷于这些曾经让我们担心可能会荒废学业的爱好，他变成了一个不断考满分的优秀的小学生和中学生。

　　然而，我从他的放弃中感受到了巨大的失落。

　　现在，孩子已经长大并以世界为家。有一年我去英国看他，带着一款我自己突然喜欢上的皮卡丘公仔毛绒玩具。我觉得，这个矮矮胖胖、机灵聪明的皮卡丘，既是儿子的童年，也是我跟儿子之间不可分割的情感纽带。

　　动画片和儿童电影,是儿童身心成长的刚需,更是人生起步阶段不可或缺的精神寄托,是形塑一个人的人生观和世界观的基础性工程,蕴含着没有被我们充分阐释的更加深刻的价值和意义。在一个国家的文化、娱乐、影像、形象生态,及其所涵养和化育的国民文化素养和精神气质里,以动漫为中心的儿童电影占据着极其关键的位置。我们需要日美动漫,需要宫崎骏、哆啦 A 梦、樱桃小丸子,以及《猫和老鼠》《海绵宝宝》《超能陆战队》,更需要我们自己的动漫,既以中国学派的美学风格独步世界,又能创建中国故事的诸神谱系、神话宇宙与英雄 IP,尤其需要创建面向当下和未来的科幻世界及无限的想象空间。

　　不得不说,以日美动漫为主要代表的儿童电影,正在走向不断开放的领域和边界。就像《龙珠》《名侦探柯南》与迪士尼、漫威的海量作品一样,不仅在漫画、剧集、电影与周边等各个环节和全球市场,形成互动共生的产业链和影响力,而且承载着全人类共同、共通的价值观和情感诉求,充满着想象力、探索精神和思辨色彩。面对互联网、人工智能以至元宇宙时代的"原住民",在技术、媒介与数字、算法日益深入人类经验和日常体验的生存状态里,儿童电影正在走向也必须走向更具科技感、未来感和思想性、哲理性的路途,这就给中国的儿童电影提出了更高的要求。不可以轻视儿童电影的受众,他们的知识面、想象力和理解力,必须也确实超出了他们的父辈或儿童电影的管理者和生产者,他们早就不再是可以被耳提面命或循循善诱的一代人,儿童电影作为简单教化工具的时代也早就一去不复返。

　　21 世纪以来,作为动画片的作品个例,《宝莲灯》(1999)、

《魁拔》（2011）、《西游记之大圣归来》（2015）、《大鱼海棠》（2016）、《小门神》（2016）、《大护法》（2017）、《风语咒》（2018）、《哪吒之魔童降世》（2019）、《罗小黑战记》（2019）、《皮皮鲁与鲁西西之罐头小人》（2021）、《雄狮少年》（2021）、《新神榜·杨戬》（2022）等，均在动画片观念、制作与传播等各个领域付出了巨大的努力，并获得了不俗的反响，但在 IP 开发、媒介融合与市场拓展等方面，仍然任重道远。而《大头儿子和小头爸爸》、《熊出没》与《喜羊羊与灰太狼》等影视剧，虽然已有较好的儿童受众基础，但在知识面、想象力、未来感、思想性、挑战性、英雄 IP 等方面，仍然需要大幅度提升，甚至需要另起炉灶，才能获得更加广泛的受众，包括成年受众。

一百年来，中国儿童电影在儿童和电影的双重困境中起步，伴随着一个世纪中华民族的风云变幻，也创造过动画片和儿童电影的辉煌年代，但面对世界大潮以及不断开放的领域和边界，中国儿童电影面对的挑战和压力也非常巨大，中国的儿童电影工作者任重道远。

2022 年 11 月 30 日　北京

电影是幽灵，历史也是

自从意识到当下的学术已经是数字时代的学术以后，秋生就把自己"分身"为一个"数字人文"的爱好者，"变形"成一个混迹于计算机、信息科学以及人工智能领域的"迷弟"，一个不折不扣的幽灵。

就在刚才，秋生还不由自主地打开了网络直播，线上观看一个自主创新主题的高峰论坛，想要了解 20 多年来中国自主研发完成的 CPU（中央处理器）性能。其实，秋生根本不懂得这些。家里 CPU 出了问题，以至 PC（个人计算机）与打印机和手机的无线连接，都是身边的高人直接处理了；平时请人吃饭抢着买单的时候，都会因为手机支付熟练程度不够而被人捷足先登，对不起了，秋生请吃饭但反要请秋生吃饭的人。

何况 20 多年来中国自主研发完成的 CPU 性能，真的不关秋生什么事。但秋生就是这么多事，总是对自己无能的领域比较上心，时不时会看个关于史前人类、三星堆考古、生物医学、量子纠缠、莫比乌斯带、薛定谔的猫的科普视频，总想在无数媒体的大相径庭的说法中，真正搞清楚哪怕是一件事的一个值得接受的定论。有的时候，还会逮住单位里的各院系大佬，非常业余地想要就某个低级的问题展开求证。

但秋生总是会失望，总是会空着头脑悻悻而归。这种状况已经延续了一些时间，在有疫情的几年里更加凸显。因此，有一回，某海外媒体想要采访秋生，"顺便"问起对某国际形势的看法，秋生便想，不是本专业，也没有可信的途径了解情况，所以直接回答：没有看法。

后来发现，这种空着头脑、没有看法的状态其实挺好的，非常稳定，非常正常，也非常正确。

因为空着头脑、没有看法，秋生竟然重新爱上了买书和读书。买的书是可触可感的纸质版，读的书是此前买过但视若无睹的书。

比如北京大学出版社 2005 年出版的一套"后现代交锋丛书"，秋生曾经陆陆续续地买过几本，但从来不曾耐心地阅读过。在这一波强烈的求知欲驱使下，他终于打开其中的德里达、麦克卢汉和哈拉维，连着读了下来，觉得这些"入门读物"，当年没有入门，现在想要入门也是不容易的。于是激起了进一步阅读的欲望，还提前做好了计划，准备购买当年的那些"拟出书目"：《海德格尔、哈贝马斯与手机》《柏拉图与因特网》《艾柯与足球》等。

遗憾的是，搜遍了各家购书平台，也都没有这些"拟出"书籍。突然发现封底所示"丛书主持"周雁翎，竟然是有过交往的一位老朋友，便急急地通过微信去问，但也终于断了念想。

然而，在弗洛伊德、本雅明、海德格尔、福柯、巴迪欧、基特勒等"大神"们的字里行间，并结合数字时代人类以及知识生产与传播状况，秋生也开始理解柏拉图与因特网和元宇宙产生的关联。

更重要的是，当秋生在这些思想者的话语洪流中，捕捉到"分身"和"幽灵"这两个概念的时候，竟然感到了某种身心舒泰。

是的。

电影是幽灵，历史也是。

就像秋生在他自己设计并与技术专家共同打造的"中国电影知识体系平台"（CCKS）上，重新面对电影历史中的一个人、一部影片和一件事情的时候，一切都是新的过去、旧的未来，以及无法描述和不可定义的现在。

2022 年 11 月 16 日　北京

我的北影节

因为忙于读书和赶稿，在第十二届北京国际电影节（简称"北影节"）开幕前不久，我才知道会跟电影节产生这种独特的关联性。因为在我看来，参加电影节最美好的方式是去电影院看各种电影，而无论参加哪一种电影节，我都不可能跟"主持人"这样的角色联系在一起。

毕竟是一时冲动应承了下来，硬着头皮也要好好完成任务。两场"主持"过后，心得果然不同：第一，论坛主持是一门专业性极强的职业，跟写论文一样非常不容易；第二，电影，终究属于真正热爱电影的那些人。

在 2022 年 8 月 14 日举办的开幕论坛"电影强国论坛——奋进新征程：光影不息 燃梦未来"上，作为嘉宾主持，基于论坛编导组精心提供的现场台本，也结合我自己的理解，我至少向傅若清、龚宇、李卫强、王长田、王健儿、王中磊、于冬、赵海城、鲍盛华等 9 位业界领军人物，以及尹力、白百何、霍廷霄、周新

霞和龚格尔等 5 位优秀创作者提出了 30 多个问题；而在 8 月 19
日主持的"李雪健电影大师班"上，我也向李雪健、陈国星、陈
怀国、李幼斌、林潮翔、张黎、周新霞等 7 位《横空出世》的主
创者展开了几轮刨根问底。两场总共 20 位电影人的精彩观点，已
经在"北京国际电影节"官网与中国电影报、新京报、央视频、
CCTV-6、北京卫视等全媒体呈现，不容我赘述，但作为主持人，
留下的遗憾就只有我自己知道了。

爱奇艺创始人兼 CEO 龚宇是我以前没有见过真人的，我也特
别期待能跟他讨论爱奇艺的平台 IP 生态问题及其对"伟大的娱乐
公司"的定义。因为也在做数字人文与电影研究并尝试搭建"中
国电影知识体系平台"（movie.yingshinet.com），我自以为还能懂
得一点点奈飞和爱优腾（爱奇艺、优酷、腾讯视频）的皮毛。在
开幕论坛开始之前的短暂闲聊中，可能是清北（清华、北大）人
之间的惺惺相惜，有机会跟龚宇谈起了他的爱奇艺，但在论坛现
场，由于反应不够敏锐，意志也不够坚定，最终没有给龚宇提出
他特别想要展开的话题，我能感受到他的些微失落。好在这样的
论坛龚宇参加得很多，想要表达的内容总有机会表达出来的。

另外，博纳影业董事长于冬在论坛上说到的绝不"躺平"引
起媒体广泛关注。在论坛现场，我体会最深的则是"于老板"情
不自禁表露出来的伤感情绪，坐在他旁边的华谊兄弟 CEO 王中磊
说这不是伤感，是怀旧。我觉得我是不能深入这些大咖们的精神
世界的，但我知道，作为民营企业，在中国做电影做到这个地步，
其中的酸甜苦辣也只有当事人自己才能体会了。话说回来，这得
对电影存有多大的热爱，才能像这样"虽九死其犹未悔"。

　　当然，在主持"李雪健电影大师班"的过程中，再一次深刻触动我的仍然是李雪健老师因对电影的热爱而散发出来的、通透全身心的"精气神"，我真的希望我自己也能达到这样的境界。尽管已经基本听不清楚雪健老师在说什么，但我发现，雪健老师总是在认认真真地、诚诚恳恳地说着，这本身就是内容，已经足够。感谢北影节给了我这个难得的机会，可以当面感受这位"表演劳动者"令人尊敬的"劳动"，还能将他看向我的温暖目光，永远地收藏在记忆里。

2022 年 8 月 20 日　北京

又见徐小明

去中国电影资料馆艺术影院看《少年吔，安啦！》之前，我用了不少时间重新激活早已弃用的博客，找到了一张跟导演徐小明在一起的合影。

互联网确实让人爱恨交加，但互联网留下的美好记忆，仍然是生命中最重要的一部分。如果没有博客，我就不会记得，是在2006年6月2日北京大学理科教学楼211室的中国电影史课堂上，徐小明导演拨冗跟同学们分享了VCD版本的《少年吔，安啦！》并讲到了很多相关的话题，同学们的互动十分踊跃并达到了相当的水准。同样，也不会记得在此之前，我还跟徐小明导演在CCTV-4的《海峡两岸》栏目见面，一同聊起过台湾电影，并被他认真而谦逊的品格所折服。甚至有点不太相信，《少年吔，安啦！》这部充满着迷茫、暴力和死亡的"台湾新新电影"作品，竟然是徐小明导演的惊艳之作。实际上，早在1996年前后，当我逡巡在北京新街口北大街，通过淘到的盗版碟片第一次看到《少年吧，安啦！》的时候，我是把导演想象成一个长发飘飘、又冷又酷的愤青的。

距离上一次见面，已经过去 16 年。一直关注着徐小明导演，直到他成为中国美术学院电影学院的院长，并监制了广受赞誉的战争片《云霄之上》。我知道很快就能见面了，但阴差阳错总是未能如愿。

得益于正在进行之中的第十二届北京国际电影节，为了纪念《少年吧，安啦！》上映 30 周年，修复后的 4K 版本在中国电影资料馆艺术影院 1 号厅映出。偌大的影院几乎满座，映后观众掌声热烈。看起来，同样被台湾新电影和新新电影滋养长大的几代大陆影迷都是能够读懂《少年吧，安啦！》的。

我也是好不容易才趁着徐小明导演在被影迷包围之中抽身出来的间隙，仿佛是依约一般地合了一张影。

少年的光影，瞬间就是一生。

2022 年 8 月 18 日 北京

晓白的电影

一说起来就是上个世纪的事情了。

当年的恭王府还不是现在这种炙手可热的旅游景点，只有恭王府后面的花园才是。零零星星的几队游客从西洋门、大戏楼和"福"字碑走过来走过去，但隔着恭王府九十九间半的墙壁，时不时都能听到的却是同一个导游一遍又一遍讲述的大贪官和珅的故事。

第一次听到唐晓白这个名字，就是在当年的恭王府里。

当年的恭王府据说由八家单位"割据"、数百户住家聚居，虽然贵为京城最大的王府，但也确实有点像鱼龙混杂的大院，吐纳着各色人等，传说都很神，背景也很深。好在大门口挂着的是正儿八经的单位名号中国艺术研究院和文化艺术出版社，一进门左手边就是中国音乐学院附中，艺坛名宿与少年天才锦衣独行，清谈雅言与丝竹之声不绝于耳，跟恭王府没落贵族的气质奇迹般地熨帖。

在那间现已消失的临时宿舍里，我第一次听到了唐晓白这个名字，还有她的著名家族、教育背景和各种叛逆，一切都像恭王府应该发生的传奇。当时的唐晓白从北京大学西语系毕业，来到中国艺术研究院继续攻读戏剧学位，是一定要当导演的，是为了当导演不顾一切的。这就是我对唐晓白恭王府时代的记忆，有点褪色，但异常真切。

后来的唐晓白不仅当了导演，而且成就了导演的声名，在世界各大电影节斩金夺银并得到很高评价。搜到她导演的《动词变位》《完美生活》《爱的替身》等作品，看到她在各种耀眼的电影节红毯上绽放，我想这才是对的。如果唐晓白不成为优秀的电影导演，连电影本身也是不会答应的。

去年春节，我跟晓白突然加上了微信。晓白感叹："好几个世纪不见啊！"确实，一晃就快三十年了。接着到了5月，晓白发过来刘浩导演、宋佳、朱亚文主演的影片《诗人》的信息，邀请我参加即将举行的首映礼。晓白还说，这部《诗人》是"我们公司"承制、"我先生"监制的。我想，晓白不仅成了名导，还跟先生一起深耕在电影圈了。可惜当时的我，人在敦煌无法回京，只得再一次爽约，但从此感觉欠下了晓白太多。

后来有一搭没一搭地联系着，但总是鬼使神差地错过。去年6月的上海国际电影节，她导演的《出拳吧，妈妈》全球首映，我照例没有去到现场，但许诺会等到公映时去电影院看。

昨天下午，晓白果然发来了《出拳吧，妈妈》的海报。影片选择在4月30日也就是明天公映，如此勇敢的行为，起初令我大吃一惊，冷静下来就觉得，这种"不放弃"的性格，应该是很

"晓白"的。三十年前的晓白就是这个样子。

　　为了还债，我决定写这篇小文，并且在明天搜遍京城所有的电影院。

　　只要谁家放映《出拳吧，妈妈》，我就会买票进去，成为一个观众。

2022 年 4 月 29 日　北京

作为"导游图"的电影说明书

迄今为止，在"重写"中国电影史的理论与实践过程中，也在海内外微观史学与微观史研究的影响下，有关中国电影的各种专业史、专题史，特别是选题独特的微观史研究正在一步一步地走向令人欣慰的深广之境。与此相应，有关中国电影多种类、全方位，尤其是跨媒介文献的收集、整理与发表、出版等工作，也不时获得学界内外的点赞和瞩目。除此之外，因应数字中国与电影强国的战略需求，以影人年谱、影片计量和影文索引等数字基础设施为目标，以影史学术为旨归的中国电影知识体系平台建设，也在数字人文的历史观和方法论视野里如期展开。原本被忽视的中国电影史料学、中国电影微观史以及中国电影数字平台，已经从理论和观念的层面落地生根，有望从整体上改变中国电影的知识图谱与学术景观。

作为特点鲜明、别具一格的中国电影文献史料，电影说明书不仅以"说明"或"说明书"本名伴随着中国电影从诞生到当下、从沪港到各地的演进轨迹，而且以图文并茂、信息丰富的电影本事、电影故事、电影小说、电影剧本以至电影漫画、电影连环画等灵活多样之名，散布在各家报刊版面、城市影院窗口以至乡村放映场所。电影说明书既是影片的广告宣传，又是电影的"导游图"，既在当时为观众指点迷津，又在后来成为影迷怀旧和记忆的载体。笔者在一篇论文中，曾就这一现象主要从文体互渗的角度进行过探讨，认为在中国电影史上，对"本事"和"说明书"等的使用、理解和阐释，既接续了中国叙事传统，又受到电影叙事本身以及欧美相关问题的影响。从 20 世纪初至 50 年代中期，伴随着中外电影在技术、艺术与美学以及类型、文化与工业等方面的嬗变，在与影片介绍、说明书、字幕以及电影故事、电影小说、电影剧本等相关文体交流互动的过程中，通过对西方电影里的 story（故事）或 synopsis（梗概）概念进行转译生发，电影本事或电影说明书等在文学与电影之间展开颇有成效的跨媒介运作，呈现出一种独具魅力的中国文学/电影叙事风格，形成一种令人瞩目的文化生产与消费景观，并以此进入 20 世纪以来中国文学史与中国电影史交流互动的双重视域。

有趣的是，从 20 世纪 20 年代开始，社会各界已经对电影说明书展开了价值认定、改革建议甚至严厉批评，到 40 年代前后几乎达到高潮。试举一例（蓉若、银蒜：《改革电影说明书的意见》，《社会日报》1939 年 5 月 3 日，上海）：

改革电影说明书的意见

蓉若　银蒜

向来没有注意这个问题，虽然这问题并非全无讨论的价值。

一部影片的成功与否，固然是靠着它在银幕上所映演的本身价值来改定，但是我们总可以想得到，在电影未开映之前，最先给观众的那个印象——说明书（本事）的意义是多么重要！

当我们跑进电影院的时候，当然必须要索取一份说明书，细心地去阅读一遍，希望在那里得到一个好的印象。但是因为现在一般的电影说明书的形式，都是一例的滥套，好像是在一定的相式里填写成功似的，陈腐的辞句，晦涩，甚至于不通的写述，有时简直连故事也不能明白地铺叙清楚，而只能给人们一个厌烦的感觉，有时当你鉴赏一部有名的作品，你会不敢去看那份说明书，或者在你观后而把它抛弃了，那就是因为它只能给你一个厌恶的欠美化的刺激，至于也不过只能换得你的惋惜罢了。

电影说明书，是应该具有一种明白流畅，而又能引起观众对电影发生兴趣和好感的文字。它在影片未映以前，可以先给观众一个美好的刺激，来启发和加重观众对于影片的好奇和渴望。但那又绝不是宣传，或是夸张，而是用很经济的辞句来指示一部影片的含意和优点，它并不单纯地只介绍你一个故事的。

一篇精彩的说明书，并不是一篇故事的介绍，那是像一位教师用巧妙的方法来引起学生对于学习课程的动机似的，它是指示着你应该怎样来鉴赏这部影片。——这必须是一个启示，一个诱惑，而具备着引起观众欣赏研究影片内容的一种力。

现在各影院的电影说明书，差不多很少使人满意。而最劣等的说明书，甚至于歪曲了影片的内容，任意杜撰，倘使观众读过说明书而相信了它，存了一个先入为主的错误观念，再去欣赏影片，简直会引起一种不愉快的感觉。所以我总觉得，目下的电影说明书，尤其是那些腐烂的文言的外国片说明书，似乎有改革一下的必要，笔者个人以为一张适当的说明书，最好是能符合下列的几个条件。

（一）抛弃了已往的滥套的形式，和死板的文言词句。

（二）抛弃了已往只苦涩平板地叙述故事的内容。

（三）用经济的文字技巧写出一篇美化、明快流畅的故事。

（四）这里并不需要结论，这只是一个启示。

（五）应该附带着一个演出者的详细的表格，这表格里有出品者、编制者、导演者和演员支配表。

（六）印刷要相当精致美观，最好能各影院的纸张大小一例，以便爱好电影者加以汇订。

现在看来，此文针对电影说明书所提的具体意见，只能说是一般的阅读感觉，并没有任何特别之处；但把电影说明书当成一个"启示"，一个"诱惑"，以及"引起观众欣赏研究影片内容的一种力"的观点，却是很有启示性和诱惑力的。

因此，新中国成立以后，尤其是在最近一些年里，对电影说明书的收藏、整理和分析、研究日益兴盛。在研究方面，王灿《"图文共阅影"：电影说明书研究》（《编辑之友》2020年第9

期）、雒仁启《1958—1965 年苏沪地区电影说明书探究》（《新闻与传播研究》2021 年第 4 期）与刘婧《纸上影史：早期中国影院"电影说明书"研究》（《北京电影学院学报》2021 年第 6 期）等论文均有专门论及。

即便如此，有关中国电影说明书尤其中国早期电影说明书的研究，仍有许多议题需要展开，也有很多问题亟待解决。但在讨论这些议题和问题之前，更需要真正进入中国早期电影及电影说明书的"历史现场"，在微观史学的层面，在相对完整的历史信息系统、地理信息系统和关系信息系统的复杂语境中深入探讨问题的来龙去脉。而这一切，都要建立在创新的中国电影文献史料学基础上。

中国文联电影艺术中心网络信息处编《中国电影文献史料选编》也就应时而生、应运而生。全书以明星影片公司说明书这一具有代表性的个案入手，以编年顺序，将 1922 年至 1938 年间明星影片公司出品的 167 部（集）影片的说明书一一纳入其中，并相应地附以大量剧照；在专门的"附录"部分，还增加了主创阐述、补缺以及明星影片公司出品影片片目表。用功之勤历历在目，用心之处随处可见。

在笔者三十年影史研究经历中，当然是读过不少各个年代的影片说明书的，也以此作为文献史料，生发过一些感慨和观点，但面对这本书，特别是其中的每一份影片说明书，还是会有初入深山、如获至宝之感。不得不说，如果认认真真面对，集中精力阅读并开放内心体验，影片说明书不仅不像当年许多人认为的那么不堪，相反，其中蕴藏的各种信息和有趣提示，都是可圈可点、值得反复玩味和不断揣摩的。例如大可撰《银幕艳史本事》，开门见山即描述：

> 上海自开埠以来，梯航荟萃，工商勃兴。行其道路，则毂击肩摩；瞻其屋宇，则鳞次栉比。各地之人，云集于此，而电影事业，亦应运而起。有某大公司者，夏屋渠渠，明星济济；所摄之片，风行全球，尤为此中首翘一指也。

说明书所用语体，虽然半文不白，但也气势非凡；而在文字描述与影片文本之间，虽然并不严格对位，但也透出"元电影"背后明星影片公司毫不谦虚的夫子自道，其言外之意当然是路人皆知了。

如此看来，许多电影说明书不仅有趣，而且饱含深意。

期待联华、新华、昆仑、文华等中国电影史上重要影业公司的电影说明书能够陆续出版，期待中国电影文献史料选编能够在文图出版与数字平台上持续展开，更期待中国电影文献史料学以及中国电影微观史研究吸引更多的爱影人、迷影者和专业学子、青年学者的倾情介入，共谋中国电影与中国电影学术的繁荣。

2023 年 3 月 28 日　北京大学红三楼

我与《电影艺术》

65 年来,《电影艺术》形成了重艺术、重史论、重民族文化与时代精神的办刊风格。迄今为止,《电影艺术》在守正创新的基础上,以视野的开放性、观念的前沿性、话题的引领性与学术的权威性,奠定了其在电影生态环境与学术共同体中的重要地位,彰显了中国电影及其学术文化在世界范围内的影响力,并为半个多世纪以来的中国电影实践,以及人文社科学术的发展和繁荣做出了应有的贡献。

幸运的是,《电影艺术》也跟我的学术生命相伴并将导向今后的愿景。粗略算来,从 1998 年开始,我已经在《电影艺术》发表了超过 30 篇学术论文,另加一些对话、访谈和"众议",并参加了《电影艺术》组织的大量国产新片观摩研讨会和相关学术活动。作为编委之一,也有幸参与过刊物的数度审稿和选题策划会。

中国电影家协会和《电影艺术》编辑部所在的北京北三环东路 22 号,是我能随口说出门牌号码的少数地点之一。记得 1988

年夏天大学毕业之际，跟着同班同学满校园照相，为了表达自己不可一世的鸿鹄之志，我还随身携带一本当年的《电影艺术》杂志，摆了很多与众不同的造型。

实际上，从一开始，《电影艺术》就以令人惊讶的勇气，接纳了一个年轻学者的期待，并使其坚定了一生的学术自信。我在《电影艺术》发表的第一篇学术论文，就是 1998 年第 4 期登载的《建构中国电影批评史》；随即，1999 年第 5、6 期《电影艺术》又以头条方式连载了我的长篇论文《当代中国电影：现实主义 50 年》。现在想来，当时的我，只是一头初入学术堂尤其电影学术之门的牛犊，除了不知轻重地试探，动力和方向均很盲目，如果没有《电影艺术》的大力提携，是不会有此后相对广阔的奔跑空间的。

在我的学术生涯中，《电影艺术》一直见证着我的成长，培育着我的感性并"纵容"着我的梦想。2002 年第 3 期发表的《物恋悲剧与生存幻象——影片〈寻枪〉的文化读解》，让我意识到专业影评可以产生什么样的影响力；2007 年第 1 期发表的《〈人民日报〉与新中国电影的生存空间》，让我将电影史与报刊研究的关系拓展到新中国成立以后的历史时空，为我的《中国电影传播史（1949—1979）》提供了重要的方法论；2010 年第 4 期发表的《超越的可能性——阅读与体会〈历史思考的新途径〉》，让我在电影学术期刊上撰写了当代西方历史理论著作的读后感，是一种难得的愉悦心情；2012 年第 5 期发表的《惨胜的体制与渐败的人——试论"吕何联盟"及其"春天喜剧社"的前因后果》，让我跟吕班的女婿逯先生建立了不可多得的忘年之交，终于通过亲身经历体验到电影史之于个体、国家与当下、未来的深远意义；最近两年来，《电影艺术》也相继发表了我的《数字时代中国电影研究的主要趋势与拓展路径》、《数字人文、影人年谱与电影研究新路径》以及《"空气"说与中国电影的美学精神》等相关论文，促进并推动了我自己的学术转型。

因此，在我心目中，《电影艺术》跟我的学术生命相伴并将导向今后的愿景。期待《电影艺术》在坚守学术的高标准之外，继续打造理论争鸣的氛围，增强思想建构的力度；也期待《电影艺术》继续以改革开放的胸襟和海纳百川的气度，致力于史论的深度开掘与话语的核心养成，努力追踪或引领中国电影的强国目标，建构中国电影的话语体系。

原载《电影艺术》杂志微信公众号，2021 年 12 月 25 日

电影史三体

迄今为止，"三体"主要有两解。一是天体力学名词，指由三个质点及其相互引力作用组成的力学关系；二指刘慈欣创作的长篇科幻小说系列，以及据此生发的电视剧、动漫、游戏等大量媒介文化产品。

但在这里，"三体"是"主体性""整体观""具体化"等三个哲学概念的合称，不具科学内涵，也没有科幻动机。在思想、文化以至文学、艺术学领域，对这三个概念及相关概念的各种讨论始终在进行；但在电影学术领域，将电影史研究与"三体"联系在一起，是从笔者的论文《中国电影史研究的主体性、整体观与具体化》开始的。

这篇论文发表在《文艺研究》2016年第8期。在此前后，同样是在《文艺研究》杂志，笔者还相继发表了《从"亚洲的电影"到"亚洲电影"》（2009年第3期）、《构建"两岸电影共同体"：基于产业集聚与文化认同的交互视野》（2011年第2期）、《冷战史研究与中国电影的历史叙述》（2014 年第 3 期）、《"有害"甚或"有罪"：1920 年前后清华学校的"电影问题"——以〈清华周刊〉为中心的探讨》（2018 年第 3 期）与《中国早期电影里的"空气"说与"同化"论》（2020 年第 5 期）等相关论文，分别从"三体"及其相互结合的角度对中国电影史研究的理论与方法展开思考，也成为笔者三十多年来学术生涯中最重要也最具原创性的成果之一。

电影史三体或三体电影史的提出，建基于 21 世纪以来中外思想文化的总体背景与电影史研究的学术语境，不仅跟笔者自身在中国电影史研究实践中已经面临的困惑与迫切需要突破的瓶颈有关，而且跟 2014 年前后热闹繁盛的华语电影论述和跨国电影研究联系在一起。由笔者和鲁晓鹏先生共同引发的相关讨论和争鸣，亦可用"热烈"一词予以描述。据笔者所知，除了《当代电影》《电影艺术》《北京电影学院学报》《文艺争鸣》《上海大学学报（社会科学版）》以及《二十一世纪》、*Journal of Chinese Cinemas* 等不少学刊的积极介入，作为国内文学艺术领域最具权威性的学术刊物之一，《文艺研究》也发表了除笔者之外还包括张英进在内的海内外学者的各家观点。讨论和争鸣的具体状况，则可参见檀秋文著《中国电影史学述要（1978—2019）》（人民出版社，2020）相关章节。笔者的主要论文则收录在这本小册子里，观点毋庸赘述，只想再就讨论和争鸣之后至今，笔者仍在继续诠释的"三体"概念，试图予以进一步阐发。

事实上，从 2019 年前后开始，为了应对数字时代的学术转型，笔者从影人年谱、电影计量、电影百科和影文索引等电影史论亟待推进的研究问题出发，结合媒介考古学与数字人文的方法论视野，在建设中国电影知识体系平台与中国电影数字基础设施的过程中，努力追寻、积极掘发中国电影"源代码"，并在电影学科体系、学术体系、话语体系与创新机制、评价机制的互动层面展开中国电影知识体系研究。

笔者认为，首先，中国电影知识体系研究不仅离不开"三体"，而且仍然需要在知识论/电影知识论的前提下，超越一般知识体系的电影认知论，在对传统知识观和当代知识论的反思与重建过程中，通过增益中国电影中国性的信念强度，确证中国电影知识体系的主体性。其次，需要引入知识技术与数字人文的方法论，通过体用相兼、道器并建与体用合一、知行合一、史论合一的思维方式和分析手段，建立中国电影知识体系的整体观。最后，与此同时，需要结合海峡两岸一个多世纪以来中国电影的本土经验和生动实践，通过跨时空、跨文化和跨模态的中外比较与创造生发探讨中国电影知识体系的具体化。

总之，哲学与知识论视域里的主体性、整体观和具体化，作为电影史研究与中国电影知识体系的"三体"建构，既是"中国知识体系建设"的重要一翼，又是拓展中国电影诠释路径并创新中国电影知识范式的内在逻辑。

本文系文艺研究小丛书《电影史三体》（文化艺术出版社，2023）作者序

2023 年 4 月 18 日　北京

春节档电影：从"拓梦"到"怀旧"

　　从"拓梦"到"怀旧"，中国电影在全民最重要的传统节日里，敏锐地感应着世界之变、时代之变与大众精神的幽微转向。

　　4年前，笔者曾从整体上总结过当年的电影生产及其市场运作状况。笔者认为，2017年，中国电影在档期选择、营销创意及舆论引导等方面，尽管仍显粗放痕迹，却也创造亮眼业绩；充满机遇的档期运作与日渐成熟的产业生态相辅相成，共同彰显当下电影的质量水平，见证国产电影的创意创新，并进一步推动电影工业的升级转型。包括动画片《熊出没·奇幻空间》在内，以《西游伏妖篇》《功夫瑜伽》《大闹天竺》《乘风破浪》等为标志的2017年春节档电影，全国总票房累计约33.8亿元，不仅表现出"合家欢"电影在春节档期的"刚需"特点，而且在商业大片格局中，将"一带一路"倡议呈现为一种中国观众喜闻乐见的中国梦的影像表达，为春节档带来不可多得的创新空间。也就是说，4年前，沿着"拓梦"的轨迹，春节档电影倾向于带领亿万中国观众上天入地、走东闯西，一路上打打闹闹、凯歌高奏、欢声笑语。

4 年过去了，世界发生巨变。中国电影顽强求生，以《唐人街探案 3》《你好，李焕英》《刺杀小说家》《人潮汹涌》等为标志的 2021 年春节档电影，不仅出现人潮汹涌、"一票难求"的大好局面，而且以 78 亿元总票房再创影史纪录。然而，4 年前春节档欢乐闹腾的"拓梦"之旅，却在不经意间演变成今日泪眼蒙眬的"怀旧"之情；而在以情动人的笑中含泪之间，多为诉说言在意外或言不及义的内心隐衷。

显然，与 4 年前相比，从"合家欢"的表层意义上分析，今年春节档已经悄悄将"合家欢"的"刚需"变成了弹性需求。春节档不必是喜剧，更不必是玄幻；喜剧可以是疯狂闹剧，更可以是尽情催泪的感伤剧。应该说，"欢笑"本来就不是档期电影的全部功能，也不是一般观众的最终目的。

作为一部最具"合家欢"特点的影片，《你好，李焕英》虽然存在着技艺不足与过度煽情等问题，却以个体和个性的真心与诚意，让更多的观众走进电影院，且笑且哭、亦喜亦悲地分享曾经的历史记忆，宣泄共同的亲情人伦，感悟不同的生命体验。这样，与其说贾玲讲述了一个独特的母女亲情故事，不如说影片重回了一个属于所有中国观众的特定时空。个人情怀与国家历史相遇，言在意外的效果呼之欲出。不过，曾经的梦想是在银幕之外的拓展，而在故事之内发生的，只有怀旧。

值得欣喜的是，被归类为"动作奇幻冒险"的《刺杀小说家》，可谓一部跨越媒介、叙事与审美边界，整合作者、文本与类型功能，见证技术、艺术与工业水准并引领行业、产业与工业方向的国产神作，其创意与创新成就堪比此前同为春节档的《流浪地球》。虽然没有获得预期的票房，但也应该是今年春节档最大的收获了。不得不说，除了令人赞佩的技术创新、工业探索和视觉效果，影片在动作、思想与情感、趣味之间的关系处理，也达自然浑融之境。作为一部商业片或商业诉求的作者电影，影片在整体象征、细节隐喻及其复杂意义的呈现方面，也表现出独树一帜的宏大格局。

这样看来，影片中的"怀旧"因素，不再是偶发的言不及义的尝试，而是精心的言在意外的坚持。

原载《中国新闻出版广电报》2021 年 2 月 19 日

Z世代电影：青春题材与家国情怀

今年夏天，《燃野少年的天空》获得了7月青春片和喜剧片票房第一的成绩；《盛夏未来》总票房也已突破3.6亿元。青春题材影片的惊艳登场，跟Z世代（新生代人群）观众的切身关注与情感共鸣紧密地联系在一起，大多数情况下都是互为表里的因果关系。对Z世代观影偏好的调查、分析、阐释，是包括电影领域在内的，当下社会各部门都要严肃对待、认真展开的重大课题。这不仅是因为Z世代需要电影，更是因为电影需要Z世代。

最近几年，有关流量明星的负面事件接连出现，"饭圈"文化存在的一些乱象如疯狂氪金、无脑应援、网络骂战等，对Z世代的健康成长造成危害。以影视为代表的青春题材文化产品，时而出现原创性缺失与后劲乏力的状况，延续着故事苍白、心理低幼以至"三观"有误、观众厌弃的疲态。如果业界和创作者不懂得Z世代的诉求，不能提供符合他们喜好的作品，便面临着他们从影院持续流失的窘境。作为在互联网时代成长起来的群体，Z世代有着非常独特的知识体验、文化经验与消费习惯，各大网络平台、文化媒体与影视机构，有条件和能力提供能被他们接纳的更多优秀的作品，也更有责任和义务大力清理损害他们身心健康的各种乱象，建立有利于青少年成长的社会氛围和文化空间。

电影频道在业界和各大平台率先部署，系统引发"00后"和Z世代话题，试图从他们与影院的关系及其观影偏好出发，在与他们的对话沟通中，倾听他们的声音，关注他们的选择，进而调整思路，规划未来行动。8月20日，1905电影网、电影频道融媒体中心与M大数据、CCTV-6《今日影评》栏目联合发布了《Z世代观影偏好调查报告》，就"看电影是Z世代的圈层爱好吗""对于电影口碑，更信赖哪些渠道"等问题，向1995年至2005年间出生、以三线城市为主的大量观众发放问卷，收回了3734份有效样本。与此同时，《今日影评》栏目也发起特别调查和访谈，从观影意愿、影片选择、个人兴趣以及票价设定、影院设施等方面，邀请年轻专家特别是"00后"观众参与讨论。

在调查报告里，几个关键数据令人印象深刻。其中，关于Z世代喜欢的偶像类型，除了"影视明星"和"二次元人物"分别以51.48%和32.19%占据第一位和第四位，"历史人物"和"政治人物"分别以46.44%和34.83%占据第二位和第三位。这不仅意味着Z世代观众并非人们想象中只知道个人好恶、沉浸于虚拟世界的人群，而是有着较为强烈的历史文化诉求与家国天下情怀。这对历史与政治题材影视剧的创意、生产与传播，以及饰演历史与政治人物的影视明星亦即"偶像"们的演技、艺德等都提出了更高的要求——受到的关注越大，则责任越大，担子也就越重了。

值得注意的是，关于"Z世代喜欢的影片类型"，调查报告显示，原本被寄予高度票房预期的影片样式如"动画""动作""古装"等，仅以 33.55%、33.55%、18.90% 位居并列第六和第九，而"喜剧""科幻""青春""爱情"等类型分别以 57.73%、45.00%、40.11%、37.39% 高居前四名。这不仅印证了青春片及相关类型深受 Z 世代喜爱的观点，而且表明在 Z 世代的观影偏好中，在较为强烈的历史文化诉求与家国天下情怀之外，同样有着较为明显的轻松娱乐诉求和人类未来想象。从表面上分析，Z世代偏好的"偶像类型"和"影片类型"似乎存在着无法自圆其说的矛盾，但正是这种矛盾，凸显了这一代电影观众感性的观影个性。

实际上，在《今日影评》栏目里，就有"00后"受访者表示，在吸引他们走进电影院的诸多因素中，"剧情丰富"、"内容有深度"和"情感共鸣"是最重要的。这意味着，Z 世代电影观众不再单纯地被电影的视觉效果、流量明星或各种宣发手段所支配，而倾向于选择自己所信赖的信息路径，结合自己的亲身体验决定是否购买电影票，并以此作为评价电影水平高低的基本标准。这种拒绝不良引导，似乎充满个人感情的观影方式，是一种令人欣喜的主动选择，表明这一代电影观众开始具备日益成熟的电影观念、媒体素养和艺术鉴赏力，也对电影的质量和艺人的水平提出了更高的要求。

诚然，关于 Z 世代如何看电影的问题，涉及社会学、心理学、传播学与文化研究等领域的跨学科研究，其错综复杂性远非一次调查报告就能洞悉。Z 世代自身在观影偏好方面所呈现的新特质，也非几篇分析评论便能获得有效的解释。对于这个已有 2.6 亿人口、撑起了 4 万亿元消费市场的群体，还需要展开更加深入的、基于更大样本和更多变量的调查和研究。毕竟，作为正在崛起的新经济和新文化的主体力量，Z 世代与电影不仅共生，而且是不可分割的共同体。

原载《光明日报》2021 年 9 月 1 日

电影史诗专题片的创新格局

　　由电影频道策划出品的大型电影史诗专题片《我们的旗帜》，自今年 6 月 30 日起在央视电影频道、1905 电影网等平台播出，并在学习强国、新华网、人民日报、中国青年报等主流媒体新媒体客户端，在腾讯音乐、QQ 音乐等音频平台播出以来，已接连推出了 8 集。从第一集的《破晓》，到《惊雷》《星火》《抗联》《遵义》《惊变》《敌后》等，每周三晚，广大观众与听众都可通过收视或收听的方式了解专题片中最新一期的党史故事。专题片凭借珍贵扎实的文献史料和新颖别致的讲述方式，打破了纪录片严肃与活泼的风格界线，无论历史迷还是电影迷，又或是想要换换口味的年轻观众，看完、听完之后都能有所收获和触动，该片被网友评价为既有电影的戏剧性，又有历史的厚重感，既能给人以视听震撼又能给人带来精神的洗礼。

　　的确，在策划、创意与制作团队的精心构思下，这些"银幕上的党史故事"以电影经典映照了百年丰碑。专题片经由党史专家的深入阐发与相关影人的生动讲述，通过视听结合、网台联动的融媒体全方位传播，引发了人们抚今追昔的万千感慨与热烈的观看期待，既是一次历史的重温又是一次信仰的确证，既是一种精神的感召又表达了一种美好的愿景。正是凭借这种崇高的思想站位、史诗的专题格局与丰富的影音资源、专业的影史意识，该片才能将风雨如晦的年代、波澜壮阔的中共党史与绵延不绝、脍炙人口的光影经典交相辉映，用全部 21 集、21 个夜晚的 588 分钟，去激发观众的情感共鸣与精神共振，在观众的心中矗立起一座座不朽的中华民族精神纪念碑。

该片第一集《破晓》的第一个镜头就表现了天安门广场上红旗簇拥的人民英雄纪念碑。三位刚在全国抗击新冠疫情表彰大会上获得"人民英雄"国家荣誉称号的抗疫英雄和来自全国各地的抗疫英雄们一起，向人民英雄纪念碑敬献鲜花。随后，该片以抗疫英雄的视角将镜头转向了纪念碑上的经典浮雕，解说词以极具代入感的方式，引入了民族英雄林则徐"苟利国家生死以，岂因祸福避趋之"的诗句，将相隔 180 年不同时代的中国人联系在一起，奠定了该片的史诗格局。之后，镜头转向了人民英雄纪念碑奠基仪式，极具抒情性的情景再现，在如泣如诉、悠远明亮的乐音中，电影作品中硝烟弥漫、血火交织的战场镜头与英雄们凛然正气、一往无前的牺牲画面，配合以 1949 年毛泽东主席宣读纪念碑碑文的原声，进一步凸显了该片崇高的思想站位与史诗气质。在现实和银幕的时空对话、今昔穿插中，专题片获得了强烈的思想感召力和雄辩的说服力。

《我们的旗帜》中几乎贯穿始终的交叉剪辑和声画对位也值得注意。片中选择和使用的影音素材既有 20 世纪 50 年代的影片

《林则徐》和 80 年代的影片《孙中山》，又有当下正在公映的电影《革命者》《1921》等，还有从资料库里发掘出来的许多其他珍贵档案。如第六集《惊变》就展现了张学良将军当年的珍贵影像，以及通过口述实录获得的第一手文献；又如第七集《敌后》中对影片《地雷战》里民兵英雄的扮演者及其原型孙玉敏的采访等，片中资料的丰富性与专业性均显示出国家级影视节目制作力量在影音资源和影史意识层面所具有的独特优势。这一点同样也体现在片中对讲述人和党史、军史专家的选择以及对影片创作者和相关当事人的精心采编方面。正是这些具有创新性的实践，使得该片在历史叙述与影片叙事等各方面，形成了一种精神气质上的内在呼应与同构叙事，从而让观众产生了强烈的共鸣。

在专题片第四集《抗联》中，电影《八女投江》编剧李宝林的讲述，平实中饱含催人泪下的人道主义情怀，既感人肺腑，又意蕴深远；影片《步入辉煌》多方讲述和展现了抗联英雄杨靖宇率领抗联将士同日本侵略者殊死战斗的英雄事迹，令观众心生无比崇敬之情。在第七集《敌后》中，人们跟随讲述人、演员李一桐回到她的家乡，聆听山东海阳民兵英雄们的地雷战故事，回顾影片《地雷战》的拍摄经历。结合画外音解说、军史专家徐焰的讲述以及丰富的影音资料的穿插，影片将抗日战场和敌后抗战的艰苦局面在片中清晰地展现出来，引领观众重温历史、不忘初心，获得了广大网友的赞誉。作为融媒体时代对主流文化样式的一次主动探索，这部电影史诗专题片的创新姿态值得业界关注。

原载《文艺报》2021 年 8 月 20 日

主流电影的"高度"挑战与"高峰"体验

　　今年国庆档三部影片《我和我的祖国》《中国机长》《攀登者》，均不约而同地将主人公对"高度"的挑战设定为叙事的主要动力，并在怀旧与致敬交织而成的情感氛围中，成功地将大多数中国观众带入不可多得的"高峰"体验，达成了主流电影所应承担的献礼效果与献礼影片颇为可观的票房业绩。

　　《我和我的祖国》虽由七个不同的叙事单元组成，但至少在《前夜》《夺冠》《白昼流星》《护航》等四个单元里，叙事的主要动力是对"高度"的挑战。《前夜》主要讲述开国大典电动旗杆设计安装者林治远如何克服一个又一个难题，尤其是战胜自己的"恐高症"，爬上高高的旗杆顶端排除障碍的故事；在《夺冠》里，主人公冬冬为了让街坊邻居看清中国女排的决赛直播，一遍又一遍地登上楼梯站在屋顶，高举着电视天线；在《白昼流星》里，策马奔驰在广袤草原的两个少年，跟所有的观众一样仰望高远的长空，是为迎接神舟十一号飞船返回舱成功着陆；《护航》也是如此，"备飞"纪念抗战胜利 70 周年阅兵式的女飞行员，内心守护的总是自己童年即已萌生的高空飞行的梦想。整部影片正是以大量普通个体对"高度"的挑战，将不断编织梦想和创造奇迹的个人命运与国家记忆联系在一起。

同样，在《中国机长》中，川航机长和机组成员的英勇行为及其创造的生命奇迹，更是在万米高空中直面强风、低温、座舱释压等多重考验后才得以实现的。在《攀登者》里，中国登山队向珠穆朗玛峰发起的每一次冲击，都是在直接挑战地球更高的高度与人类更大的极限。对"高度"的挑战，既成为影片吸引观众的叙事动力，又成为观众之于影片人物的情感依托。

正是因为对国旗旗杆设计安装者、中国机长以及中国登山队员的精神世界产生了高度认同，尤其是对这些普通人中的英雄在极端环境下挑战"高度"的强烈共鸣，观众才会在观影过程中产生不可多得的崇高感，在心灵净化和思想升华的过程中，获得弥足珍贵的"高峰"体验。

毫无疑问，在这三部影片中，叙事动力与观影体验达成了一定程度的"共谋"和"同构"。这也是献礼影片和主流电影迄今为止所能达到的一种"高度"，标志着国产电影已经取得的重要成就，更为中国电影从"高原"攀登"高峰"奠定了重要的基础。

十年前，笔者曾在一篇文章中表示，新中国成立以来，中国电影的发展几乎始终与国庆献礼的行动联系在一起，可以说，以电影的名义向国庆献礼，构成了新中国电影发展的重要节律，并在一定程度上影响着中国电影或五年或十年的政策与规划、生产与消费格局。

实际上，中国电影的许多经典作品与华彩乐章，都是在国庆节前后的热潮中隆重登场的。《白毛女》《钢铁战士》《林则徐》《青春之歌》《林家铺子》《五朵金花》《小花》《人生》《开国大典》《巍巍昆仑》《横空出世》《建国大业》等，不仅以雅俗共赏、风格多样的中国气派吸引了广大观众的目光，而且在银幕上成功地呈现出中华人民共和国的坎坷与新生、光荣与梦想。今年的国庆档，《我和我的祖国》、《中国机长》与《攀登者》这三部影片，当之无愧地可以被纳入这一经典序列，并在创作主体与观众接受、叙事动力与情感表达及其相互结合的层面，开创了新的境界。

这种新的境界，也将献礼影片有关国家民族的宏大叙事，与主流电影不可或缺的个人情怀连接在一起，既承担了国家电影的责任和使命，也为最大多数的观众带来感同身受的精神洗礼和超越意识。正如在上海国际电影节期间举办的《攀登者》发布会上，编剧阿来曾经指出，面对地理极限的高度，人的生理和心理都会面临极限挑战。在这样的时刻，人们直接用身体感触自然界的伟大，也感受自己人格和意志的升华，这种精神体验才是登高的意义和价值所在。确实，当这种登高的意义和价值，与三部影片都在集中展现的"中国的高度"联系在一起，便能产生更加深广的意蕴。

也正因为如此，三部影片不仅可以看成向新中国70年怀旧与致敬的一部分，也可以理解为新中国70年一步一步艰难攀登逐渐抵达"高峰"的象征。

原载《大众电影》2019年第10期

影知十三

一、做一个电影的数字平台

五年前，我做梦都没有想过，会做一个电影的数字平台。

因为"数字"之于我，从小就是"噩梦"。

但现在，一个名为"中国电影知识体系平台"（CCKS，原名"光影绵长数字平台"，movie.yingshinet.com）的存在，让我真正意识到，我的生命体验的一部分，已经毋庸置疑地转移到了云上。

更重要的是，我将要展开的学术路径，或许就跟这个数字平台死死地捆绑在一起了。

想要说的话太多，准备在日后慢慢道来。

2022 年 6 月 24 日　北京

二、电影研究如何"干中学"(Learning by Doing)

五年前，作为一个理论和方法都太过单纯的人文学者，当我第一次得知"干中学"竟然是一个有关古典经济增长模型的概念的时候，我是有点哑然失笑的。觉得如此白话通俗又令人一目了然的词组，怎么就成了一种模型、一个概念，甚至一大理论呢！

不理会，不理解，不服。

幸亏身边有个高人是管理学教授，一眼就看出了我的浅薄，并随手扔给我几本家里随处可见的经济管理学教材，然后谆谆告诫："学海无涯懂不懂？"

确实，学海无涯。"干中学"是诺贝尔经济学奖获得者、美国经济学家肯尼斯·约瑟夫·阿罗(Kenneth J. Arrow)在 1962 年提出的一个模型，迄今为止已经被好几代经济学家卓有成效地丰富和完善。出于尊敬，我好几次都努力尝试着去了解，但最终还是放弃了，其中的函数表达和推理过程，对于我来说确实太难。好在后来，习近平总书记也开始强调"干中学、学中干"，号召"干什么学什么，缺什么补什么"，我想，从这个层面理解"干中学"，应该也是可行的。

然而，要学的东西太多，要干的事情也太多。于是大量购进两类此前总会直接略过的书籍没日没夜地"学"，开始联系此前从来不会聊天的同道者一点一点地"干"。

"学"什么？数字人文与知识管理学。为什么？写了几篇论文，把这个原因想清楚了，即数字时代的学术生产，需要强化对"算法"、"媒介"、"技术"以及"知识"本身的批判性反思；数字人文正是数字时代面向电影研究的新视野，也是一种与人文学术和学科变革紧密联系在一起的更加深刻的价值观和历史观。

"干"什么？基于数字时代知识生成的主要原则与当下中国电影研究的实际状况，搭建中国电影知识体系平台。为什么？也写了论文，还正在通过实践社群和导师制等形式，争取把这个问题想得越来越明白。目前的理解是：从数据库到数字平台，数字人文视野里的电影研究，需要建构一种思辨途径的数字基础设施。亦即在学术导向、优特数据、众包群智和开源共享的基础上，跟主体性的价值观、整体性的组织方式与具体化的实际应用结合在一起，建立一种相关知识论、知识管理学与知识情境分析的中国电影研究的数字平台。

记得 2018 年初夏，在小西天的中国电影艺术研究中心（中国电影资料馆），参加完论文答辩后和著名电影史学者、北京电影学院陈山教授在文慧园路上边走边聊，仍然围绕着中国电影史研究该向何处去的宏大命题。一路上，我们都对中国电影研究的前景表现出各自的担忧。陈山教授更是洞若观火，让作为后学的我，禁不住为自己的不思进取产生了强烈的愧疚感。

确实，作为中国电影的研究者，我整天都在做什么呢？

2022 年 6 月 28 日　北京

三、小智小智，数字平台如何"众包群智"？

小智，小智，数字平台如何"众包群智"？

听（而不是读）起来是不是有点像人工智能？是的，有点像。我们正在做的是平台，将要做的是生态。不管元宇宙是什么，电影就是元宇宙。

不接受反驳。

因为下面的内容似乎太严肃。

2022 年 6 月 29 日　北京

四、中文电影著述目录

最近一段时间，在中国传媒大学计算机与网络空间安全学院李春芳副教授领衔的信息技术团队卓有成效的工作状态中，有时也在我不懂装懂、不近情理的催逼下，中国电影知识体系平台取得了重大进展，也获得大量关注，口头和书面表扬相当多。因为信息技术和知识组织两个团队都很低调，所以好像什么事情都没有发生。

目前，"众包群智"群里的"小智"们，注册人数已经接近200，骨干"小智"的积极性感动得令人落泪。我们的平台架构还在不断修改和完善之中，各位"小智"和各路大咖的贡献，都将在此后的平台中得到具体的呈现。

今天想要跟大家分享的，是昨天平台"文献索引"导航栏下出现的 9621 条数据。这些数据主要集中在 1920—2018 年间的"中文电影著述目录"部分，大约是我们曾经搜集、整理和研究过的相关数据量的 30%。

当我面对这些已经和将要通过平台共享的数据时，真的非常怀念从 2018 年前后开始的美好岁月。那是身处北大燕园的理科教学楼或第二教学楼，依托电影史研究专题课程，跟一群充满知识渴望、学术理想和人生信仰的北大学子们（也包括部分校外迷影者）沉湎于民国报刊和古早影像的纯粹时光。

他们是由博士生普泽南、李诗语，博士后刘璐与访问学者谭文鑫分别带领的，由黄钧妍、张俊隆、叶馨、薛熠、曾薇佳、丁艺淳、田源、丁湛、姜来、胡晓、黄嘉莹、刘伊蒙、卢正源、万欣钰、吴广大、吴倩如等近 40 人组成的科研团队，在"中文电影著述目录""重要影人期刊文献整理""外国影人文献整理""费穆年谱"等四个方面展开了颇有成效、不计回报的初创性努力。

惭愧的是，当我决定要把这些浸透了他们大量心血和时间的成果纳入平台时，我发现我的电脑里竟然已经找不到完整的记录了。慌乱之下，我只好跟已在云南昆明的普泽南联系，在很短的时间里，普泽南就把几个文件的 word 版和 pdf 版全部发了过来。

泽南，你是真的热爱。不要离开我们太久，还有，早点找到爱你的和你爱的。

这也是我对所有"小智"的祝福。

2022 年 6 月 30 日　北京

五、数据也是温暖的生命体

到目前为止，中国电影知识体系平台的建设工作，经过初步的框架搭建、知识组织和社群实践，开始显示出乐观可人的状貌。当我一下子看到当下这个页面时，竟然第一次感觉到这也是一种日日生长的美；尽管远远算不上精致，但毕竟是自己和大量同道者呕心沥血的产物。

毕竟，数据也是温暖的生命体。

当然，这里的数据是指"好"的数据。

为了戒骄戒躁，就不放出"小智"和大咖们对平台的喜爱和赞誉了。有些喜爱真的是要好好珍惜不容辜负的，有些赞誉则太有力量可以收藏起来，在没有人的地方慢慢品、偷着乐。

昨天应了约稿，重温几种近年来颇有影响的非物质文化遗产题材影视作品。再看纪录片《天工苏作》（2019）的时候，在以前的印象中增加了新的感悟。其中讲到国家非物质文化遗产项目苏州玉雕江苏省代表性传承人蒋喜，跟随渔民在太湖水底打捞史前时代人类祖先留下的"响霹雳"（石器或玉器），试图拂去岁月尘垢，让古玉重见天日，也为现今的苏帮玉雕厘清历史的源头。作为一位玉雕大师，蒋喜表示，愿意放弃原有的一切，做一个古玉的理论研究者，追随古人哲思，去寻访天与地的融合、黑与白的辩证。

我跟太湖也是有缘的。

以前走在太湖边，从来不会想到，在如此美好的风景下，还有一种令人魂牵梦萦的"响霹雳"。

2022 年 7 月 5 日　北京

六、电影研究：从数据库到数字平台（上）

尽管毕业于师范类学院，也任职过一所中学和几所大学，甚至在现单位还得到过北京大学"十佳教师"称号（2003），但在教课或讲座时，我对自己的外在形象和表达能力仍然是很没有信心。

外在形象是爹妈给的，就这样了，再努力也是没有用的；可表达能力，按照我当年招收的播音与主持专业出身的 MFA（Master of Fine Arts，艺术硕士）学生的善意指点，老师可以学一学不要用"喊"的发音方式。可见，至少在这一点上，我是多么不努力，因为我知道，无论说话还是唱歌，都是要用丹田的，还必须配合腹式呼吸。

因此，无论是上电视台当嘉宾，还是在慕课（MOOC）录视频，或者通过这两三年线上会议和各种讲座转化出来的诸多物料，我都是从来没有回看过一遍。B 站不知何时上传的我的中国电影史课程，也是没有勇气自我欣赏的，更在私下里祈祷，千万别让更多的人看见。

但中国电影知识体系平台需要做更多的解释和交流。否则，平台的"小智"们都会觉得不可思议：既然老师做了那么多讲座，也录了那么多视频，为什么不让更多的人看见或听见呢？何况，咱们平台的宗旨就是学术导向、开源共享呀！

是的。好的。既然"小智"们这么说，咱们就这么做。不要把重庆大学美视电影学院的视频荒废了，也算对得住设计组、字幕组、剪辑组等制作组"小智"们积极踊跃、辛辛苦苦的劳动成果。

2022 年 7 月 9 日　北京

七、电影研究：从数据库到数字平台（下）

今天的会议发言，将"史论合一"的命题跟中国电影知识体系平台的建设联系在了一起，并且第一次公开展示出平台的二维码。

感兴趣的各位，如果想要成为新的"小智"，更加知道怎么办了。

开会是跟上课一样累的。说不定更累。所以今天也不多说了。

下面是运营小组石中玉整理的重庆大学讲座视频里最后环节的问题。感兴趣的各位可以按问索答。

李道新老师与同学们围绕"光影绵长数字平台"的版权、发展思路、建设计划展开讨论。以下为主要问题：

1. 数字平台上的影像文献资料版权问题是如何解决的？

2. 数字平台与数据库的本质区别是什么？

3. 对目前电影计量研究如何看待？

4. 除了数字人文对史学的研究，请问对于电影研究而言有没有其他的切入点？

5. 暑期工作坊还招人吗？

6. 请问数字平台是否具有情感向度、影像识别、大数据内容分析等智能算法功能建设的计划，当前的数据库可以适配哪些分析场景？

7. 本平台是否有根据关键词搜索某部电影具体片段的功能？

8. 数字平台是否会拓展为电影创作者的具体参考例证 / 理论指导？

9. 在数字时代，例如在抖音、快手和推特等类似平台上，用什么样的思路 / 切入点可以使数字研究更高效？

10. 计算机学者和人文学者如何实现更融洽的合作？（李道新 / 李春芳分别回答）

2022 年 7 月 9 日　北京

八、从"中文电影百科"到"电影百科"

今天，中国电影知识体系平台又有重要更新：1.6 万条"电影百科"数据。

在"大旗虎皮"还没有成为我的同事李洋的时候，我是大约知道，有一批非常厉害的迷影者创建了一个名为"中文电影百科"（http://www.cinepedia.cn）的网站。刚才搜索了一下，"中文电影百科"虽然停更了，但页面仍在。

其实，百度百科中不仅有"中文电影百科"词条，将其定位于"致力于电影知识传播的公益、非商业的电影网站"，而且在网站介绍、网站性质、几个区别、维基作者、成为作者以及大事记等方面均有相当全面深入的描述和思考。

显然，2006年9月至2007年底运行的"中文电影百科"，确实是中文世界里深具迷影精神、满怀知识理想主义而又影响力重大的电影百科网站。向大旗虎皮、过智俊、Magasa、Talich、卫西谛等创建者们致敬。

现在，"中文电影百科"进驻中国电影知识体系平台，其迷影精神和知识理想主义也将成为中国电影知识体系平台的内在基因。

一直体验着弗朗索瓦·特吕弗在《影评人的梦想是什么？》（1975）一文中表达的一种自己童年时代就迫切想要"进入"电影之中的强烈愿望；也一直记得黑泽明在自传（1990）里说过的一句话："从我身上减去电影，我的人生大概就成了零。"

特吕弗和黑泽明的电影生命，就是我们生命之中的电影。

2022 年 7 月 10 日　北京

九、计量电影操作指南

平台的操作演示视频，以及操作指南，主要是李明杰的贡献，也获益于本平台信息技术组的先期探索。

我所能做的，只是针对文字部分中看起来多出的"的"和缺少的"和"等字词。

2022 年 7 月 12 日　北京

十、谁在"做"数字人文与电影研究

暑期已至，热浪滚滚。

中国电影知识体系平台里的"小智"们仍在默默耕耘，也有新的"小智"在陆续加入。"影人年谱"里的几位大师级影人已经开始显山露水；"电影百科"则新增了按字母 A—Z 开头的职业导航；同样，我们一直关注着平台内数据库与数据库之间的结构调整和整体优化工作。

因为太热，我也找到了不再出门锻炼和拒绝例行散步的理由。

我的借口是要利用暑假，赶完两部书稿和四篇论文，顺便把《费穆评传》也给写完了。我知道这是安慰自己的如意算盘。无论如何也是写不完的，但有幻想支撑着，日子就不那么难熬了。

这几天足不出户，做了一个"数字人文与电影研究"中文发表论文目录（2006—2022）。做到了头昏眼花才停下来，感觉虽然有所缺失，但收获已经很大。幸亏及时做了这项工作，才发现这些年来正在"做"数字人文与电影研究的中文学者，至少已经达到了200人；发表的相关论文（不包括研究生学位论文、专利申请等）也早就超过了200篇。发表这些论文的杂志，既有《电影艺术》《当代电影》《北京电影学院学报》《现代传播（中国传媒大学学报）》等重要的"电影""传媒"刊物，也有《情报工程》《档案学研究》《中国管理科学》《复杂系统与复杂性科学》等"信息""科技"刊物。大多数"做"数字人文与电影研究的学者，也来自信息科学、计算机科学、数学与管理学等领域，可谓素昧平生。

这一过程加深了我们对平台建设的理解，也更加意识到数字人文与电影研究的价值和意义。

我的体会是，做年谱、计量、书目、文献索引以及数字平台，本来就是进一步反思理论、方法、概念与范畴的研究过程。我们应该在更加开放、兼容的观念下设定数字人文与电影研究的对象范围。

因为数字时代的电影学术，本来都应该是数字人文下的电影研究。

2022 年 7 月 18 日　北京

十一、"数字人文与电影研究"中文发表文献目录（1987—2022）

为了这个目录，刚才写了不少说明，但一不小心没有保存下来。心疼了一会儿，也就想开了，许多要说要写的，其实也没人在乎，也就没什么意义。何况，在这个不确定的世界里，我们正在以超宇宙量级创造的云上数据，会不会说没有就没有了呢？

话说回来。不做目录，就不会知道"辨章学术，考镜源流"为什么是一个学者的基本功，也不会明白目录学为什么源远流长，更不会意识到数字平台为什么是数字时代学术研究和知识体系建设的基础设施。

实际上，为了做好这个看起来原本最简单的目录，我都数度放弃，百般质疑。

"夫学术者，天下之公器。"有一种古今皆然、中外一理的精神境界，虽不能至，心向往之。

2022 年 7 月 20 日　北京

十二、如何开展中国电影知识体系研究？

中国电影知识体系研究以电影学研究为中心，跨人文、社科、信息与工程、经济与管理等学科领域，在数字人文、知识体系与平台建设的研究框架中，主要依托中国电影知识体系平台，全面展开中国电影学术、学科、话语与创新、评价体系建构，积极推动数字时代中国电影研究的学术转型，努力为电影强国战略与国家知识工程做出应有贡献。

1958 年，法国著名思想家埃德加·莫兰（Edgar Morin）在《电影或想象的人：社会人类学评论》一书中郑重引用了匈牙利电影理论家贝拉·巴拉兹的一段话："电影艺术……很想成为值得你思考的对象：它要求在现有的庞大体系中占有一席之地，因为这些体系涉及了所有事物，却唯独缺少电影。"

确实，如果按贝尔纳·斯蒂格勒（Bernard Stiegler）的观点，当"意识犹如电影"或使电影得以掌控意识时，人类就会在程序工业中展开思想的新领域。

2022 年 7 月 25 日　北京

十三、每一行代码都能彰显芦草的尊严

昨天读书，在针对伦勃朗的光影阐释中，再一次被提示需要回到帕斯卡。帕斯卡的《沉思录》是读过的，再次翻开，瞬间屏息。

帕斯卡说，人只不过是一根芦草，是自然界最脆弱的东西；但他是一根有思想的芦草。思想承载人的所有尊严。

确实，人是星空之尘，恒河之沙，风中之烛。研究工具承载着我们的思想，在人类一触即发的毁灭性危机中，每一行代码都能彰显芦草的尊严。

以下及以后的相关信息，均来自 CCKS 李春芳副教授团队。

近日，基于 CCKS 的内驱力，并在全球"小智"对数字人文电影研究和计量电影研究的热切愿望引导下，李春芳副教授团队为中国电影知识体系平台开发了原创性计量电影研究工具：CCKS-Cinemetrics。

CCKS-Cinemetrics 软件的主要功能包括分镜（基于 TransNetV2）、色彩提取（基于 K-Means）、景别识别（基于 OpenPose）、道具识别（基于 VGG19）、字幕识别（基于 EasyOCR）等，目前正处于内测阶段。

相关操作运行指南，争取在年内推出。

2023 年 10 月 25 日　北京

《大事记》中的小事

坐高铁，沉迷于刷手机是最没有杂七杂八心理负担的时候了；偶尔抬头看看窗外，还有可能被如画的风景和大好的河山触动了灵魂，正好抽空写点类似散文和随笔的东西，适当地满足一下止不住的文字表达欲。

这就刷到了"中国高校影视学会"公众号发表的《中国高等院校影视学会四十年大事记：1983 年》（简称《大事记》）。对于历经战争与动乱的中国电影教育来说，1983 年仍然显得太早；而对于我自己，1983 年不仅太早，而且没门。一个 17 岁的高二学生，除了在小镇里做题，最大的梦想就是在大学里做题。

知道《大事记》里"全国高等院校电影课教师进修班名单（第一届·北京，1983.7.24—8.24）"一页中出现的那些人的名字，已经是在 20 世纪 90 年代以后的事情了，特别是罗艺军、李晋生、戴锦华、李泱、童刚、赵军等前辈，都是后来才见过的，也都在 90 年代中期之后产生过不同的交集。而在那张 1983 年 8 月 21 日拍摄的"中国高等院校电影学会成立纪念"的黑白合照中，我第一次看到了只闻其书不见其人的朱玛老师，也在李泱老师去世数年后，再一次看到了李泱老师。

1998 年秋冬至 2001 年夏天，我受李泱老师征招，在首都师范大学中文系教电影鉴赏和教育技术，跟李泱老师在一起。

还是先从跟中国高等院校影视学会及其《大事记》密切相关的《电影艺术讲座》（中国电影出版社，1986）开始。1993 年底，作为"青椒"一枚，我从西安西北大学来北京，准备报考中国艺术研究院电影电视艺术研究所李少白先生的博士研究生。记得是在数次逡巡北京西四电影书店和中国电影出版社门市部之后，我才根据拮据的个人财务状况，精打细算地搜罗了一大背包电影书籍。记忆最深处，除了巴赞的《电影是什么？》、克拉考尔的《电影的本性：物质现实的复原》和乔治·萨杜尔的《世界电影史》，就是程季华主编的《中国电影发展史》和这本《电影艺术讲座》了。

为了对得住这笔远远超出预算的"庞大"开支，除了饿过几顿午饭，就是花了几个月，整天大水漫灌似的啃这一堆书。相较法国、德国、苏联、美国等国的电影理论而言，《电影艺术讲座》当然是好啃的，而且很全面，编、导、演、摄、录、美等基础知识，都是各位名家讲的专题，应该非常适合我这种非本专业考生应付即将到来的书面考试。然而，啃着啃着，也就不好啃了，特别是"名片分析"。因为在当时的西安，几乎不可能有机会看得到《战舰波将金号》、《雁南飞》和《8½》，也就不可能真正懂得当年的谢飞、林洪桐和黄式宪老师，到底怎么在讲，讲的又是什么。

尤其是费里尼导演的名片《8½》，在黄式宪老师的分析中简直深刻和深奥到不可思议。幸好考试的时候，李少白先生没有祭出这么刁钻的议题。上了博士之后，就一直惦记着，无论如何想尽办法都是要看的，要不然，读博士的资格随时都会被质疑：一个电影学博士，竟然不曾看过《8½》，既对不起博士学位，更对不起费里尼。

于是，对黄式宪老师的景仰和不解与日俱增，因为黄老师不仅看过而且在《电影艺术讲座》中分析过《8½》。很多年以后，我也看过而且分析过这部电影，但对黄式宪老师在《电影艺术讲座》中的分析的初始体验，始终是所有魅惑之中最魅惑的一次。

其实，故事的时间线还可以提前到 1987 年前后。突然有一天，在我所在的大学里，就出现了一本厚重成砖块的《中外电影剧作技巧大全》，让我们这些文学出身的电影青年如获至宝。好不容易抢到手，翻了翻目录就被同学抢了去，瞬间破灭了刚刚燃起的电影剧作梦；而隔壁宿舍的闲遥君，本来就是才子，竟然手抄了《蒲田进行曲》和《苔丝》的经典台词，在新年晚会上模仿童自荣的声音朗诵，简直迷昏了台上台下他想要迷昏的各位佳人。

后来才发现，险些玉成闲遥君良缘的，是《中外电影剧作技巧大全》的编著者，一位名叫朱玛并改变了一些人命运的川大（四川大学）人。也就是在"中国高等院校电影学会成立纪念"黑白合照中，坐在一排左五的那位先行者。

这就可以回到 1998 年夏秋了。

与其说在当年，李泆老师征招我到了首都师范大学，不如说他在我走投无路的时候，用温暖的知遇之恩收留了我，让我成了他的同事。当我得知李泱老师一直在为中国高等院校影视学会主编《电影文学引论》《电影学原理》等"大学电影课系列教材"的时候，我并没有觉得编一本类似"引论"和"原理"的教材有多么不容易；但当我看到李泱老师总在勤奋地写作，乐此不疲地编著和自著了《影视艺术概论》《电影美学原理》等各种著作的时候，我似乎开始明白，有关电影的"艺术概论"和"美学原理"，因为是最难讨论也无法解决的，所以需要各代人不断地超越，反反复复地书写。

2001 年秋，我告别李泱老师，离开了首都师范大学。

后来，我带着李泱老师的书，又搬了两三次家。

2023 年 8 月 21 日　北京至泰安高铁

罗艺军：以影成文，聚文成史

　　为了准备这次"罗艺军与中国电影美学"研讨会，我翻箱倒柜地找到了跟罗艺军先生相关的一些资料和文献。其中，由罗艺军独著或主编的书籍有 5 种：《风雨银幕》（中国电影出版社，1983）、《1920—1989 中国电影理论文选（上、下）》（文化艺术出版社，1992/2003）、《中国电影与中国文化》（北京广播学院出版社，1995）、《世纪影事回眸》（湖北人民出版社，2005）与《中国当代电影：补阙与反思》（中国民族文化出版社，2012）；另外，还有一本陈墨采访、檀秋文主编的《银海沉浮录：罗艺军口述历史》（中国电影出版社，2015）。

　　这些著作的一部分，留有罗艺军先生的亲笔签名。1998 年 1 月，罗艺军先生称我为"李道新同学"。那时，我为《中国电影批评史》一书撰写事宜，在李少白、章柏青先生的推荐下慎重地到先生家中请教时，先生送了我一本《中国电影与中国文化》；2004 年 11 月，罗艺军先生再送给我一本《世纪影事回眸》，称我为

"李道新博士"。遗憾的是，我这个"学生"和"博士"，从1998年底就调到了大学教书，再加上栖栖惶惶前途未卜，跟罗艺军先生及中国电影家协会、中国电影评论学会等诸位前辈的联系相对较少，也就失去了许多当面学习的机会，这种遗憾无论如何也是无法弥补了。

基于吾生也晚、入界较迟等各种原因，我清楚地记得，自己无缘见过夏衍、陈荒煤和钟惦棐等各位先生，而跟罗艺军、梅朵、于敏、郑雪来与邵牧君等资深电影理论批评家们一起开会或接触的机遇，应该也是屈指可数的。上述这些载入史册的大家，都是在新中国成立前后即从事电影理论批评事业，并倾其一生，在半个多世纪的历史跋涉中，以其独特的才华、不屈的毅力与坚定的信念，为中国电影及其理论批评做出了巨大的贡献。

遗憾之外，还有惭愧。受职业鞭策和习惯使然，这几天，我一直在紧锣密鼓地查阅中国电影家协会、中国电影艺术研究中心等编辑，中国电影出版社出版的三卷本《全国报刊电影文章目录索引》，努力追溯1949年至1994年间罗艺军先生的言行和观点。而作为补充，我还在北大图书馆的各种数据库搜寻全国各家报刊里跟罗艺军先生相关的文献资料，试图理解罗艺军先生及其一代人的文化态度、学术精神与生命历程。作为后来者，我的初步感受是崇敬之外，更多愧疚。

作为最具代表性的中国电影理论批评家之一，罗艺军先生在电影话语建构方面无疑极为活跃并且成果卓著，但罗艺军先生既具真知灼见，又能谨言慎行。在1979年前发表的35篇文章中，没有一篇因时代需要而进行的索隐式批评，更没有所谓电影"大批判"。即便在此后自己的文集编撰中，罗艺军先生也能严格自我要求，从不敝帚自珍。据不完全统计，从 20 世纪 50 年代中期以来，罗艺军先生大约发表各类影片评论、电影随笔及学术论文250 篇。但值得注意的是，在罗艺军先生的 4 本著作中，每本仅仅收录不到 30 篇，应该算建立在自我反思基础上的精挑细选了。反观现今学坛，包括我自己在内，在各种内外因素的压力下，总是无法沉静下来，总是迫不及待地想要说得更多、写得更多并且出版得更多。常识告诉我们，这种状况是有损于学术的。

另外，从一开始，罗艺军先生就能以开阔的视野与深厚的学养，在与时俱进的同时兼收并蓄、择善而从，对中国电影的历史与现状、民族电影的美学与诗学等，既有宏大的问题意识，又有细致的分析路径。综观罗艺军先生的学术历程，从电影作为艺术的各个层面到电影美学的中外对比，从电影民族化的观念探析到电影理论的中国建构，再从电影文化的追溯到电影诗学的构想，都能根据中国电影史论甚至国产影片的具象展开研讨，并在此基础上生发出颇有价值的概念、方法与议题、命题，这都是中国电影理论批评的核心问题，现在还在中国学者的热烈讨论之中，后来者并没有从整体上完成应有的超越之举。这就提醒我们，还要更加努力、更加虚心地学习前辈学者的话语实践及其知识体系，避免挑战基本常识、违背学术史以及因不断重启、反复申论而导致的学术浪费。

以影成文，聚文成史。罗艺军先生以其漫长的学术经历贡献给中国电影及其历史本身，并以其晚年的一系列独特的电影历史"回顾"，令人敬佩地展开了这一代人的第二次历史"再写"。其实，跟罗艺军和那些已经为中国电影做出贡献的许多电影人一样，后来者的各种探讨和研究，既是为了中国电影的理论建构，也是"为了还历史以本来面目"。

2021 年 2 月 28 日　北京

《钟惦棐谈话录》的稿费

　　下午三点多，正在为今晚即将进行的线上讲座拼命地备课。突然收到章柏青老师的短信："各位朋友，《钟惦棐谈话录》一书，前已寄各位。其作者彭克柔非常感谢大家，坚持以邮汇方式寄来些稿费（凡点评者每人 500 元）。由于疫情，附近邮局刚开门，现取出，从微信汇各位，请笑纳！受托人章柏青。"接着收到了微信转账 500 元。

　　章柏青老师是我在中国艺术研究院电影电视艺术研究所读书和工作时的老领导，也是中国电影评论学会的前会长。在我人生最晦暗想要离开恭王府的时刻，章老师真诚地挽留过我。

　　但我的直觉告诉我，这笔转账不能"笑纳"，因为太不近情理。我赶紧回复章老师："章老师，其实真的不需要。因为是我们获得了书本和知识，应该向编著者表示感谢才对呀！"可章老师坚持："道新，还是顺其心，接受吧！"

　　我的心头一热，差点泪目。想起来，章柏青老师居然快要 80 岁了，托付他办事的彭克柔先生更是 85 岁以上高龄，这么多年来，两位老人为钟惦棐和中国电影评论事业做了那么多，而我几乎没有为他们做过任何有意义的事情。这一次也就写了几十个字，哪里值得被感谢，还要收稿费呢！于是我回复道："太受之有愧了！我们整天都在忙一些看起来很重要的事情，实际上忽视了太多更值得关爱的人。"

话说去年受章柏青老师委托，给彭克柔编著的《钟惦棐谈话录》写了几句话放在书里。其实，更早的时候，我就收到过彭克柔编著的这本《钟惦棐谈话录》，是香港广宇出版社 2010 年的版本。我从头到尾读过一遍，感到收获颇丰，更觉编著者对钟惦棐的感恩之心实在令人动情。我没有想到彭克柔先生还会在世界图书出版有限公司自费出版一次《钟惦棐谈话录》，但我，还是写下了读过此书后最真实的体会："《钟惦棐谈话录》既保留了钟惦棐与编著者之间不可多得而又令人感怀的交流往事，也因应着改革开放之初中国文艺和电影领域的激荡潮流，还见证了一段无法复制却又生动鲜活的知识分子心灵史。"

今年 4 月 11 日，章柏青老师告诉我："应作者委托今早快递过去《钟惦棐谈话录》五册，有否收到！作者再三让我感谢你的精彩点评。"接着又写："若你的学生需要，我这里还有书还可再寄。作者系自费出版，只能以书作谢！我也感谢你百忙中为钟老事效劳。"

收到书后，打着太忙的旗号，我也没有太多在意如何为钟惦棐的事情"效劳"，更是不会想到还能收到彭克柔和章柏青两位长辈辛辛苦苦寄转过来的"稿费"。我不知道现在我还能为钟惦棐和两位老者做点什么，但我知道我要感谢。因为在这个世界上，仍然有人锲而不舍地用行动告诉我，要始终感恩帮助过你的人。

2022 年 6 月 26 日　北京

《十字街头》：电影如何话剧？

应该已经十年了，记得还在写博客的时代，黄盈从博文里得知有一段时间我在美国"访问"，便顺便托我回京时替他买一个美式橄榄球。

后来，黄盈成了更著名的话剧编导，也在北京电影学院导演系当上了教授。2020年10月，我才知道他根据沈西苓编导的经典影片《十字街头》（1937）编导了一部同名话剧。我非常好奇，但也感觉不可思议。作为一个概念，"舞台蒙太奇"确实很有想象力，但时空如何跨越，尤其电影如何话剧，却是一个颇为生冷并且悬而未决的议题。

遗憾的是，当时的演出没有来得及观摩，我的问题仍然是好奇加怀疑。

2月2日，我又接到黄盈的微信信息："李老师，我根据老电影给国家大剧院导演的《十字街头》2月会在大剧院戏剧场演出。大剧院想在2月24日（周五）14:30—16:00在戏剧场内做一个

‘国家大剧院经典艺术讲堂——直击剧场’的对谈活动，我特别希望邀请您来当对谈嘉宾。如果您有时间和兴趣，我让大剧院的工作人员跟您对接，可以吗？”

当然是可以的。尽管刚刚开学，有点忙得不可开交。要不然的话，我自己就会更加封闭无知，老朋友之间的关系也会逐渐变得生分，然后无可挽回地渐行渐远了。

昨天晚上，便带着几个同样极感兴趣的在读硕士和博士，一起去国家大剧院戏剧场看了《十字街头》。观众很踊跃，中后程开始有共情的笑声和明显的反馈。看起来，观众中的小朋友竟然更能得到某种愉悦。这也是我始料未及的。

好奇心得到疏解，怀疑烟消云散。不得不说，关于经典影片《十字街头》的这一次话剧实验，同样是只有黄盈才能构思、只有黄盈才能实施的令人感佩的创作行为。看的时候我就一直在想，这得是一个多么沉溺于老电影的迷影者，才会用这种学者式的，贯穿着考据、索隐、评论以至历史研究的方法，向80年前的老电影和电影人庄严地致敬；又得是一个多么具有未来屏幕感和当代舞台感的戏剧工作者，才会用这种极具挑战性的，将舞台上的摄影机和演员表演、大屏上的原片影音和相关素材，跟至少两幅小屏上各种类型的新旧影像整合在一起，最大限度地突破影音和舞台的时空限制，在“总体屏幕”的基础上完成一个“总体舞台”的创新性任务。

舞台蒙太奇是什么？电影如何话剧？

黄盈给出了自己的回答，尽管并不完美。站在朋友的立场上评价：“应该不会有人做得更好了。”

　　当电影和话剧，以及 80 多年前的年轻人和 80 多年后的青年人仍然不可避免地站在世界、时代、生活、工作和爱情、选择、前途、命运等十字街头的时候，电影和话剧可以"组织"起来，以最大多数观众能接受的方式告诉观众：先是活下去，然后向前走。

2023 年 2 月 23 日　北京

《扫黑行动》：类型追求与使命担当

作为一部剧情跌宕起伏、演员阵容强大、类型意识明晰的扫黑题材影片，林德禄执导的《扫黑行动》凸显了"扫黑除恶"专项行动的艰巨性和复杂性，同时彰显了中国司法去除黑暗见光明、公安干警舍生忘死为人民的公平正义力量。

影片剧情跌宕起伏，案件扑朔迷离。从一开始女大学生被暴力催债坠楼身亡，到涉案保险公司经理侯文武在自家楼梯离奇上吊，再到逐渐显现的十五年前的两桩旧案，整部影片剧情设计悬念不断，环环相扣，呈现出整个案件的社会面影响之广以及侦破案件的意义之大。尽管观众笃定最终结果一定是邪不压正，但幕后黑手到底是谁？这个问题一直萦绕在观众脑海，吸引观众沉浸其中，跟随着公安干警一起侦破套路贷、暴力催债、黑吃黑、境外资本勾结等一系列犯罪行为的背后真相。对于观众而言，整个观影过程既是一次惊心动魄的心灵体验，更是一堂印象深刻的普法教育课。

演员阵容强大，正邪对决激烈。特别是周一围饰演的成锐，面对来自各方势力的阻碍和干扰，甚至面对生命威胁表现出来的锲而不舍和大无畏的精神，体现了中国公安干警一以贯之的沉稳干练和舍生忘死的优良传统。尤其是影片提及十五年前成锐父亲因公牺牲，更说明了两代公安干警之间生生不息的精神延续和代际传承。同时，影片通过成锐在公安大学读书期间听过经济学教授有关新型金融犯罪的课程，以及通过无人机破案、观察搏杀中蒙面刺客的身手特征等一系列细节刻画，又突出了新一代公安干警机智灵活、积极应变和善于学习新知识和新技术的创新意识和创新能力。当然，公安干警的凛然正气在诸多反面角色的映衬下显得更为突出。从曾志伟饰演的"成功"企业家安亦明，秦海璐饰演的安亦明之妻即暴力催债公司头目周彤，到吕良伟饰演的刚刚出狱的黑社会老大周胜华，再到张智霖饰演的大学教授赵羡鱼，这些角色隐藏之深，以至正邪莫辨。他们之间的关系也错综复杂，尤其是角色塑造十分丰满，对于父女关系和爱情关系都有着较为丰富的情感表达，进一步凸显了公安干警扫除黑恶势力所面对的严峻形势和巨大考验。与此同时，也让观众从中深切地感受到世间珍贵的亲情、友情和爱情，一旦突破了法律的底线，最终都将灰飞烟灭。

影片类型相互融合，悬念扣人心弦。导演林德禄曾经执导过"反贪风暴"系列片，在动作和犯罪类型创作上积累了丰富的经验。在影片中，无论个人动作，还是双方的对局和相互的搏杀，抑或疯狂追车和群体打斗等场面设计，都通过人物的激烈动作，让观众看到了剧情的跌宕起伏，更看到了人物内心复杂而深刻的心理活动和情感反应。同时，影片也不是以动作为中心而展开的，而是将犯罪、悬疑和侦探等类型融为一体，更加凸显了新时代公安干警所面临的新技术犯罪，及其带来的更为复杂和多变的严峻挑战。传统动作犯罪类型片一般主要依靠案件或情节发展来推动叙事，而将人物设置为叙事不可缺少的戏剧元素，从而受制于情节的发展，这种叙事策略因为将人物设置为次要的叙事元素，因而无法给观众带来更强的精神体验，也很难使观众对人物背后所蕴含的价值观产生强烈共鸣和情感认同。为此，《扫黑行动》力图突破传统动作犯罪类型片的藩篱，不仅塑造了一批由公安干警、检察官、普通市民和大学生等组成的富有个性又充满人性、敬业务实又生动活泼的正面角色群像，而且突破了反派人物的脸谱化塑造模式，纳入了更为丰富的内心刻画和情感表现。影片的角色挣脱了既定类型的束缚，超越了仅仅顺应情节发展的功能，也就拥有了自己的驱动力和蓬勃的生机，从而能够为观众带来更深层面的认同和体验。

总之，作为一部具有创新意识的动作犯罪片，影片针对扫黑行动这一影响深远的社会事件，基于经济、社会和技术发展带来的复杂环境，通过一个个立体、丰满的角色塑造，向观众彰显了法律的正义力量，并传递出新时代中国公安干警的使命担当、坚强决心和坚定信心，也为当前国产电影带来了一种有益的启示。

2022 年 11 月 21 日　北京

《独行月球》："麻花喜剧"的浪漫科幻

北京开心麻花娱乐文化传媒股份有限公司的"麻花喜剧"，既以其公司之名与一种深受大众喜爱的娱乐类型联系在一起，又成为当下中国几乎不可复制的一个令人瞩目的社会文化现象。十年来，包括一系列舞台剧、音乐剧、网络剧、喜剧小品和电影作品等在内的"麻花喜剧"，虽然不可避免地存在一些值得深入反思的问题，但也一以贯之地为大量受众带来过特有的笑声和欢乐，并在喜剧领域持续不断地拓展和深耕。同样，随着中国电影工业体系的进一步增强，中国科幻电影奇峰突起，开始对广大观众形成较为强大的吸引力，科幻电影跟"麻花喜剧"的"遇见"，也应该是自然而然的事情了。

《独行月球》就是"麻花喜剧"的第一次浪漫科幻之旅，也是中国科幻电影在与喜剧类型相互融合层面上迈出的一大步。尽管由于故事情节和人物关系的设定，使得整部影片的"含腾量"很高，但也正是因为在叙事和表情方面，主要聚焦于沈腾饰演的独孤月与马丽饰演的马蓝星之间的"浪漫"关系，才将《独行月球》的喜剧特征通过科幻形式予以特殊呈现，并将这部往返于月地之间的"麻花喜剧"打造成了一种中国式的浪漫科幻电影。

其实，在各种场合，影片主创者都在强调《独行月球》的故事性和喜剧特征。在接受《中国电影报》记者采访时，导演张迟昱也一再明确地表示："归根结底，我拍的依然是一部喜剧片，它跟开心麻花以前的片子不同的是，以前是在地球上的喜剧片，这次搬到了月球上，所以这个影片的核心还是喜剧。"应该说，在当下境况下，这是一种非常难得的类型意识，也是一种需要特别鼓励的创作定位。尽管《独行月球》已经是迄今为止"麻花喜剧"中投资规模和制作难度最大、特效镜头最多的一部影片，但相较于"硬科幻"电影令人瞩目的虚拟拍摄和技术提升，《独行月球》最核心和最关键的元素，确实不是充满着月球和宇宙奇观的科学幻想，而是弥漫着人与人之间浪漫仪式的爱之深情。跟影片主创所期待的一样，影院里的大多数观众，确实既能在诸多情节和大量细节中获得忍俊不禁的喜剧效果，也能在金刚鼠拉车驰骋月球和众志成城点亮地球等段落里，体会到一种自由自在而又"非常浪漫"的愉悦感。中国科幻电影的这一次出发，是以浪漫喜剧的方式，再一次表达了中国人内心深处最朴素也最单纯的情感：爱与回家。

事实上，科幻电影史上的无数作品，无论是以未来科技和人类处境的想象力为主要诉求的"硬科幻"，还是以时空穿越和观众代入的娱乐性为基本目标的"软科幻"，都大多在执着地表达爱与回家这种普遍的人类情感。即便许多依靠科幻"噱头"展开故事甚至完全"无厘头"的科幻喜剧，也都往往离不开这一共通的主题。在这方面，表现月地关系的科幻电影尤其如此。毕竟，月球是距离地球最近的天体，承载着人类文明中那些最久远、最生动也最浪漫的想象和记忆。在中国，大量神话、传说与无数诗词中的月地关系就更是如此。

作为科幻电影的开山之作，乔治·梅里爱在 120 年前拍摄的《月球旅行记》，就是这样一部表现月地关系的科幻电影，并以超凡的视觉手段，确立了幻想电影与非幻想电影之间的分界线，使电影上升为一个多世纪以来施展幻想平台、提供娱乐工具和思考人类命运的最重要的媒介。而在 2009 年邓肯·琼斯导演的影片《月球》中，在月球能源基地萨朗站开采 HE3 的全片唯一人类宇航员山姆·贝尔及其克隆体，尽管都是公司设计的最新型人工智能，却也总是幻想着跟自己的妻女在一起，最想要做的事情当然也是"回家"。更加值得注意的是，罗兰·艾默里奇导演的《月球陨落》从今年 2 月开始全球公映，随后在中国内地影院上映并在各大平台上线。这也是一部表现月地关系的十足"硬核"的科幻电影，在令人窒息的灾难设定、震撼人心的特效场景和极具创意的科幻元素中，通过普通个体的奉献与牺牲，既化解了月球和地球的毁灭危机，又承载着人类共同的亲情渴望和归家念想。这也再一次表明，尽管科幻电影可以让作为一个电影人的詹姆斯·卡梅隆看到一个全新的世界和全新的未来，但包括月球想象在内的科幻电影的宇宙图景及其星际叙事，自始至终也都是人类克服恐惧和孤独、寻找爱与庇护并表达自由与浪漫的最佳载体。

《独行月球》的立意和创作，当然遵循了科幻电影，特别是月地关系科幻电影的这一屡试不爽的类型规律。尤其是在学习和参考包括国内出品的《流浪地球》和《刺杀小说家》等在内的科幻电影、喜剧电影以及科幻喜剧电影史上的大量经典作品之后，影片决定以"麻花喜剧"自身独有的喜剧品牌和人才资源为核心，在尽其所能地向观众展现科幻电影的"硬核"效果的前提下，也最大限度地张扬了科幻喜剧这种"软科幻"天马行空地讲述故事和表达情感的独特能力。这种独特能力，不仅体现在片中直接挑战沈腾喜剧演技的"含腾量"，而且体现在对马丽和其他几个重要人物的表演个性，同样做出了较具喜剧色彩的设计和安排。特别是在金刚鼠拉车驰骋月球这一令人神往的浪漫段落里，终于可以让观众体会到，为了选择和塑造"金刚鼠"这一角色作为独孤月的搭档，主创者进行了多么精心的铺垫。而在众志成城点亮地球的段落，尤其在影片结尾处，伴随根据《回乡之路》改编的歌声，独孤月最终融入环绕地球光带的段落里，导演所追求的"浪漫"效果也达到了极致。

作为一部带着沈腾、马丽等人的鲜明印记与"麻花喜剧"独特风格，在类型指向、观众心理以至档期安排等方面都考虑到位、诉求精准的浪漫科幻影片，在因疫情影响持续低迷的当下中国电影语境里，《独行月球》无疑给予了观众一份对自由和浪漫的期许，以及一种努力寻找爱与庇护的心灵慰藉。从这个角度来理解，影片已经达到了应有的效果。然而，在笔者看来，还是可以在相关问题上提出进一步的反思和批评，尽管这种反思和批评，容易显得曲高和寡以至无的放矢，或者陷入吹毛求疵的境地。

第一，影片尽管明确地定位于浪漫科幻，甚至在影片中组织了科学家顾问团队并经过相关的审核修改，但在对未来科技与人类命运的想象和表达方面，"麻花喜剧"还可以做到更开"脑洞"，也可以比现在的设定更富原创力和启发性。

第二，"麻花喜剧"是否可以在科幻类型中，或者借用科幻电影有关人类命运的深刻思考，进一步改变其以往或多或少就存在的设计痕迹较重、过于追求包袱的弊端，更多地指向丰富的现实生活和复杂的人性层面，让"麻花喜剧"的浪漫科幻拥有更加深广的人间情怀。

第三，与此相关，作为一部科幻喜剧片，无论是尘世或宇宙中的遇见，还是月球或太空里的浪漫，都需要呈现更多的世态炎凉和人间悲欢，因为只有这样，才会让观众突破简单甚至单一的感动情绪，体验最大限度的心灵震撼。

原载《文汇报》2022 年 8 月 6 日

《云霄之上》：主旋律战争片的整体创新

　　6月17日，全国艺术电影放映联盟专线开始上映一部制作成本仅为300万元的主旋律战争片《云霄之上》。这部由浙江影视（集团）有限公司与中国美术学院出品、刘智海导演的"浙产"小投资影片，不仅在去年第十一届北京国际电影节上获得主竞赛单元天坛奖最佳影片、最佳男主角和最佳摄影奖，而且以其锐意进取、深度开掘和震撼人心的大格局，推动了国产主旋律战争片的整体创新。

　　其实，从对战争反思、人性探讨、生命体验、美学追求等层面来看，《云霄之上》也可以被解读为一部战争题材的艺术片，甚或一部独具特色的作者电影。尽管影片也以愈来愈紧迫的时间线，讲述了1935年浙西南的一群普通的工农红军，接到军令要在48小时内炸毁白匪弹药库，解救挺进师大部队350名弟兄生命的一个似乎不可能完成的任务，但却最大限度地突破了一般战争电影尤其主旋律战争片的叙事成规和审美风格，呈现出国产电影里前所未有而又亟须加强的人类精神向度和艺术想象空间，既为影片本身赋予了整体意蕴的拓展和创新，以及东方美学的气息和灵韵，也给大多数观众的理解和阐释带来了极为丰富的可能性。

同样，作为"学院派"的创作，这部被舆论称为"横空出世"的战争影片，因为有意识地秉持着先锋电影的探索动力和实验艺术的创新精神，带着重新定义主旋律战争片和东方电影美学的雄心以至野心，在中外诗性电影理论与创作实践的感召下，通过近乎不设色的水墨淡彩文献记录效果，以及游走于人与天地交融之处的气韵生动的长镜头，自始至终都将写意的美学与哲理的思辨结合在一起。摄影机所到之处，无论云霄之上、山林之间，还是人群之中、深水之下，均是战争的残酷、军令的责权与信念的考验，也是向死而生的英雄主义、舍生赴死的自我牺牲，以及跟南方葱郁的大自然一样热切无比的生命张力。

影片的整体创新，正体现在这种极致的影音造型、独特的表达方式及其内蕴的深刻的思想性上。或许，《云霄之上》不是一部简单地可以用"最美"来描述的战争片，也不是一部可以让先烈们的灵魂在云霄上下得到净化或升华的诗意电影，更不是一部可以直接让当下的普通观众获得知识和启发的影音教材，相较于上述各端，《云霄之上》还要更加复杂、多维和深厚。但唯有如此，才真正显现出这部影片本身的价值和意义。在中国从电影大国走向电影强国的历史征途中，在国产电影丰富多样的题材、类型与风格序列里，我们不仅需要各种不同的电影创作并驾齐驱，并以此召唤各自不同的观众群体，构建国产电影的良性生态，而且需要在中外电影的比较视野里，在创新体系、评价体系和话语体系等方面跟美、日、韩、印等国家和地区的电影展开深入的对话和交流，并以此彰显中国电影面向世界的、优秀的思想能力和表达能力。

就像影片开头的山谷战场，接下来的水下幻觉、山洞宣誓以及结尾的空中血雨等，应该都是能够在杰出的造型手段中营造独特的思想情感，并能直接触发全人类观众情志的段落。而在影片提供的几个版本的预告片里，"战争摧残生命，也让更多人看清生命""生命的意志，在于时代的信仰""命令是下给军人的，是军人就得执行""危险无处不在，求生还是赴死"等表述，也都是全世界观众面临的共同命运及其艰难选择。

原载《广电时评》2022 年 7 月 8 日

《人生大事》：电影就是人间烟火

　　无论影片编导刘江江，还是监制韩延，都对影片里的武汉市井生活及其方言表达情有独钟。而大多数看过影片的观众，更是对殡葬行业亦即生老病死这种既接地气又有救赎意义的题材，尤其对朱一龙饰演的主人公莫三妹"带着生活泥浆味道"的表演赞誉有加。在 CCTV-6 的"周末观影调查"中，也有"《人生大事》人间烟火气打动人心"的报道。烟火气，以及因贴近最大多数普通受众心理而带来的治愈感，大约是《人生大事》在当下创造可观票房并博得好评的主要原因。

　　值得注意的是，四个月前，在《人生大事》发布的宣传曲MV 中，二手玫瑰乐队演唱的《上天堂》，便以乐队特有的"土味"时尚，将影片的诸多核心元素如莫三妹经营的名为"上天堂"殡仪店、"没能耐的干不了，有能耐的看不上"的尴尬的殡葬职业特点，以及"人生除死，无大事"的影片主题等和盘托出，倒也使影片本身在一定程度上暗合了这支俗称"红白喜事"乐队的精神气质。编导刘江江则对媒体表示："我们虽然不可避免地会提到死亡，但《人生大事》其实是在讲怎么好好活着，希望人们看完电影好好去谈个恋爱、去吃个火锅、去好好享受生活。"显然，拍烟火气的电影，过接地气的生活，就是这部影片的创作宗旨及其面向普通观众的期许。这一点，也同样体现在影片从情节到细节的打磨，以至从影音诉求到整体格调的追索之中。当这种烟火气弥漫在日日如常的街头巷尾，浸透了男女老少各色人等，其中的喜怒哀乐和酸甜苦辣，就能以其愈益沉着的力量和紧逼内心的势头，同样让观众直面生死并感同身受。也正是得益于这种烟火气的弥漫和浸透，才能让观众在不经意间体会到，无论街道上的拼命奔跑还是大雨里的执着回归，无论天上的星星闪烁还是空中的烟花绽放，其实都是日常生活与平凡人生在影片里的诗意呈现，是漫天遍地的烟火气之于片中人物与影院观众的心灵净化和精神升华。

其实，电影就是人间烟火。这种人间烟火，既源自主创者的生活经历和生命体验，又跟影片创作过程中自始至终都在尽力营造的一种特定氛围和独有气息联系在一起。正是对这种无处不在和无时不在的"空气"的捕捉和把握，使得摄影机似乎随时出没在活泼、热辣的市井，同样活泼、热辣地跟随着人物，或者穿梭在熙熙攘攘、永不止歇的人群之中。在保留着不少瞬时或毛边效果的声画组合里，尽显生活的粗糙质感和生命的野性动力，却也在面对死者形象和殡葬仪式的态度上保持着一种较为难得的平常心。更为重要的是，跟中国人的家庭观念以及武汉这座城市的内在性格相互呼应，影片展现出来的各种人际关系，尤其是在各式家庭里所表露的各不相同的孝道或亲情，或许时不时地也会让观众感觉无奈和唏嘘，但在面对新的生命和人的死亡时，主人公父子（或类父女）三代人通过艰难的对话与最终的和解，也终于阐发出人间烟火的真正意义，使影片主题进一步升华，自然而然地导向更加通透的生死之境。

所谓人间烟火，既不是世界的暗黑与人性的深渊，也不是一地鸡毛的个体宿命与成王败寇的历史逻辑，而是斗转星移、大江东去，更是人与人之间的代代相续、生生不息。因此能够理解，片尾曲《种星星的人》为何引用了李叔同填词、意境温婉的《送别》；也能够理解，根据影片创作的主题曲《人生大事》中为何出现这样的歌词："我爱这离合爱这悲欢，爱这烟火的人世间。"人间烟火原本就是人类的目的，从这一角度来看，电影原本不应该设定其他的终极。电影就是人间烟火。

原载《文艺报》2022 年 7 月 6 日

《我是周浩然》：应答机制与精神共振

最近几年来，一批非常优秀的新主流电影作品陆续登上银幕，在社会各界和普通观众中产生了较为深广的影响力。其中，除了《战狼Ⅱ》《红海行动》《长津湖》等新主流大片，《夺冠》《革命者》《守岛人》等一批中小制作影片也获得了较高的口碑和舆论的好评。更重要的是，这些主要以革命历史和现实生活中涌现出来的英雄模范人物为题材的新主流电影，大多能够通过深层交互的运作实践和创作主体的成功介入，进一步推动类型元素的整合与工业水准的提升，并在此基础上促进共情效应的展开与美学风格的形成。

在这方面，《我是周浩然》也是特别值得关注的一部电影作品。这部由曲直编剧，李连军导演，王海祥、魏子涵主演的影片，从创作宗旨、文本特征到受众期待等各个领域，正可鲜明地呈现出新主流电影在历史与现实、现实与未来以及银幕上下、影院内外与创作者和接受者之间共鸣共情、交流互动的应答机制。

可以说，通过精良的创意和认真的制作，尤其是通过扎实的剧本和新颖的结构，《我是周浩然》颇为用心地设定了抗战时期与当下时空中的两个"周浩然"角色，在自始至终的代际对话和应答机制中，既讲述了一个左翼作家、抗日烈士周浩然为探求真理和正义，毅然决然弃文从武走上抗战一线并壮烈牺牲的故事，又讲述了一个中途转学、因同名同姓而被英雄吸引并逐渐走上身心追寻之路的中学生周浩然的故事。两个人物在两个时空中彼此分离，但又相互观照、内在呼应以至声息相通，通过时空跨越的叙事结构和不断交叉的平行剪辑，最终达成信仰的同构与精神的共振。也正是通过这种精彩的应答机制的建立，《我是周浩然》体现出新主流电影所能达到的思想深度和艺术水准，既蕴含着革命的激情、生命的哲理和沛然的诗性，又感人至极，发人深省。

《我是周浩然》的应答机制，与剧作本身似实而虚、似虚而实的人物设定、中介选择及其情感联结密不可分，也足见该片编剧令人赞佩的结构功底和创新实力。事实上，以真实人物之名，虚构并对应于现实生活中的一位"问题"少年，这一颇具"分身"特点和比照功能的人物设定，尽管在科幻、神话、玄幻等类型影片中屡见不鲜，但在如此重要的主旋律电影中出现，如果把握不准，有可能削足适履，其效果往往适得其反。但正是在这里，可以见到编导者的巧思。影片也正是以"周浩然"这一"名""实"之间的关系及其分合与辨析为出发点，结合作为两者之间中介的日记、研究文集、话剧、文化园和烈士用过的钢笔等，让观众不断跟随现实生活中的"周浩然"一起，重访当年英雄"周浩然"

曾经创办的国术练习所所在地，及其领导的即墨县抗日义勇军活动空间，回溯革命烈士周浩然在三官庙、西尖庄等地的惊心动魄的抗战足迹，并在此过程中不断重现烽火岁月里抗日烈士智勇双全、视死如归的高尚品质。

因此，现实世界中的"周浩然"一步一步走向烈士牺牲之地的过程，与其说是为了寻找跟战争年代里的"周浩然"展开对话的驱动力，不如说是为了完成两个"周浩然"在同一空间、不同时间的相遇，最终令人信服地向历史也向现实，向两位主人公也向所有的电影观众，阐释片名"我是周浩然"所指涉的深刻内涵。事实上，两个"周浩然"的相遇，既是为了从普通个体与革命英雄的层面提示观众捍卫自己的名字所拥有的尊严感，也是为了从更高的精神层面将"名""实"之争跟国家和民族的尊严及其未来的命运联系在一起。

颇有意味的是，在影片片头，随毛笔书写而出现的"为正义而生死"的烈士心志，恰恰是在烈士饰演者的画外音中被朗读出来的。而在"我是周浩然"的片名出现之后，正好跟演职员表中的各位人名相吻合，在现实学校课堂老师点名的声音中出现了影片顾问周法廉，编剧曲直，主演王海祥、魏子涵以及导演李连军等人的名字，随后直接切入故事叙事，画面也进入中学教室，老师点名"周浩然"，而"周浩然"以缺课的方式首度回应了自己的存在。这便将两位"周浩然"之间的相互对话和应答机制，从一开始就扩展到了包括与电影相关的几乎所有人在内的更加深广的领域。

这一应答机制之所以动人，还在于影片是在深入探讨生命价值的基础上，重新定义了英雄的内涵。就像现实世界里的"周浩然"在抗日烈士"周浩然"日记中读到的一样，"打破你一生的铜墙铁壁，就是英雄"。影片并没有为了拔高"应答者"的正面形象而美化现实世界"周浩然"的生活状态，更没有为了提升现实世界"周浩然"的精神境界而虚构一些脱离实际的英雄举止。相反，现实世界"周浩然"所在的家庭和学校，同样不乏父母双方的争吵和同学之间的霸凌，其成长过程既有青春的些微萌动，也有无法排遣和诉说的苦闷。正因如此，影片才得以在相对写实的现实世界里，让周浩然坚持"打破"自己沉浸于电子游戏的"铜墙铁壁"，不断进入革命英雄"周浩然"所在的抗战时空，在愈益紧张的蒙太奇节奏中吸引观众，增强英雄叙事和敬仰情绪的内在感召力。

在这个"周浩然"以生命为代价所留存的悲壮的历史语境里，既有残酷战斗的鲜血喷溅，也有生离死别的儿女情长；既有同仇敌忾的雄壮歌声，也有牺牲时刻的豪情万丈。特别是在烈士殉难处，两个"周浩然"相向奔跑、隔空对望，身体动作的一致性象征着精神旨归的趋同。烈士牺牲之后，伴随着小女封儿的稚嫩歌声，鲜红的党旗在蔚蓝的天空和绿色的田野之间飘扬。这是生命的歌唱，无疑也蕴含着传承的渴求与未来的希望。这种以动作性和传奇性见长的英雄刻画方式，在山野的腾跃呼喊和星夜的仰望抒怀中，同样呈现出高度的电影诗性。而在影片结束之前，在虚拟时空中，现实世界"周浩然"跟随伫立于天地山海的英雄，穿越日月星辰与民族历史的精神之旅，则为全片奠定了一种难得的宏阔视野和高尚之境。

诚然，在当前的电影传播格局里，跟大多数中小规模的新主流电影一样，《我是周浩然》也很难在一般院线和大量影院中获得应有的反响，但笔者相信，随着应答机制在更加深广的领域得到认真的探索，"周浩然"将会成为民族英雄及其崇高精神的共名。

原载《光明日报》2022 年 1 月 26 日

《铁道英雄》:"硬核"与中国电影的自信心

按《咬文嚼字》编辑部2019年底发布,随后被人民日报客户端转载的信息[1],作为一个近两年来兴起的、热度仍在增高的流行语,"硬核"大约跟"很有力量感""很刚硬""很彪悍"等呈现一种极致状态的概念联系在一起,又蕴含着"很有难度""很厉害"等表达一种特别赞赏情绪的评价标准。而作为例证,国产影片《流浪地球》的热映,就曾被当作"硬核"科幻引发过观众的大量讨论。

现在,《铁道英雄》也被不少观众和舆论冠以"硬核"二字,或以"硬核"大片质感、"硬核"精神气质以及"硬核"动作片、"硬核"战争力作等描述其内在特征,并张扬其"燃爆"或"爽爆"的观影效果。确实,如果将其沉稳厚重的影调和冷峻硬朗的

① 区块链、硬核、我太难了……2019年十大流行语来了! [EB/OL].
(2019-12-02) [2021-12-02]. https://baijiahao.baidu.com/s?id=1651787037
022495231&wfr=spider&for=pc.

风格，与其重建工业小镇和铁道机械的年代感，跟仿佛精准复刻
一般的各种道具和细节相互参证，通过临场感极强的枪战和直面
残酷性的搏杀，让观众感受到一种似乎能够穿透银幕的"血性"
和"劲道"，那么，《铁道英雄》是当得起"硬核"这一评价的。
特别是当影片内外和银幕上下都在为一种历史的"还原"、电影的
"初心"与英雄的牺牲而动心动情的时候，《铁道英雄》的"硬核"
便印证了新主流电影的英雄叙事在悲壮美学层面的复归，并在很
大程度上彰显了中国电影的自信心。

　　在接受媒体采访时①，导演杨枫谈到影片创作中对八路军第
115师鲁南铁道队抗战事迹的认真回访及其"原创"历程。饰演
日本军官的日裔演员森博之也在采访中感叹，导演和影片"太厉
害了"②，森博之表示，影片服装、化装和道具的每一个环节都是
"精益求精"，连发蜡都是"特殊定制"的，只为能表现出那个年
代特有的头发光泽。在整个拍摄过程中，摄制团队对于细节的极
致追求也让森博之颇为动容。

　　在杨枫看来，之所以对1939年的临城车站、蒸汽火车、货物
封条以及验货单等各种历史细节做出参考博物馆文物水准的"精
准复刻"和"极致还原"，既是为了表达自己对牺牲的英雄和过去
的历史发自内心的"敬重"感，也是为了充分体现出自己作为一

①　周慧晓婉.导演说《铁道英雄》不是"铁道游击队"，范伟最爱父子戏
　　份｜揭秘［EB/OL］.（2021-11-17）［2021-12-02］. https://baijiahao.baidu.
　　com/s?id=1716669233994973968&wfr=spider&for=pc.
②　《铁道英雄》19日上映 日本演员森博之赞中国影人"令人震惊"［EB/
　　OL］.（2021-11-09）［2021-12-02］. https://baijiahao.baidu.com/s?id=1715
　　932686479514795&wfr=spider&for=pc.

个电影工作者对电影本身的"敬畏"之情。这种敬畏历史、敬畏英雄、敬畏电影的严肃姿态，或许正是《铁道英雄》的"硬核"得以产生的关键。

敬畏历史，是为了带领创作群体和银幕观众重返历史现场，试图在创作主体与接受主体的交流互动和深度对话中反思先在的观念，重建经典叙事。不得不说，尽管片方和主创一直在强调《铁道英雄》的"原创性"，但题材的选择所依据的历史时空仍然明确地指向1956年版《铁道游击队》、1995年版《飞虎队》与2016年版《铁道飞虎》等电影作品以及2005年版《铁道游击队》电视剧等。因此，《铁道英雄》的"原创性"与其说是重返历史现场的"另起炉灶"，不如说是在影视故事的"互文"中寻求新的表达空间，并以此重建已成经典的历史叙事，在经典叙事的"堆叠"中再一次打开历史与现实得以产生共鸣的通道。因此，《铁道英雄》虽然在片头采用了黑白无声的纪录片片段，意图直接亮出"敬重"历史的创作动机，并尽了最大努力，在小镇、车站、机车、铁轨、枪械、刀具以及货物、招贴等"物质"层面，全都予以细致、精确的"还原"，但还是非常大胆地虚构了主要的人物关系及故事情节，以此最大限度地区别于其他影视剧中的"铁道游击队"故事。尤其张涵予饰演的队长老洪、范伟饰演的调度员老王与周政杰饰演的小石头等主要人物，以及日籍演员森博之饰演的日本军官等在此前的"铁道游击队"故事中是不存在或者并不相似的；而故事发展中老洪亲身引爆列车、敌我同归于尽的悲壮结局更是改变了以往影视作品中敌人太过愚蠢、英雄无所不能或胜利太过轻松、历史趋向神话的一般路径。

这样，《铁道英雄》对历史的敬畏，便意味着对历史现场、复杂历史与历史本质的重建。值得特别指出的是，影片最后，在几乎已成黑白色调的画面中，当老洪、老王、小石头以及其他活着或牺牲的铁道队员在铁道机车前重聚，并面向观众深情致意时，刘德华演唱的《又弹起心爱的土琵琶》响起，正是在抗战历史与当下现实之间、在电影史文本与新创影片之间、在各个地域各种年龄段的观众之间建立了一道有意沟通的桥梁，既浑然天成，又感人肺腑。尽管《铁道英雄》在其叙事层面上并没有出现甚至也没有必要加入任何"弹起心爱的土琵琶"的音乐动机，但细心的观众也会发现，该音乐主题早在叙事过程中不经意间发生，才会在影片最后集中引发广大观众的历史记忆与情感共鸣。敬畏历史，也是敬畏一个国家和民族的情感史。

正因如此，对英雄的敬畏，特别是对当年牺牲的先烈的敬畏，使得《铁道英雄》及其主创者们敢于重现战争本身的残酷性及对人的身心创伤、正视个体的多样性与人性的复杂维度，直面英雄并非总是无怨无悔、视死如归的牺牲，而不再无限度地"神化"英雄的事迹和无底线地"弱化"敌人的实力，遏制了战争电影一度显现出来的某种娱乐化甚至游戏化的端倪。在这一点上，《铁道英雄》与近年来许多优秀战争片和新主流电影殊途同归。仅从 2020 年以来，包括《八佰》《金刚川》《悬崖之上》《浴血誓言》《长津湖》等在内的一系列国产影片均可看作新主流电影的英雄叙事在悲壮美学层面的具体实践。其中，《八佰》便以最大限度接近历史底色的影音质感，直面抗战爆发后特殊战争的残酷性与个体生命的本真体验，在多头并进的救亡叙事与冷峻批判的启蒙意识中，将舍生取义的家国情怀与向死而生的民族悲情联系在一起，倾向于以牺牲肯定活着的意义，以战争见证和平的不易。与此同时，通过血肉横飞的炮火硝烟唤醒历史的惨痛记忆，在白马飞奔的苍凉诗性与无数民众的急切相迎中，抚平个体与民族淤积经年的巨大创伤，也抵达国产电影在当下所应具有的思想深度与情感强度，承担起国产电影塑造民族精神和国家形象的宏大使命，并在一定程度上完成了中国电影的世纪跨越①。

从另一个角度分析，这种不约而同的悲壮美学，既有赖于对历史本身的尊重和对战争本身的敬畏，又建基于近年来愈益增强的国家实力与民族自信心。只有国家和民族日渐强大，才能在创作主体和接受主体的"他者"想象中真正赋予其敌对的方面以相对客观的品质，并在英雄叙事中赋予其"自我"以内在的强大的精神"硬核"。

《铁道英雄》敬畏英雄的方式集中体现在对老王形象的成功刻画上。影片中，在日军占领的临城站里，调度员老王是一个身份多重、言行分裂、心理复杂的圆形人物。作为一个"汉奸卧底"，老王在主演范伟的精心设计和精彩演绎之下，成为中国电影银幕英雄谱系中极为难得的"这一个"，也成为《铁道英雄》获得观众认可和舆论赞誉的重要原因之一。"这一个"老王既能以巨大的隐忍之心周旋于日伪阵营，又能以中国人的善良本性在铁道队与普通人之间穿针引线，还与小石头建立起特殊的"父子"关系，

---

① 李道新.《八佰》：救亡叙事、启蒙意识与中国电影的世纪跨越［EB/OL］.（2020-08-28）［2021-12-02］. https://www.chinanews.com/yl/2020/08-28/9276139.shtml.

既充满叙事的吸引力，又蕴蓄情感的张力，更因保有一种忍辱负重终将以命相搏的民族精神"硬核"而彰显出一种独特的英雄魅力。如果说，由于剧作、表演等各种因素，影片在老洪形象的塑造上仍没有突破以往英雄叙事的一般套路，那么，老王形象的突破却是有目共睹的。影片里的老王，通过喜好喝酒而总是似醉非醉这一生活常态的表演设计，还有各种环境下所呈现出来的不同的"笑"的含义，解决了多重性格与复杂人物的刻画难题，仿佛是中国大地上原生的一个普通男人，更多按照他自我本性的指引，置身于给铁道队提供情报的危险境遇之中，并为打击入侵家园的"贼"而献出了生命。但即便在与敌人同归于尽的段落里，影片也没有让老王展现出惯常电影中的"英雄举止"，反而让其在与日本军官的搏斗中始终被对手制掣，不断地遭受重创，以致遍体鳞伤。老王成为至死不会放弃搏命的"小强"，悲剧英雄也因此呈现出崇高的精神感召力。

　　与敬畏历史和敬畏英雄联系在一起，《铁道英雄》的"硬核"，如果从影音技术的职业标准或电影工业的专业性角度来衡量，也确实是"很有力量"、"很有难度"和"很厉害"的。因对电影本身的敬畏，编导杨枫在跟杨东合作拍摄号称"民国版《美国往事》"的黑帮片《红尘1945》时，就一直在强调他心目中的"独家原创"和电影的"精气神"①。正是这位不愿意重复别人，坚守电影"初心"，坚持不断创新，并能在类型片的创作中为赌场、报

---

① sky. 电影《红尘1945》概念预告首发，诠释怎样的极寒之城［EB/OL］（2019-08-19）［2021-11-30］. http://news.hexun.com/2019-08-19/198254786.html.

馆、澡堂、公馆、码头、理发馆等重要场景翻阅大量史料的电影导演，在《铁道英雄》这部融合了悬疑、枪战、动作等类型特点的主流战争影片中，扎扎实实地做好了影片的内核，做出了电影本身应该具备的质感，也因此展现出战争片本应具有的"硬核"，以及中国电影不可或缺的自信心。

诚然，无论是英雄叙事在悲壮美学层面的复归，还是在敬畏历史、敬畏英雄与敬畏电影的基础上展现电影工业的"硬核"和中国电影的自信心，《铁道英雄》无疑还可以做得更好，也可以具备更让观众动心动情的长期效应。相较于世界战争电影史上那些最优秀的电影作品，即便相较于最近几年出品的《血战钢锯岭》《敦刻尔克》《1917》《波斯语课》等影片而言，中国电影在各个方面仍然存在一定的差距，也留有大力拓展的空间。如何站在人类命运共同体的高度，对中外历史文化展开更加深广的观照，对战争与人性予以更加深刻的反思，对个体处境与民族命运的关系提出更加丰富的阐释等，都是需要中国电影认真回答的问题。影音技术和电影工业的"硬核"养成，当然得益于包括杨枫及其《铁道英雄》在内的大量敬畏电影、保持"初心"的电影人持续不懈的努力，但中国电影最为根本的"硬核"及其自信心，还将来自一种蕴蓄独特的文化内涵与思想能力，并更有全球意识和人类关怀的中国电影。

原载《电影艺术》2022年第1期

《误杀 2》:"用心"与类型电影的现实主义

　　近几年来,随着《我不是药神》《攀登者》《少年的你》《误杀》《送你一朵小红花》《中国医生》《扫黑·决战》等国产电影,特别是新主流电影的不断探索,国产电影里的现实题材与类型电影中的现实主义等问题开始引发较为广泛的关注。印度、泰国与伊朗等国电影在类型设定下的现实触角或现实题材上的类型表达,尤其是韩国电影《寄生虫》在全球范围内的成功,都对国产电影及其受众期待产生了较为显著的影响。

　　《误杀 2》就是在这一背景下产生的一部用心用力之作,并在犯罪悬疑的类型框架里展现出心理现实主义的独特魅力,既有现实观照与社会批判的勇气,又有人性反思与情感共鸣的张力,还在普遍的惯例与多重的反转中产生了震撼人心的观影效果。尽管基于各种原因,影片也在票房看涨的趋势下出现了口碑分化的局面,但总的来看,《误杀 2》的"用心"及其在心理现实主义层面的认真探索,仍然是值得充分肯定的。

事实上，立足社会现实并表现普通民众生存状态与心灵哀乐的现实题材电影创作，不仅是中国电影从 20 世纪 30 年代初期便开始形成的自主追求，而且是一个多世纪以来中国电影所拥有的最宝贵的优良传统。然而，受制于各种内外因素，特别是在好莱坞全球电影工业体系的巨大影响之下，即便是从 21 世纪开始，中国电影在走向类型化、市场化与国际化的过程中，也始终难以理顺各种复杂关系并建立期待中的向好的生态环境。时至今日，随着电影媒介自身在数字时代的深刻转型，以及世界电影在新冠疫情下的独特表现与中国电影所面临的机会与挑战，其所需要正视和寻求解决的问题也显得日益清晰。需要将现实主义电影的优良传统与其工业化拓展和类型化生存联系在一起，并在此基础上克服所谓商业电影、艺术电影和主旋律电影"三分法"带来的认知误区，以更加贴近现实感受、更具类型吸引力的电影创作，为主流电影及其市场表现扩容升级，从根本上提高国产电影在海内外市场与全球观众中的认同度与竞争力。

正是在这样的期待中，《误杀 2》表现虽非圆满，却也可圈可点。不得不说，跟《误杀》相比，《误杀 2》除了编剧李鹏、刘吾驷、杨梅媛，导演戴墨以及主演肖央、任达华等在剧作、导演和表演等方面的各种"用心"，在类型叙事的技巧、情节反转的运用与人物情绪的把控、观众情感的引导等方面并不逊色，甚至多有超越，受众体验可谓有过之而无不及。更重要的是，就像《误杀》与印度原版影片《较量》和《误杀瞒天记》相比各有所长一样，《误杀 2》与美国原版影片《迫在眉梢》相比，更是冲突激烈、内涵丰富，而且独具意蕴、精彩纷呈，其介入社会、批判现实的锐度与力度也明显更胜一筹。

诚然，《误杀2》在现实题材上的类型表达，或者作为类型电影的现实主义，确实是以主创的勇气和良心为出发点，站在底层民众视角并为其抵抗强权、呼唤正义的立场上，用"心"构筑着故事情节的基本逻辑和最终走向，并在"心"的身体官能及其精神象征之间，建立了贯穿全片始终的人物对话关系，更在故事内外和银幕上下，也就是在人物与观众之间成功地植入了一种同情、应答和共鸣机制，这正是优秀的类型电影本应具备的精神内涵和艺术品质。

如果说，林日朗和小虫之间超越功利、生死互换的父子关系，是以可供移植的"心脏"的得而复失和失而复得实现的，那么，医院内外不同阶层的各色人等如市长父子、张警官、达马医生、就医者、围观群众等与林日朗一家命运的关系，则是通过对其各具特色的言行所体现的人性善恶与人心向背而表现出来的。影片最后的结局以及林日朗的葬礼，也是在这种来自社会各界以至银幕外的观众的情感体验与价值判断中，从整体上表达了主创者渴望人与人之间相互理解、充满温情的博爱之心。

至于影片中精心设计的在黑暗中发出微光的萤火虫，既是父子之间与观众之间的心灵感应，也是普通人和弱势者在世间用心活着的象征。对于当下的中国电影而言，当然需要《长津湖》等主流大片所展现的宏大叙事和史诗意识，但也需要《误杀2》这种扣人心弦的类型电影所蕴含的震撼人心的现实主义。事实上，这些类型电影的现实主义，本就应是当下中国主流电影不可或缺的一部分。

原载《文艺报》2021年12月29日

《我和我的父辈》：新主流电影的新主体诗学

从对"祖国"的讴歌和对"家乡"的赞美，到对"父辈"的致敬，最近三年来国庆档期上映的《我和我的祖国》、《我和我的家乡》与《我和我的父辈》"国庆三部曲"，不仅秉持以人民为中心的创作理念与以喜剧为主要类型特征的集锦式系列片样式，实现了经济效益与社会效益的"双丰收"，而且以其不断凸显的纵深感和仪式性，在整体上基本完成了从作为个体的"我"向作为主体的"人"的转换，为新主流电影创造了一种融贯于深远的中国历史文化和民族审美理想之中的，以个体造型与公众情感为中心、追问生命价值与存在意义的新主体诗学。这种新主体诗学的创造，立足国产献礼片经年累积的经验教训及其运作体系，建基于主创者相互分享而又独具个性的精神追求与审美意识，既是新主流电影令人瞩目的最新进展，又是当下中国电影不可多得的创新业绩。

确实，用电影的方式，以父辈的名义，通过四个精心营构的段落，向一个世纪以来发生了惊人巨变并正在走向未来的民族和国家献礼，是《我和我的父辈》在今年国庆档期奉献给观众的一份满满的诚意，也是新主流电影的新主体诗学得以实现的最佳路径。无论是抗日战争的戎马铁血和以命相搏（《乘风》），还是航天事业的浪漫诗意和奉献牺牲（《诗》），无论是改革开放的积极响应和努力探索（《鸭先知》），还是新时代的少年梦想和创新科技（《少年行》），都因特别时空与个别事件之于中国观众的普遍性意义，也因父辈的垂范与子代的在场而获得了血脉的延续与精神的传承，进而使其在银幕上散发出一种人格的光辉与诗性的魅力。

颇有意味的是，与《我和我的祖国》与《我和我的家乡》不同，作为第一人称叙述者的"我"，与作为影片主人公的"我"之间的叠合关系，在《我和我的父辈》中出现了明显的位移。尽管在四个段落，特别是在其中的《乘风》和《诗》里，子一代亦即"我"确有所指，但事实上，在大多数情况下，"我"只是作为被动的旁观者或象征性的见证者，并不是影片中的行为主体，也不是第一人称叙述者，仅为影片主创如吴京、章子怡、徐峥和沈腾等投射在影片主人公身心的一种替代性视角。也就是说，出现在银幕上的我的父辈，其实主要不是通过子一代的眼光，而是通过摄影机和观众的视角共同创造出来的，这就为整部影片之于接受者的情感共鸣找到了更为有效的中介，也为影片将父辈的生命存在转变为一种审美化的自我塑造，提供了尤为重要的契机。这也就在一定程度上，成功地奠定了影片的新主体诗学特征。

这种新主体诗学，由于集中体现在冀中骑兵团戎马卫山河、铁血捍吾疆的悲壮战场，以及第一代航天人将生死置之度外、默默奋斗的广漠长天，便显得更加动人心魄。在《乘风》中，炮火硝烟里的战马奔腾，与骁勇善战的父辈英姿相得益彰、彼此辉映，在猎猎飘扬的战旗下定格成雕塑一般的永恒剪影，也成为中华民族不屈不挠、不可战胜的精神象征。在《诗》中，大漠风沙里的火箭发动机研制基地，与在夕阳下生死相依并在天空写诗的父母们融为一体，同样成为一个时代里国家栋梁们无怨无悔、舍生忘死的写意风景。在强烈的情感激荡与明确的造型意识驱使下，两部短片将日常的现实生活、普遍的家庭伦理与深远的历史背景、崇高的精神境界联系在一起，使作为个体的"我"自然而然地转换成作为主体的"人"，向子一代也向所有的观众展现出令人心动的感召力。可以说，这是现实主义与浪漫主义相结合的艺术结晶，也是中国电影革命美学的又一次重要突破，势必对新主流电影产生更深的影响，并带给观众以理想的升华与心灵的荡涤。

诚然，在《我和我的父辈》中，《鸭先知》和《少年行》两个段落几乎是如其所愿地回到了"国庆三部曲"以喜剧为主要类型特征的一般路径，但和《我和我的祖国》与《我和我的家乡》中的喜剧段落相比，作为个体的"父辈"也基本超越了重大历史事件的见证者或注脚者功能，而被赋予了更加普遍以至面向整个人类未来的"人"的维度。在《鸭先知》中，"父辈"以改革开放之初过于平凡却又创造奇迹的第一个电视广告人身份出现，也成为身体力行地促进经济繁荣和社会可持续发展的第一代普通中国人的代表。而在《少年行》里，"父辈"甚至跟"子一代"互换身份，通过创新科技被设计成一个穿越时空的机器智能。"人"作为一种新主体，在这里获得了形似科幻却又恰如其分的表征。新主流电影的新主体诗学，也由此具备了一种面向新时代并呼应新人类的包容性和开放性。

可以看出，作为集锦式系列片亦即"国庆三部曲"的第三部作品，《我和我的父辈》仍在各方面展开探索并拥有更高的追求，但从段落与段落之间的内在关系，以及影片与影片之间的相互对话等各个层面，还可以进行更加深入的思考，这也在很大程度上有助于总结"国庆三部曲"尤其《我和我的父辈》之于当下中国电影的价值和意义。毕竟，题材、样式和规模都不是电影的落脚点，只有作为电影诗学的创作主体、作品主体与接受主体，才是电影的最终目的。

原载《人民日报》2021 年 10 月 2 日

《革命者》：从革命美学走向美学革命

在影片《革命者》里，最能打动观众的组合段应该是在李大钊牺牲之后，面向银幕和观众呼喊："你们一定要相信！"随后的镜头穿越时空，反复出现各界民众，特别是穷苦孩子们斩钉截铁的隔空应答："我相信！"这一段充满着澎湃的崇高诗意和浪漫主义情怀的蒙太奇组合，确实像情感的洪流一样动人心魄。

也正是在这里，能够找到一种理解和阐释《革命者》的路径。以主人公李大钊为中心，《革命者》通过极具创意的多元视角的时空重组，在相当独特的散点交互叙事和情感应答结构中，将人民大众作为革命与美学的主体，颇为成功地完成了革命话语主导下的底层表述、人文关怀及其悲剧呈现和心灵净化，通过共鸣和共情的有效机制，对银幕内外面向未来的主体展开主动的询唤，也从革命美学走向了美学革命。对于当下文化语境里的中国电影，尤其是当下中国的新主流电影而言，《革命者》无疑是一部期待认真观照、值得深入探析的优秀作品。

作为一部以"革命者"命名并具有革命美学特征的国产电影，《革命者》的革命美学确实颇有意味地继承并延展了中外革命叙事尤其中外电影里的革命叙事经验，并在借鉴或挪用现代意识与现代电影的过程中，将革命电影的美学追求导向更能为互联网时代的大多数年轻受众认同和接受的普遍维度。如果说，苏联电影经验，特别是以爱森斯坦的蒙太奇美学为代表的无产阶级的先锋电影探索，曾在中国 20 世纪三四十年代左翼电影和进步电影，如《渔光曲》《马路天使》和《一江春水向东流》中得到过积极的响应，并在《白毛女》《林则徐》《青春之歌》《红色娘子军》《枯木逢春》等构成的新中国社会主义电影体系中积淀为一种革命美学传统，那么，这种电影传统其实并没有在后来的政治运动和社会动荡，以及改革开放后愈益高涨的市场经济和消费大潮中获得应有的交接。在好莱坞电影的深刻影响下，也在海内外各种电影节电影的特别诱惑中，苏联电影及其蒙太奇美学显得不合时宜，也几乎消失于无形。

在这样的语境里，《革命者》是一个特例。

《革命者》的革命美学，确实源自导演徐展雄的有意追求甚至刻意为之。正如导演所言（尹鸿访谈）："无论中国还是苏联，又或者西方国家，其实都有革命电影。所以，影片中对蒙太奇的运用以及开场中对开滦煤矿类似'敖德萨阶梯'式的展现等片段，都大量地试图借鉴爱森斯坦的《十月》《战舰波将金号》等作品，同时也参考了如贝托鲁奇、帕索里尼等意大利左派导演的很多作品，把他们的电影语言和技巧吸收到《革命者》这部作品中了。"实际上，在影片中，除了在色调、表演、音乐等视听语言层面，通过更加自然而又深刻的对比、隐喻与象征等手段，继承并创新了革命电影及其蒙太奇的美学内涵，还在将底层人民从"他者"表述为主体的过程中，站在温暖的平视的角度，围绕着主人公李大钊刻画了报童阿晨、孤儿庆子以及澡堂的乞丐、郊区的工人、田野的农民等一系列令人难忘的大众形象。正是在这些受侮辱、受迫害的人身上，显现出底层人民的阶级主体性与历史能动性，找到了底层人民可以期待的未来愿景，并以此重塑了底层人民的主体形象，通过主人公李大钊为了共产主义和信仰趋祸避福、向死而生的悲剧交响，为中国电影的革命美学赋予了新的生机。

这一部建立在"诗史"（导演语）基础上的波澜壮阔的历史悲剧和情感交响，极易引发一场中国电影领域的美学革命。其实，电影在当下，与文学艺术其他部门相比，在价值重建和美学革命方面，已经是最值得关注的艺术媒介领域。作为一部继承了先锋派特质与新的革命审美经验的美学革命之作，《革命者》将因其具有独特性以及先锋性的叙事方式、情感结构与审美感知，也因其从政治与艺术的体制中呼唤并获得"解放"的潜能，潜移默化地改变了受众对所处世界的主观认知和审美评价，进而有望成为社会变革及其发展进步的先导。

《革命者》上映至今 54 天，仍在全国各大影院坚持排片。是因为革命者的呼喊，仍在等待着更多同路人的应答。我相信，无论革命美学，还是美学革命，中国电影终于面向过去与未来，发出了一种最有穿透力的声音。

原载《文艺报》2021 年 9 月 8 日

《1921》：走向一种整体思维的中国电影

当银幕上出现青年毛泽东在上海租界的街道与湖南家乡的树林忘我奔跑的身影，当观众和电影里的李达王会悟夫妇一起数次面对窗户对面的小女孩纯洁无瑕的眼神，或者，当故事进行到中国共产党第一次全国代表大会（简称"一大"）代表及先驱者们的壮烈牺牲，何叔衡眼角的泪光及转身跳崖的生死一瞬，电影《1921》便生长在了观众的心里，获得了一部电影该有的思想和灵魂。

显然，《1921》虽然讲述特定年代的历史，但却呈现了多重时空的人的命题，既具理性的政治电影色彩，又富感性的艺术电影气质。与其说《1921》是一部为庆祝中国共产党成立100周年而拍摄的献礼片，或为"七一"节庆档期而制作的新主流电影，不如说是一部凝聚着监制／导演黄建新的电影观念、生命体验和创新冲动，并建立在以《建国大业》《建党伟业》《建军大业》《我和我的祖国》《我和我的家乡》等为代表的节庆献礼片与新主流电影基础上，一步一步走向一种整体思维的中国电影。

所谓整体思维，是指在中国文化天人合一、物我同一与主客归一的浑融境域中整体把握宇宙世界的思维方式。中国电影史上的一些杰出创作者，如郑正秋、欧阳予倩、卜万苍、吴永刚、蔡楚生、费穆、李翰祥、胡金铨等人的电影观念，均可与整体思维观联系在一起。事实上，从监制／导演《建国大业》和《建党伟业》等影片开始，以及从电影工业体系的职业化角度认定自我的制片人（监制）兼导演身份开始，黄建新就在探索一种从天人、人人和物我、主客等关系视域出发，将创意、生产与传播、接受联系在一起，试图弥合政治、商业与艺术、先锋电影之间的巨大裂隙，并将历史理性与现实感性相结合的一种独特的电影影像系统。正是通过对电影的工业体系、结构联想与潜意识对位等方面的持续思考，黄建新不断展开节庆献礼片与新主流电影的创新实践，并从整体上提升了中国电影的思维水准。

政治电影是最大的商业电影

诚然，与此前许多节庆献礼片一样，《1921》也是一部特别定制的、具有命题作文性质，因而被赋予了明确的意识形态标识和政治宣传使命的电影作品；但毋庸讳言，它也必须被纳入当下中国电影工业体系甚至世界电影工业体系之中，在中国以至全球的电影院里接受观众的选择和票房的检验。这一内在规定性，对包括《1921》在内的大量节庆献礼片和新主流电影提出了更高的要求，即必须走出主旋律电影或主流电影往往忽略甚或无视其艺术本体及其视听特性的误区，在与最大多数的电影受众展开交流对话的过程中达成其潜移默化的宣教功能。结合近年来，特别是当下大量节庆献礼影片普遍存在的问题，如观念落后保守、艺术表现平庸、观众门可罗雀的一般状况，这一要求不仅是必需的，而且刻不容缓。

事实上，早在二十年前亦即 21 世纪之初，在中国政府主管部门的电影工作报告里，就已经出现了"市场话语权是最大的政治"一类的表述；而在十年前，在就《建党伟业》所展开的一次对话中，作为编导之一的黄建新也大约接受了"政治电影是最大的商业电影"的观点。在他看来，"主旋律电影"和"主流电影"等概念需要予以批判性的辨析，但正如好莱坞电影一样，电影本身即一种主流意识形态，而节庆献礼片原本就是政治电影。无论商业电影，还是政治电影，在中国必然都有很大的商业市场。正是由于比较深入地认识到了工业体系下电影制片人（监制）的不可或缺，黄建新不仅身体力行地加入制片人行列，而且在各种场合强调了制片人，特别是"职业化"制片人和专业性电影工作者之于中国电影工业的价值和意义。而在其监制／导演的影片尤其节庆献礼片中，不仅能够赋予自己或其他导演以相对自由的艺术创作氛围，而且能够在项目运作中较好地整合必要的政治智慧、商业智慧和艺术智慧，填平三者之间一直存在并且很难消弭的落差，达到既叫好又叫座的效果，不仅为节庆献礼片与新主流电影的发展做出巨大的贡献，而且在一定程度上优化沉疴积弊的中国电影生态。

《1921》也不例外。从其对历史事实的处理态度而言，影片显然继承了从《建国大业》开始既已确立的"小事不拘,大事不虚"的创作原则,但也力图突破此前以"时间"和"事件"为中心的编年史体例,转而以"空间"和"人"为中心,辗转于维也纳、莫斯科、巴黎、东京与北京、广州、武汉、长沙等地,围绕李达、毛泽东、何叔衡、刘仁静、张国焘等13位中共一大代表在上海和嘉兴南湖的建党活动,并将其纳入更加深广、生动的国际共运史、中国近现代史与上海独特而又复杂的租界背景,将历史、传记、政论、青春与侦探、黑帮、惊险等类型影片的多种元素整合在一起,既能凸显思想的深度与理想的光芒,又能渲染性格的魅力与生命的意义。更重要的是,还能最大限度地吸引观众的注意,尽可能满足不同年龄、不同层次观众的欣赏趣味和接受能力。其中,法租界巡捕房华人探长黄金荣与租界当局、上海工人、共产国际与一大代表之间建立了颇为细致吊诡的复杂关系,并充满着跟踪与反跟踪、侦探与反侦探的惊险线索,偷窥、追车、刺杀等情节,无疑加快了叙事的节奏,增添了影片的紧张气氛。值得肯定的是,这些类型元素中的商业手段,并非为了从视觉和听觉的感官层面简单地吸引观众,而是扩展了历史的容量,增强了情节的张力,并从整体上隐喻了1921年前后世界局势的动荡不安与中国社会的普遍悲情。

作为第五代导演中的一员,又受到过意大利新现实主义、德国新电影、新好莱坞电影与安东尼奥尼、黑泽明等现代电影大师,以及20世纪三四十年代中国电影人的深刻影响,黄建新较早就形成了一种以艺术美学探索和现代电影诉求为中心的兼收并蓄式的电影观念。这也就意味着,无论是节庆献礼片所规定的政治宣传任务，还是新主流电影所指向的商业票房目标，都只是黄建新电影所要承担的一部分职责。在黄建新看来，电影工业体系与职业制片人机制下的政治、商业和艺术电影"三分法"，应该早已失去了其在中国电影界曾经拥有过的针对性和概括力。《1921》里的历史、故事和诗意，原本就是整体思维中的三位一体，现在更是电影影像系统中的多位一体。因此，观众眼里的《1921》，既是遵循电影媒介特性的现代电影观念使然，也有赖于职业化中国电影人不断学习、努力前行的专业功底。

结构联想是电影叙事的生命

不同的历史事件决定不同的电影结构，但结构联想是电影叙事的生命。

在一篇关于《1921》的访谈文章里，黄建新正是以李达王会悟夫妇的窗户对面的小女孩这个具有象征意味的、非写实性的人物形象和情节设定探讨了影片试图在叙述方式上寻求创新的动机。黄建新表示，电影是结构的艺术，结构联想是电影很重要的一部分，影片希望在这方面能走得远一点。确实，作为一条贯穿全片的线索，通过结构联想而在片中出现的小女孩，不仅是叙述方式的创新，而且具有非常丰富多元的隐喻和象征意义。

另外，在《1921》里，基于1921年这个特定的年代记号，主创者展开结构联想，从六个时空的横截面，平行或者横向铺开多条线索和多个人物，在钻研史料、爬梳文献的基础上将六个不同空间里的故事素材和人物关系组织在一部影片里，并试图以诗意表达的空间剪辑方式，形成一个具有整体思维特征的电影文本。这样，在有限的片长里，影片不仅获得了前所未有的时空跨度和信息含量，而且在大量的群像之中重点塑造了几位颇有感染力的代表人物。在黄建新看来，这种结构联想，其实也是一种突破物理时空的电影剪辑和电影叙事方式，是一种"精神时空"的结构逻辑。

从对物理时空的基本认同，到对"精神时空"的大胆探索，《1921》为新主流电影乃至中国电影创造了一种以人为本的诗性沛然的整体思维方式。在这里，包括李达、毛泽东等在内的中共一大代表们，并不会因各自的出身、年龄、地域不同而缺乏沟通，也不会因个体的修养、阅历和观点不同而各自为战，相反，通过结构联想和"精神时空"的开掘，每一个个体的精神世界及其内在关联，都在同一个银幕时空中得到令人感奋的呈现。

一大召开后，几位代表及先驱者的牺牲，是故事情节的闪前剪辑，也是全片情绪酝酿的高潮，通过精神对话式的结构联想，使牺牲者之间产生了相互关联，又与更加宏大深远的历史时空产生了内在的应答。正如1935年2月何叔衡在福建牺牲后，镜头直接回到1921年8月上海工人大罢工的万人聚集，静默9秒钟后才爆发出如雷的呼声。两者之间本无直接的关联，但通过结构联想，一人之死与万人之生，既是结局，又成起因；既为怀念，又成致敬；达到了令人泪奔的强烈效果。而在整部影片的片头里，第一个镜头即为陈独秀的眼睛特写，随后出现晚清宫廷与军阀混战中逃难的人群，以及陈独秀第三次出狱之前发生在中国人身上的各种屈辱事件。与片头形成鲜明对比，片尾从天安门广场开国大典欢呼的人群开始，随后出现中国共产党领导下的各个重大历史节点，无数先烈在炮火硝烟中前赴后继、岿然伫立。前后呼应的结构联想，可谓超越了任何文字和解说的效果，直接用画面和音乐表现了全片的主题。

结构联想既是电影叙事的生命，也是黄建新通过电影叙事寻找自我心灵轨迹与生命燃烧过程的手段。早在总结《建党伟业》的创作时，黄建新就意识到，每个人对待历史的方式是不同的，用现代电影的方式阐释历史，更会跟文字和图片的方式有所差异，而通过影像产生联想的力量无疑是非常巨大的。后来，在谈到《建军大业》甚至《智取威虎山》时，黄建新也将这种结构联想与观众所理解的戏剧性进行比较，认为结构联想是电影创作最难的地方，只有在看不见的人物关系中找到意识的"对冲"，把人放到能够对得上的那个"点"上，张力才会出现。这种慢慢放大的互动性结构所产生的联想，往往需要依靠直觉甚至天赋，才能获得一套有"神采"的视觉系统，并产生控制观众的"魔力"。

不得不说，在当下中国电影话语体系里，黄建新既是一位革新者，又是一位坚守者。从一开始，他面对电影的方式就是内生于电影的结构及其影像系统的，但又始终关联着更加宏大甚至颇显神秘的电影内外的宇宙和世界。通过结构联想，他一直都在探讨电影本身的"吸引力"问题，这在同时代电影人中并不多见。也正是通过对节庆献礼片和主流电影的"结构"探讨，黄建新找到了在不同题材、不同类型与不同风格的电影之间彼此沟通的桥梁。

潜意识对位与中国电影的整体思维

在《1921》里，李达和王会悟，以及何叔衡和其他一大代表分别讲述自己亲身经历的故事的两个段落，是全片最能调动普通观众情绪，也最能左右编导者、摄影师和演员等人心气的部分。而故事信息所及，甚至关涉近代以来最令中国人沉痛的腐朽落后的历史与现实，能够激发银幕内外受众的自强、自尊之心，为整部影片的主旨找到来自人物内心的烘托。可以说，从构思创意到银幕呈现再到观影效果，均自然生动，恰到好处，又仿佛水到渠成，润物无声。

这是一种建立在大众心理学与精神分析学基础上，对电影的生产与传播以及电影影像系统展开深入思考并进行具体探索的电影实践。按黄建新在关于《1921》的一篇访谈中的表述，电影有两个层面的对位：叙事层面的对位与潜意识层面的对位。上述电影实践，应可归结为"潜意识层面的对位"。如果说，对结构联想的阐释，可以基本对应于"叙事层面的对位"的话，那么，"潜意识层面的对位"，应该就是在更加深广的语境里探讨作为一种整体思维的中国电影了。

正是在上述访谈里，黄建新就"潜意识对位"展开了迄今为止最为详细深入的阐释。在他看来，人都有一种潜意识储存，潜意识是任何一个人在成长过程中所拥有的一切。人的内心最柔软的部分，就是藏在底下的潜意识。有时候，不经意的一句话，就可以惹得人泪眼蒙眬，但那不是理性表述的过程；所谓"潜意识对位"，始终是瞬间打动人的"点"；电影做得好，就是能够通过各种手段，用感性的方式激活潜意识；电影拍到最后，一定得有潜意识层面，好的电影都是能激活潜意识的电影。

有趣的是，这种"潜意识对位"以及激活潜意识的过程，似乎跟中国电影美学里的"空气"说和"同化"论形成同构。在一部电影里，创作主体和接受主体，编导和演员、演员和摄影师、摄影师和美工师等，每一个人之间都能形成"空气"，产生所谓"潜意识对位"；最后我与戏、戏与人、人与景、景与物、物与事、天与地等，一齐"同化"，完成"潜意识激活"，达到"通天下一气"的整体思维境界。

通过多年来的思考和尝试，在《1921》中，黄建新终于在一定程度上，开始走向一种整体思维的中国电影。

原载《当代电影》2021 年第 7 期

《演员》：在对话中传承

　　以"新中国二十二大电影明星"为切入点，聚焦于蓝、田华、于洋、金迪、谢芳、王晓棠、祝希娟、秦怡、牛犇等电影演员的纪录电影《演员》日前上映。

　　这部由电影频道节目中心等出品，潘奕霖导演的纪录电影，以其特有的对话方式，呈现了老一辈表演艺术家的从艺经历和生命感悟，是一部有情怀、有追求，兼具历史价值和现实关怀的电影史电影。

　　首先，《演员》的历史价值毋庸置疑。20世纪60年代，经过评选，来自上海电影制片厂、北京电影制片厂、长春电影制片厂和八一电影制片厂等单位，包括赵丹、白杨、张瑞芳在内的22位演员，被定名为"新中国人民演员"，观众称他们为"新中国二十二大电影明星"。半个多世纪已过去，《演员》镜头里的每一位年逾八旬的表演艺术家，画面中的每一个特定年代的影片片段，通过有意味的剪辑产生新的叙事性及情感张力，成为弥足珍贵的历史文献，值得观众认真揣摩、反复回味。

其次，《演员》以演员为中心，精心搭建了一个导演与演员、演员与演员、演员与电影、电影与观众，以及历史与现实、现实与未来互动共生的叙事框架和情感结构，生动再现了老一辈艺术家的精神世界和艺术追求，也深刻阐释了为谁而演、如何表演的命题。曾参演新中国第一部故事片《桥》的于洋说："希望我们现在的电影也好，电视也好，还是要向生活看齐。"祝希娟回忆自己学习表演的第一节课，就是"演员的道德"。电影《上甘岭》中杨德才的扮演者张亮等人回忆，1956 年影片主创来到上甘岭，看到战争的炮火让那里"没有一块完整的岩石，没有一棵绿的树"，想象到黄继光和战友们是如何艰苦卓绝地战斗，他们被深深震撼，明白了要用心演戏，而不是用技术演戏。王晓棠坚持用艺术形象说话，对角色投入最大的感情、对自己保留最大的冷静，"表演上没有止境，只有好和更好，没有最好"的话语掷地有声。

尽管影片在镜头运动、画面组合与全片节奏等方面，还存在可以更完善之处，但总体上看，它改变了这类题材电影常见的全知叙事视角，使观众浸润在一种由演员内在气质与导演个人经验所构筑的影音世界和情绪氛围里，完成了一部纪录电影应有的使命，表现出对现实的强烈关怀。

原载《人民日报》2021 年 11 月 11 日

《柳青》：文学寂寥处，电影孤单时

在当下，一位早已逝去的杰出作家，到底需要遭逢何种机缘，才能让文字中的思想不被读者遗忘？或者说，一位等待 6 年的电影导演，究竟需要付出多大努力，才能让影片里的形象被更多观众看见？目前，"80 后"编导田波编剧、导演的作家传记影片《柳青》，便向文学与电影提出了这种颇伤脑筋的双重难题。

追溯文学寂寥处，总是电影孤单时。《柳青》的出场，虽然是一个值得关注的文学事件和令人鼓舞的电影现象，但偌大的影院和众多的影厅仍然只能容得下更多的"杀手与车手""速度与激情"，仿佛是为了验证这一类作家传记影片无人问津的普遍命运。据猫眼专业版显示，《柳青》上映 14 天，总计 241 场，票房仅为 114.1 万元；与此相应，好莱坞犯罪动作片《速度与激情 9》同样上映 14 天，总计 79180 场，票房高达 12.42 亿元。如此算来，两者场次相差近 330 倍，票房相差更是接近 1100 倍。尽管数据能在一定程度上体现出受众的兴趣所在以及作品本身的影响力，但是，对于主流电影《柳青》而言，票房并非唯一的评判标准，在全媒体时代及媒介融合语境下，片方、主创者尤其是主流舆论、文艺批评等在各个层面的多种努力，也能很大程度上发酵了影片的口碑，提升了相关话题的到达率。最近一个月以来，影片《柳青》从官方海报发布、中国作协点映与定档5月21日开始，到马不停蹄地去往西安美术学院、西北大学、中央党校、北京大学、中国社科院大学、上海交大、同济大学、清华大学、中央戏剧学院等全国多所大中学校和相关单位"路演"，进而入围第24届上海国际电影节电影频道传媒关注单元，主流文艺评论及主流媒体愈益明确地表达了对影片本身的好评，点赞了导演对影片主人公柳青的崇敬，其诚可感、其心可鉴，并得到电影频道、央视频、学习强国、新华社和《人民日报》《光明日报》《学习时报》《中国青年报》《中国艺术报》《中国电影报》等数十家主流媒体的宣传报道，以及中央党校、中影集团、中国作协等相关单位的推荐支持。

柳青及陕西文学，包括陕西电影、西部电影的崛起，不仅能够在底层叙事、平民关怀和忧患意识上独步文坛、影坛，而且能够以其独特的真正属于中国文化的一种精神气质，面向现实、面向未来、面向历史。今天，对影片至关重要的推介和评论，则出自陕西文学、电影和教育界或与之相关的一批重要代表，包括和谷、李星、肖云儒、张阿利、裴亚莉等在内的专家学者的文字，与文艺作品本身构成了具有历史延续性的文艺矩阵。其中，著名作家和谷所撰《电影〈柳青〉的美学品格》一文，不仅较早地热情赞扬田波和制片人王苗霞"崇尚文学的神圣，甘愿做艺术的跋涉者和苦行僧"的"矢志不渝"的奉献精神，而且高度评价这部影片，"《柳青》以睿智的思想视角，坚定的文化立场和价值观，充分调动现代电影特质的多元手法，准确地阐释了时代精神和乡村道德理想以及作家的心理处境，是一部有着鲜明美学品格的杰作"。和谷的判断基于文学与电影的双重论域，既知人论世，又极有胆识。

时至今日，这部直接以作家柳青的名字命名的影片，能在文学的精神诉求与电影的影音质感之间找到某种内在的平衡，显示出当下中国作家传记电影所能达到的高度的思想艺术水准，又能将个体生命的顿挫与国家民族的坎坷极为深切地联系在一起，其间渗透着主创者尤其编导感人至深的情怀和难以历数的心血。特别是影片中，伴随着人生的无奈与时代的癫狂，眼前那片熟悉的土地、身边那些普通的乡党，才是柳青临终之际饱含泪水的热爱，最柔弱又最坚强，就像全片色调的动人之处，恰似父老兄弟的沧桑、田野稻谷的一片金黄。通过倾心观照作家命运与国家发展的艰难嬗变，影片散发出一种悲剧气质、理性史识与诗性光芒。

实际上，在一个社会加速发展、信息过载、连柳青是谁都很难有人关心的时代里，被无数话语塞满脑际的文学，可以相互对话的机会越来越少。同样，被海量影像淹没时空的电影，期待认真凝视的愿望也逐渐淡然。但正是在这样的背景下，《柳青》的出场，及其面向市场的应对策略和呼唤观众的顽强姿态，反而彰显了一种不可多得的、同样来自柳青的思想传承以及"文学陕军"的精神力量。近年来，反映作家生平的传记电影并不多，《柳青》填补了这一遗憾，它让年轻人看到了彼时乡野和共产党人的精神信仰。电影中，柳青在生命的最后时刻面对朝阳吐露的对人民的深情是整部电影的升华之笔，将主人公的人文主义精神和共产党员的坚定信仰淋漓尽致地展现了出来。

创作过程的困苦、放映场次的压缩与票房数据的低落，还是让人感觉到电影市场的残酷与对话交流的不易，这在某种程度上呼应了柳青当年及逝后所遭遇的生命之痛、文学之艰与壮志未酬，那是一种无法逃避也无处呼告的寂寥，更是一种伫立雪夜独自面对的孤单。也正因如此，在影片中，柳青是以列夫·托尔斯泰作为自己的精神支柱和创作圭臬的，尽管在柳青所处的年代里，托尔斯泰的大部分译作将要失去其存在的合法性。而直到柳青逝世，托尔斯泰作为启蒙的"思想家"和人类的"良心"，其痛苦而深沉的内省和对终极价值永不停息的追问，才被重新阐发。显然，田波把自己代入了人物的灵魂之中。与其说影片以精益求精的质感还原了特定的时代风貌和乡土人情，不如说以诗意现实主义的精神塑造了一个仍然活着的柳青：深入生活而又特立独行，扎根土地而又充满悲悯。在其临终之际，面对天地间腾跃而出的那轮朝阳，看到田野间亲爱的乡党辛勤劳作的背影，不由得流下泪水的这一个柳青，确实是从来不曾逝去的。

也就是在这一刻，文学不再寂寥，电影也不再孤单。

原载《中国艺术报》2021年6月16日

《悬崖之上》：超越谍战，挑战惯例

　　《悬崖之上》公映前后，张艺谋曾在不同场合谈起自己对主流电影、电影类型与谍战片及其美学风格、群像叙事等方面的理解和认知，在将谍战片阐释为一种"高概念"和"强戏剧"类型电影的基础上试图展开新的探索，并不断强调《悬崖之上》的风格和调子就是"酷"。

　　在张艺谋看来，"酷"既是谍战片这种类型电影本身应该拥有的品质，又是谍战英雄们身着黑衣出没于黑暗的夜色与纷扬的白雪所形成的强烈反差和沛然诗意，还是这一群具有高度戏剧化特征的英雄坚执信仰、出生入死并对观众形成巨大感召力的"身上的光环"。在极度凛冽、残酷而又不乏浪漫色调的独特光影中，悬崖之上，情深意长；身之所往，心之所向。而在笔者看来，"酷"同时也传递出张艺谋本人的自信，既表明谍战片造型观念、人物创造与情感表达的作者性，也在某种程度上彰显中国电影的文质兼美而又内敛稳健。

这份自信，由于来自张艺谋的编导构思和创作实践，在当下纷繁复杂的中国电影情境里，当然更具不可多得的象征意义。当媒体表示，也当大多数观众在影片里发现，张艺谋终于可以不再像此前一样，被所谓"大师"的光环、"作者"的预期以及"电影节电影"的各种名利和束缚所羁绊，甚至，也不再被急功近利的资本冲动、市场虚火和票房指标所裹挟，而是自然而然地选择了"职业导演"的身份及精益求精的"工匠精神"。那么，一种主要立足本土观众的文化境遇、精神诉求和审美趣味，努力尊重商业电影尤其类型电影的特有程式，并试图整合主流与边缘、吸纳中外电影经验、跨越雅俗之间界限进而寻求最大限度共鸣共情的中国电影，便在最大多数本土观众的殷切期待之中诞生了。

诚然，在《悬崖之上》里，为了传达主流的价值观并体现编导者的个人情怀，张艺谋并没有陷入为谍战而广布迷局、为视效而不断炫技的误区；相反，几乎从一开始，或者说在故事推进之后不久，观众就已经从许多颇有意味的情节、细节，特别是人物之间的关系、演员表情的演绎中，基本获得敌我双方的内部信息及每个角色的任务设定。正是这种并不有意考验观众智力，也不乐于绷紧观众神经的剧作结构，却在一定程度上"冒犯"了谍战片的影迷，也就无法满足部分观众的类型预期，进而挑战了谍战电影的运作惯例。但也不得不说，正是这种针对"经典"谍战电影的"挑战"，为影片也为观众带来了一种新的可能性：将主要篇幅与注意力更加集中在刻画角色的身心状况并阐发谍战之于群像生命的意义。

为了达到这一目标，影片不仅在有限的时长里纳入共产党特工小分队多位谍战英雄的"群像叙事",而且尽力以张译饰演的张宪臣与于和伟饰演的潜伏在伪满特务科的共产党同志周乙为中心,前后相继地完成了两个相反方向的谍战"接力"。与张宪臣在伪满特务科遭受的非人的身体酷刑相比,周乙在敌人和战友面前反复经历的死亡威胁、生离死别与心理摧残,其严酷程度,也是有过之而无不及。但在情感之浓郁、意志之昂扬与信念之坚定等方面,两人都不愧为散发着英雄的光彩,值得观众内心景仰的抗日先驱。或许是为了更好地引发观众的共鸣,也不便让叙事长久地陷入迷局,影片遂以章回体的形式将全片故事分解为"暗号""行动""底牌""迷局""险棋""生死""前行"等共七个章(回),几乎在建构的同时也瓦解了谍战片本身的紧张悬疑动机。因此,情节的迷局让位于群像的刻画,情绪的逆转也升华为情感的积聚。影片最后的几个场景,则是离开"谍城"哈尔滨,再一次回到一片白雪覆盖的北国天地,通过母子相认与战友劝勉,象征性地完成了家国一体的大义,以及信仰净化与黎明终将到来的主题。这样,与其说《悬崖之上》是一部挑战谍战电影类型惯例的影片,不如说是一部将主旋律电影基因融入谍战电影创作进而创新谍战电影类型的尝试。

这种以融合或融入的方式而展开的谍战电影新探索,当然也在张艺谋所强调的"酷"的风格与调子中得到明确体现。因为主旋律电影基因的融入,也因为群像叙事所带来的更加严肃和不无超越的电影主题,张艺谋虽未刻意减轻或削弱独属于自己的、但也经常因为华而不实而被众人诟病的视觉风格,却也找到了另外一种更能被普遍接受的造型方式。由于在"酷"的类型特质以及角色身体与其精神层面之间找到了光影与思想融合的新路径,《悬崖之上》为谍战片赋予了风格化的影音质感。

当然,对于《悬崖之上》而言,"酷"的风格和调子未必尽善尽美,观众的接受也是见仁见智,但值得注意的是,如果说自信心源自认真比较之后冷静的自我认同,那么,基于导演30多年来为中国电影以至世界电影做出的贡献,以及针对中外合拍电影的多方探索和各种类型电影的不断尝试,张艺谋的自信心是可以被认定的。

原载《文汇报》2021 年 5 月 12 日

《觉醒年代》：精神动力、人格魅力与艺术感召力

从头至尾观摩《觉醒年代》43集共计33个多小时2000分钟左右，于我而言，不仅是通过光影向百年之前那个伟大的觉醒年代的一次历史重返，而且是一次极为难得的情感投入、思想净化与灵魂荡涤之旅。自始至终，一种久违的精神和人格的力量在剧中氤氲、积聚和腾跃，在北大内外、大江南北与天地之间升华为一种亘古的追寻、旷世的信仰，进而演变为民族的希望、国家的脊梁。与此同时，一种同声相应、同气相求的同化力量也在荧屏之前产生前所未有的共鸣和共情，通过各家视频网络平台密集滚过的弹幕和评论，无数观众无数次地表达了观剧感受。总结起来就是八个字：热血沸腾、热泪盈眶。

这种经由剧中大量的革命先驱、知识分子、硕学鸿儒、青年学生与普通民众等散发出来的精神动力与人格魅力，及其对当下中国观众产生的强大的情绪引领与艺术感召力，正是来自中国历史和文化的深处，在与屈原、司马迁、杜甫、韩愈、辛弃疾、曹

雪芹等的对话关系中展开，并在近代世界与现代中国的大开大合、风云激荡中呈现出来一种同情、温厚与忧愤、悲悯，深广而又博大，细腻而又动人。

在我的观剧印象中，获赞最多、使观众"泪目"最多的，正是那种在大量情节、细节与情绪、情感中投射出来的，属于中国士人崇高精神气质的君子之风与铮铮铁骨。在陈独秀、李大钊、蔡元培、胡适、鲁迅、毛泽东、周恩来，以及辜鸿铭、黄侃等独具个性特色与人性光辉的人物群像里，从身处日常生活与社会交往的举手投足和只言片语，到面临生离死别与家国大义的丰富痛苦与挣扎静默，无疑都有着中国人凌风傲霜、向死而生的最优美、最壮烈的生之弘毅及精神信仰。

实际上，当青年毛泽东在茫茫人海之中一闪而过却被细心的观众迅速定位，当鲁迅的每一篇名作和每一句名言都被观众殷切地期待，当辜鸿铭在观众的心目中逐渐变得"可爱"，特别是当陈延年与陈乔年兄弟的出场和牺牲牵动着每一个年轻观众的心弦，一种创新的主流文化生产与接受方式，也正在跟这一时期许多优秀的影视剧一起形成一股不可忽视的热潮。能够取得这一成就，自然有赖于各位优秀的主创者们，如总制片人刘国华，编剧龙平平，导演张永新，主演于和伟、张桐等，以及服化道、摄录美各部门在视听层面创造的杰出的艺术感召力。这种艺术感召力所引发的观众思考和由衷赞叹，也便创造了当下中国文化景观中的"觉醒"现象。

当剧中那些觉醒了的中国人，以他们的青春和生命与百年前中国生死存亡的道路选择和民族命运紧密地联系在一起的时候，几乎所有的荧屏观众，特别是"90后"和"00后"，当然都会不约而同地看到和理解他们的前辈。他们发现，这些前辈们是"心中有理想，眼中有光"的一群人，既充满着令人感动的魅力，也值得后来者追慕。

从19世纪出生的"90后"，到20世纪出生的"90后"，这种跨越百年并通过《觉醒年代》而被看见和听到、感受和震撼的，与其说是一种纯粹的艺术感召力，不如说是一种跨越历史的思想探索与代际对话。这种思想探索与代际对话，既具有重大的现实性和面向未来的可能性，又深具令人期待的象征意义。正是由于观众和粉丝们的疯狂"追剧"，才从大众参与的层面验证了百年中国的合法性，以及中国共产党和中国道路的正确性。这也正是《觉醒年代》最大的底气。

同样，在剧中，总能看到观众情不自禁发出的"谢谢你们！"的弹幕，我在想，这些观众既在致敬百年前的民族先驱者，更在感谢《觉醒年代》这部"有神韵"的笔力千钧的"千古好剧"。对此，我也有同感，觉醒年代的先驱者们已然载入史册，《觉醒年代》也将如此。

原载《新京报》2021年4月30日

《千顷澄碧的时代》：使命深厚的影像书写

　　近年，一批扶贫题材文艺作品相继涌现，以求真、求善、求美为旨归，以崇高的立意与深厚的使命感，记录着历史的记忆与现实的巨变，追逐着时代的浪潮与未来的愿景，展现着乡村中国的魅力与光芒。电影创作领域也取得了有目共睹的实绩。《十八洞村》《南哥》《李保国》《秀美人生》《我和我的家乡》《一点就到家》《千顷澄碧的时代》等影片，均以充沛的情感、独特的创意、丰富的个性，开拓了主旋律电影的创作视野，获得观众关注和喜爱。

　　全国脱贫攻坚总结表彰大会隆重举办之后，电影《千顷澄碧的时代》在全国上映，引发关注。该片主要取材于河南省兰考县脱贫攻坚的故事，并吸收了全国各地脱贫攻坚一线的事迹，以小见大，以点带面，将我国脱贫攻坚这一彪炳史册的人间奇迹，生动写实地呈现在大银幕上。

　　影片融入全球视野、现代眼光与历史关怀，在思想深度、人文内涵和艺术品质等方面，达到较高的水准。导演宁敬武为影片深植了一种沉潜的主体意识、深厚的文化担当与独特的诗性魅力。

《千顷澄碧的时代》讲述了一心想在自己的专业理论中寻找中国农村出路的金融专家芦靖生，在准备出国深造之际，被派到兰考县担任驻村"第一书记"，与县委副书记范中州、乡党委书记韩素云相遇在兰考脱贫攻坚第一线。他们与人民群众在一起，接续奋战，攻坚克难，使这座贫困县终于得以"摘帽"，绘就了新时代山乡巨变的壮美画卷。影片不仅聚焦芦靖生在农村最基层的扶贫工作以及情感走向和思想演变，而且以较为简明的节奏、流畅的韵律与时空交织、复杂多变的叙事，刻画了以范中州、韩素云和芦靖生为代表的扶贫工作干部形象。同时，以较多篇幅描绘了颇具代表性的各类群众，展示了干群关系的"鱼水情深"。

值得注意的是，《千顷澄碧的时代》还在最大限度上延展了叙事时空，让兰考的扶贫工作联系着省里的指导、国家的政策和中央领导的亲切关怀与宏伟期许。通过对影像文献里的黄河泛滥景象、电影《焦裕禄》片段的不断借用，激活了观众对于焦裕禄的共同情感，感受到焦裕禄精神在新时代的回响，让见证历史、观照现实又走向未来的精神激励照进当下。

影片对扶贫过程中的挑战描摹生动真实，每一种挑战，都是一种常见问题的浓缩典型。对于国家政策的解读非常诚挚，没有流于表面，每一个解决方案的过程都解释清晰。金融扶贫模式如何在实践中不断完善，也在影片中得到了生动体现。这正是影片坚持立足中国国情、直面现实的艺术勇气。也正是因为重视对经验教训的总结，影片才能在广袤的大地之上、流转的生活之中，讲述更加难忘的故事，发现更加动人的情感，展现更加美好的风景。

综观全片，令人印象深刻的是，从屡拒资助的顾大局、识大体的群众韩大爷到最终选择支持男友而从国外回到黄河岸边的芦靖生女友，从默默为女儿买药治病的韩素云之父到主动向父亲问候示好的范中州之子，都展现了普通中国人的美丽心灵和美好期许。

影片结尾，芦靖生在黄河边表达愿望："未来中国的千顷澄碧，有我的一份力量！"在小学生们的齐声朗读和悠扬歌声里，航拍镜头下的蜿蜒黄河与千顷澄碧，以其壮美的画面延展在辽阔的中原大地上。

原载《人民日报》2021 年 3 月 25 日

《刺杀小说家》：当技术和视效想要思考

　　时至今日，有关影片《刺杀小说家》，不少观众和评论者倾向于讨论其醒目的数字视效之于全片主题、叙事功能及其表达的意义，这确实是影片本身想传达的主要信息，也是包括导演路阳在内的主创团队，从一开始就花费大量资金和不少心力执着探索的重要领域。尽管在不同的场合，路阳都在强调影片的创作与当下观众的强劲关联，并希望观众明白，这部"很厉害"的电影，同样具备人物、故事与思想、情感，而不是只有重工业、大体量以及奇幻的视觉效果；但不得不说，这部在国内第一次完整地使用虚拟拍摄技术，标志着中国电影工业化以及视效技术最新水平的影片，如果不对其技术探索和视觉效果予以评判，也就无法有效地评判其自身了。

　　当技术和视效想要思考，电影就开始摆脱其原始的魔力及其奇观性带给观众的沉迷，从社会学和通俗文化的视野进入美学和独立精神的范畴。然而，这种试图以"特技"传达某种独特的哲

理或诗性的做法，或以"视效"创建整体性的象征或隐喻体系的
行为，往往就会超越一般人群的认知水准，挑战普通观众的理解
能力，并因票房失败而为项目本身带来不小的投资风险。遗憾的
是，电影的历史及当前的状况，已经并仍在表明这一点。

但在大多数时候，好莱坞不会犯下这样的"错误"，可"正
确"的好莱坞又总是遭遇电影内外与世界各地的各种解构和指
责。事实上，早在 20 世纪 50 年代中期，美国影评家宝琳·凯尔
（Pauline Kael）就严厉批评好莱坞生产的那些不断扩大规模、增强
特效的大片，只为符合市场的逻辑而非攻克美学的难题，从而变
得越来越没有思想、个性、激情和想象力。这种来自学界和业界
的深刻批评，几乎和好莱坞的技术拓展及其获得的全球霸权如影
随形。受到好莱坞强烈刺激和深刻影响的中国当代商业大片，更
是因资本的狂欢、特效的泛滥与内容的空洞、情感的冷漠，虽然
吸引了观众，赢得了票房，但却患上了宝琳·凯尔早就描述过的
某种"精神分裂症"。

诚然，即便在好莱坞，特别是 20 世纪 90 年代以来，电影也
总在思想之中，电影的技术和视效同样如此。尤其如何通过电影
思考技术和视效，或者说，如何通过技术和视效思考电影，也一
直是包括《异形》《黑客帝国》《蝙蝠侠》《奇异博士》《复仇者联
盟》等电影暨视效大片有意无意都会指向的问题；或者说，往往
成为部分观众、电影批评家或哲学家愈益关注并重点阐发的话题。
在某种程度上，电影及其内蕴的技术和视效，已经成为当代哲学
思考存在、时间与空间以及真实、虚构与信仰等关键概念的重要
基点。或许，正是因为思想者或哲学家的参与，好莱坞的系列电

影暨视效大片不仅获得了丰厚的票房回报和再生能力，而且彻底洗去了附加于其上的，关于其罪恶、肤浅或无聊的各种诅咒。当思想者们在《钢铁侠》中面对"史塔克现实"，宣称永远无法打败，都会重新站起来阅读漫画、观看电影和思考哲学的时候，史塔克胜利了，现实也胜利了。也就是说，电影胜利了，哲学也胜利了。

这种多方共赢的局面，跟中国电影和中国哲学无关。中国生产的不少系列电影暨视效大片，虽然也在忙于创造系列、建构宇宙，但世界观的幼稚或价值观的敷衍，以及急功近利带来的技术破绽或视效缺陷，特别是在叙事与情感等方面多年存在的痼疾，不仅很难令人真心认同其虚构的"人物"和"现实"，而且完全无法将其跟中国电影的"技术"和"哲学"联系在一起。

好在郭帆和《流浪地球》出现了，路阳和《刺杀小说家》也出现了。对于笔者而言，随着这两部大片的出现，中国电影的技术和视效也要开始用中国人自己的方式，思考虚拟现实及其哲学命题了。仅就《刺杀小说家》而言，便试图跨越媒介、叙事与审美边界，整合作者、文本与类型功能，见证技术、艺术与工业水准并引领行业、产业与工业方向，其创意与创新堪比此前的《流浪地球》。

更重要的是，除了令人赞佩的技术创新、工业探索和视觉效果，影片在动作、思想与情感、趣味之间的关系处理，也达自然浑融之境。作为一部具有作者意味的商业电影或商业诉求的作者电影，影片在整体象征、细节隐喻及复杂意义的呈现方面，也表现出独树一帜的宏大格局。"小说家"的出场、石头的投掷姿势、钢笔在纸本上的书写、图书馆与文物字画遭劫，以及日本动漫的深刻影响等充满"怀旧"气息的各种因素，不仅为"技术"找到了相互对应的落点，而且为"视效"安放了思想甚或哲学的基底。尽管由于各种因素，影片并未获得预想的票房业绩，但从超越票房决定论的角度，仍然可以高度评价这部影片的价值和意义。

技术不是"无思"，也不是"思想的障碍"，正如法国思想家贝尔纳·斯蒂格勒（Bernard Stiegler，1952—2020）所言，技术作为一种"外移的过程"，就是运用生命以外的方式寻求生命。作为一种话语隐喻，当《刺杀小说家》里两个世界的生命以特异的方式互动共生的时候，也就是中国电影从思想甚或哲学的层面思考技术和视效的时候。

当技术和视效想要思考，我们便可以期待一个新的属于中国电影的时代终将来临。

原载《北京青年报》2021 年 2 月 26 日

《八佰》：救亡叙事、启蒙意识与中国电影的世纪跨越

以最大限度接近历史底色的影音质感，直面这场特殊战争的残酷性与个体生命的本真体验，在多头并进的救亡叙事与冷峻批判的启蒙意识中，《八佰》将舍生取义的家国情怀与向死而生的民族悲情联系在了一起：以牺牲肯定活着的意义，以战争见证和平的不易。与此同时，通过血肉横飞的炮火硝烟唤醒历史的惨痛记忆，在白马飞奔的苍凉诗性与无数民众的急切相迎中，抚平个体与民族淤积经年的巨大创伤，也抵达国产电影在当下所应具有的思想深度与情感强度，承担起国产电影塑造民族精神和国家形象的宏大使命，并在一定程度上完成了中国电影的世纪跨越。

《八佰》消解了刻板单一的宏大叙事

不得不说，经过十年思考和打磨，管虎已经非常明白自己想

要的电影是什么，或者说，作为这一代导演里仍然具有强烈表达欲望的电影编导之一，管虎也非常了解自己到底想要成为一个什么样的电影作者。尽管第六代导演自我认同的标签，曾经将他们这一代影人的创作归结为疏离于宏大叙事的边缘话语，而非主流的影展迷思，也将这一代影人的作者性导向一种自外于电影工业及其票房指标的独立制片体系，很难在21世纪以来的电影产业化进程中获得应有的形象和声音。但管虎和他的剧组以及影片的出品方相信，《八佰》将是一部具有超越意义的电影作品：超越"第六代"的代际标签，超越管虎的作者定位，同样，超越战争电影与主流大片的类型期待和商业诉求，有望成为一部个性沛然而又万众期待的影音佳作。

综观全片，这种具有不可多得的电影范式及历史价值的超越，确乎已成事实。诚然，这种超越是全方位的。但作为一部以历史事实为基础的战争电影，《八佰》的独特性仍是坚守作者性的创作主体亦即导演管虎的个体性。也就是说，面对"八百壮士"这一诉诸家国大义的救亡叙事，管虎并没有陷入一般战争片如《血战台儿庄》（1986，杨光远、翟俊杰导演）和《喋血孤城》（2010，沈东导演），或此前相同题材影片如《八百壮士》（1938，应云卫导演）和《八百壮士》（1975，丁善玺导演）等为英雄立传并为民族代言的"宏大"套路，而是充分尊重自己的历史观念、民族情感和战争体验，将镜头和视点主要聚焦于最底层甚至最边缘的、作为个体和个性的个人本身。尤其是以湖北乡村一家三口老葫芦、端午和"小湖北"为主要线索，散点式地串联起四行仓库以及苏州河对岸的各色人等、芸芸众生。这就生发出一种多头并进的救亡叙事，在对历史与人性的复杂性、多样性甚或矛盾性予以交织呈现和立体观照的过程中，前所未有地拓展了中国电影救亡叙事的深度和广度，并在对战争和人性的深刻反思中，向世界电影史里的经典作品如《细细的红线》（1998，泰伦斯·马力克导演）和《敦刻尔克》（2017，克里斯托弗·诺兰导演）等致敬。除此之外，影片还在很大程度上巧妙地规避甚至消解了对特定历史的"权威"阐释，为大多数观众群体的接受和认同打开了一条可借鉴的路径。

值得注意的是，分别由国共合作时期中国电影制片厂（汉口）和冷战时期"中央"电影事业股份有限公司（台北）出品的两版《八百壮士》，虽然存在着许多细节上的差异，但大约采用了基本相同的、以团副谢晋元的英勇指挥和女童子军杨惠敏渡河献旗的感人故事为主要线索的叙事策略，其建立在民族认同基础之上的党派意识形态显而易见。管虎首先需要超越的"宏大"叙事，就在于这种相对固定和刻板单一的"救亡"动机。这也就能理解，当谢晋元在《八佰》中第一次似乎是不经意出现的时候，并没有引起观众太多注意，影片故事也已经展开了将近六分之一。显然，谢晋元已经不再是《八佰》唯一重点强调的男主人公。同样，杨惠敏渡河献旗的段落，也没有进行过多的铺垫，相反，作为一名女性，其身体还被四行仓库里男性们的多重眼光和内心欲望情色化，其精神的神圣性也在很大程度上"祛魅"，正如旗帜的特写，作为一种被禁忌的曾经宏大而又感人肺腑的意识形态，始终没有出现在银幕上。消解了刻板单一的宏大叙事，《八佰》的救亡动机得以在苏州河两岸以及中外、古今各色人等和芸芸众生之间自由显现，反复叩问，甚至还能跨越真实与虚构、写实与写意的藩篱，在现实与荒诞、纪录与象征之间自由游走，逼近灵魂。

也正因如此，探照灯与聚光灯下万众瞩目的四行仓库，骑着白马挺身冲向"曹营"的"赵云"（端午），才能将这场注定败退的战斗，定格为中华民族忧患始终的历史悲情，并将卑微个体向死而生的民族精神，升华为指日可待的未来愿景。

放弃对"鼠辈"的悲悯视角

如果说，救亡几乎是所有国产战争电影共享的叙事动机，那么，启蒙才是《八佰》最具个性的内在意识。尽管在一般的理解中，救亡也可以被当成一种询唤国家主体、增强民族凝聚的启蒙，但冷峻批判的启蒙意识，同样需要在对人性的揭露与对国民性的反思中，拷问战争的本质、人的意义与人类自身的合法性。

在与贾磊磊的对话里，管虎谈到了《八佰》的第一个镜头（一只老鼠从洞里爬出来，然后缩回洞里）"必须是这样"和"肯定不能替换"的原因。在他看来，影片中，"人"才是第一重要的因素，因此千万不要急于讲故事。得益于自己在《斗牛》（2009）和《杀生》（2012）等影片中的尝试，以及受到《细细的红线》及其第一个镜头（一只鳄鱼在水中游动）的影响，管虎在聚焦"人"的过程中，倾向于将"人"与"兽"以及"人性"与"兽性"联系在一起。按管虎的解释，相对于同类属动物而言，老鼠可能是活得比较长的，而且属性天生趋利避害，对所有的东西都会先躲得远一点，这也是某些"国民性"中不能忽略的一点。我们中国人在羞辱一个人的时候，古人常常会说这个人是"鼠辈"，但是在民族危难的时候，真的不能做"鼠辈"。可以看出，"鼠辈"的鼠目寸光和趋利避害，正是管虎冷静思考和严厉批判的对象。

这种针对劣根性的冷峻批判，当然以鲁迅为最重要的精神源头，但在抗战爆发以后针对民族危亡的救亡叙事中，以及此后冷战与后冷战时期的革命叙事和发展叙事里，这种国民性批判和启蒙意识愈益稀薄，在电影中更为罕见。《八佰》题材的特殊性，尤其历史文献所示"八百壮士"撤退四行仓库之后的悲剧性遭遇，正好为管虎反思国民性提供了绝好的机会。撤退后壮士们的尴尬处境，以及谢晋元被手下所杀的大量历史事实，虽然不在《八佰》之中，但又无时无刻不在影响着《八佰》的叙事结构、人物塑造和情感走向。其实，以"小湖北"一家人为主要线索散点串联起来的各色人等和芸芸众生，一开始都是"鼠辈"。因为鼠目寸光，也因为贪生怕死、趋利避害，他们只是被动地卷入了他们并不情愿参加的战争，在四行仓库经受着死亡的惊骇和恐惧，或者在苏州河的另一岸表现出事不关己的悠然之心。管虎希望捕捉和重点展现的，正是这种"人性"之下的"兽性"，在这一点上，也真正让观众对其主要人物"哀其不幸，怒其不争"。

然而，值得特别注意的是，影片并没有如大多数战争电影一样，采取一种悲悯视角，也不再引导观众的廉价同情，而是以平视的眼光和冷静的姿态，一步一步地关注着这些卑微的个体，如何逐渐摆脱"鼠性"并获得"人性"，最终成为英雄，散发出"人性"的光辉。通过这种方式，《八佰》得以超越一般的战争电影，将一种冷峻批判的启蒙意识，非常真实有效地植入救亡叙事中。对于一部投资 5.5 亿元人民币，置景工程浩大并号称"全亚洲第一部全程 IMAX 摄影机拍摄"的重工业电影,《八佰》已然独具个人化探索与个性化特征,已经不可能在批判性的启蒙意识方面走得更远。毕竟,政治的暗黑、战争的残忍、人的"兽性"以及生死的虚空,尽管更加接近历史本身的真实,但超过了限度,便会让银幕下的观众感受到强烈的不适。因此,影片最后一个镜头,从千疮百孔的四行仓库摇到保留下来的仓库旧址,再越过周围的高楼大厦,俯瞰当今上海象征的繁荣国际化大都市,便在银幕上想象性地完成了批判性的启蒙任务,可谓极好地弥合了人性与兽性、战争与和平之间的裂隙,也在导演的作者性与观众的民族主义情结中找到了平衡。

关于"救亡"与"启蒙",《八佰》可以做得更好

一方面尊重自己的感受,一方面强调电影与观众隔空对话的能力,以及经典电影所具有的超越时空的生命力,管虎从他这一代导演与生俱来的非主流的个性诉求出发,通过《八佰》,开始走向更加"宏大"的民族视野与跨国叙事。也是通过《八佰》,中国导演开始将近现代中国以及中国电影有史以来萦绕至今的,有关"救亡"与"启蒙"的重大命题重新并置在一起,完成了中国电影的世纪跨越。

诚然,关于"救亡"与"启蒙"这一在中国思想界、文化界和社会语境中仍未完成的重大命题,《八佰》仍然可以做得更好。其实,苏州河两岸"天堂"与"地狱"的光影对比,以及舞台与看客之间的相互映射,为《八佰》的救亡叙事和启蒙意识提供了

绝佳的表达平台；但任何一个中国人和中国电影人，都需要记得：
早在第一次鸦片战争的时候，当英国舰队突破虎门要塞沿江北上
之际，江岸聚集的数以万计的中国民众，也是同样平静地如同看
一场与己无关的戏。

原载《北京青年报》2020 年 8 月 24 日

《阿凡达》归来：重新发现感知

　　2006 年岁末，在洛杉矶 Playa Vista（普雷亚维斯塔），趁着《阿凡达》剧组的休息空当，史蒂芬·斯皮尔伯格、彼得·杰克逊登门考察了詹姆斯·卡梅隆的虚拟摄像机和制片工序。全球电影领域最杰出的三位"技术狂"导演，在《阿凡达》的摄影棚里交流信息、分享知识并探索未知。无论如何，他们在一起的一个星期，都应该是世界电影史上浓墨重彩的一笔。

　　"这一代导演中的王牌精英并肩站在一个落满灰尘的仓库里，轮流把玩着一台摄像机。这就好比马蒂斯、毕加索和莫奈三人聚首一较画技，只不过场景变成了 21 世纪的电影制作。"美国传记作家丽贝卡·基根在《天神下凡：詹姆斯·卡梅隆的电影人生》一书中如此感叹。确实，如果说马蒂斯、毕加索和莫奈所代表的现代主义文化，通过绘画技术的不断更新，给 20 世纪前后的世界带来了新艺术的震撼，那么，由卡梅隆、斯皮尔伯格和杰克逊所代表的我们身处的这个时代，则通过电影技术不知疲倦的升级换代，并融合思想文化、文学艺术与电影自身的最新进展，给 21 世纪以来的人类带来了感知的革命与创意的无限可能。

记得 2010 年初，在中国电影博物馆看过 IMAX-3D 制式的《阿凡达》之后，我曾发表文章表示，早在 1968 年，斯坦利·库布里克就在阐述《2001 太空漫游》拍摄动机时，试图创造一场"视觉盛宴"，以此超越所有文字上的条条框框，并以充满情感和哲学的内容直抵潜意识。就在 21 世纪的第一个十年里，卡梅隆雄心勃勃地接过库布里克的旗帜，通过《阿凡达》的星际叙事，创造了一场全球朝拜的视觉盛宴，并以此向梅里爱的默片《月球旅行记》（1902）致敬，让 21 世纪的电影重现 100 多年前的奇异景观，让蜷缩在电视机和电脑前的观众重新走向电影院，再一次，发现电影。

就在《阿凡达》重映第三天，我再次走进电影院，在深影国际影城的中国巨幕厅观看了《阿凡达》原版 3D，也试图在技术哲学的层面，检验自己 11 年前的有关《阿凡达》的感受和判断。在笔者看来，如果说，11 年前《阿凡达》让观众重新发现了电影，那么 11 年后以及在将来的几年里，《阿凡达》及其续集，将会让观众在重新发现电影的基础上重新发现感知。

实际上，早在 1992 年底，卡梅隆在筹划其领导的特效公司"数字领域"之际，就撰写了一篇长达 13 页的《数字宣言》，热情洋溢地憧憬了电影制作的未来发展方向，并以其敢于冒险的精神和对细节的执迷，认真描述了"表演捕捉"的概念。在卡梅隆的电影观念与创作过程中，数字技术和虚拟拍摄不仅使电影对未来的幻想自由地摆脱了现实的制约，而且使人类对其感知的世界也获得了全新的观照方式。

正是在《阿凡达》里，潘多拉星球上的一切，无论是极尽深远的异域空间，还是悬浮的山体、飞流的瀑布，以及发光的森林、会飞的水母，抑或蓝色的纳威人、纳威人使用的克林贡语，等等，似乎都与直接运用并诉诸视觉、听觉等肉体、具身的人类感知背道而驰，看起来很难成为"为我之物"并跟观众产生共鸣。就像蓝色纳威人身后的尾巴一样，或许符合外星球的生命存在样式，但并不一定能被地球上的人类所理解并乐于接纳。

但值得注意的是，这恰是卡梅隆深谙机器人研究的成果，为了避免"恐怖谷理论"而采取的表现策略。按"恐怖谷理论"，如果机器人模仿人类外表和举止的程度接近真实的人类，其效果会使观众感到不安。也就是说，在《阿凡达》里，卡梅隆非常明白，尽管数字特效和虚拟技术几乎已达到无处不在、无微不至和无所不能的境地，但电影创意及其想象的原则，仍在真实与虚构的平衡、似与不似之间。

更重要的是，卡梅隆还通过《阿凡达》执着地引导观众观察异域空间里的每一个细节，既是大胆的想象，又有科学的依据。例如潘多拉的大气成分、纳威人的平均寿命、直升机降落的方式、树液滴落的形状，以及每一种动物的名称、每一棵植物的属性等。在他眼中，这都是跟故事情节与情感表达同样值得用心体会的对象。而在这些画面和镜头里，观众通过体验这种陌生的熟悉感或熟悉的陌生感，再一次获得了新的感知。这种感知，既能满足肉体和具身的需求，也关乎激情的投注、信念的执守、自我的存在与生命的意义。

当人类社会加速发展，特别是随着互联网、信息技术与人工智能时代的到来，人类的感知正在被人类以及人工智能及其创造的对象所覆盖或占据，感知的超载或者缺失正在成为人类的忧惧。《阿凡达》的出现，以及包括卡梅隆在内的一批"来自未来"的电影大师，正在通过永不停息的技术升级，以及永无止境的想象和创意，为观众带来更加丰富的体验，也为人类自身重新发现新的感知。

原载《北京青年报》2021 年 3 月 26 日

灵感与风格——万玛才旦导演创作谈

嘉　　宾：万玛才旦
对话嘉宾：李道新
整　　理：温斐然、辛垠锡

一、文本的转换

李道新（简称"李"）： 万玛导演在藏语和汉语之间的转换及两种语言在小说和电影当中的呈现，是一个非常成功的案例。您自己在藏语写作和汉语写作两者之间是如何选择的？在这两者之间的转换中有何体会？

万玛才旦（简称"万玛"）： 我在选择语言的时候会考虑到现实层面的意义。当这种题材涉及藏地的现实或者语言状况的时候，我会选择用藏语来写作，这样的写作对于藏语读者来说是有意义的。而如果将其放到更广泛的读者群体中，比如汉语读者或者英语读者群体，可能就缺乏现实意义之外的文学意义。我早期的小说《星期天》就涉及语言在当下的状况及处境，所以是用藏语来书写的，而像《诱惑》《气球》这些，我会选择用双语写作，因为我认为这些作品面对不同的读者还是同样具有意义的。

李：其实藏语写作主要还是面向藏语读者。汉语的写作尽量想要面向藏语之外的更多世界性读者。那么在此过程中，您的藏语写作文本和汉语写作文本之间可以互译吗？

万玛：我的小说很多都有藏语、汉语两个版本，所以很多朋友也会问这个问题，同样的作品，两种语言版本是否是翻译？但其实不是翻译。我自己也曾学习藏汉互译，主要是小说的翻译，它要遵循翻译的很多规律，语法的结构、语序，甚至是气息都要尽量贴近原作，这样的作品我觉得才是真正的翻译。但是就我的小说而言，尽管是同一个题材，但完全是两种思维方式的呈现。我在使用藏语处理某个题材的时候，我会完全以藏语的思维来表述，然后无论从语句、意象还是语法结构，都会按照藏语的思维来翻译。当然，在这种过程中也有很多微妙的体验与经验，同时，我会把两种语言的不同体验放到不同的文本之中，以达到一种意想不到的效果。

李：这两种文本之间的自由转换和写作，一方面丰富了汉语写作的文化内涵和技巧样式，另一方面也对藏语语言文学有新的促进。那么转换到电影创作层面。我们发现您的电影代表作品中，无论是《静静的嘛呢石》（2005）还是《气球》（2020），其中主要人物的语言都是藏语，他们所演绎的故事和表达的情感，您认为主要是面向藏语族群的，还是面向汉语的和更广泛的市场？

万玛：我的藏语题材的小说，可能主要面对藏族读者。而电影，我有一个初心，希望能够面对更广泛的读者和观众。所以从《静静的嘛呢石》开始，我一直在思考这个问题。在这部电影中，涉及了藏戏《智美更登》，如果这个故事或者电影只是面对藏族观众的话，它其实是不需要解释的，藏族观众很清楚这个故事以及它所要传达的思想。但是当离开这个群体，离开文化的氛围，这些内涵对其他观众来说就是陌生的，所以我会把《智美更登》的故事分散到整个剧情里面，比如说最开始他们通过电视机讲《智美更登》的一部分，到中间的时候通过排练，又把它的主要情节传递出来，最后实际演出的时候，再把一部分主要的情节呈现出来，当影片结束的时候，《智美更登》的故事及思想就呈现出来了。我这样做其实就是为了更广泛的观众，我希望我的电影可以被更广泛的观众看到、接受。我觉得这些就是电影起到的另一层面的意义，比如说对文化传播的意义。

二、诠释与解读

李：《静静的嘛呢石》在两种文化之间自由地转换，并且通过语言、自然的录像和符号呈现出来，这种形态既属于藏文化，又可以尽量面向更广泛的族群去讲述自己的故事，很有意义。但同时我很难想象您影片中的人物离开藏语去讲汉语或者其他语言，这是一种非常奇怪的现象。

万玛：从《静静的嘛呢石》我就想到了这个问题，如果单单

讲藏语，完全不涉及其他语言的话，其实是很虚假的。所以我在
创作这部作品时，也做了一些细致处理。比如作品中的角色面对
一些新鲜的事物，像"电视机""VCD"的时候，就完全没有翻
译，尽管这个名词可以翻译成藏语，但是实际上确实是一些新鲜
事物直接渗入藏区的现实当中，还来不及消化就被接受了。所以
电影中对"电视机""唐僧"的称呼都没有更改，就是为了呈现
现实。

李： 您邀请的演员大多数还是非职业演员的当地人，甚至有
些人不会使用汉语，那当他们观看电影后，您认为这些演员可以
理解您的寓意吗？

万玛： 这其实分不同的情况，拍《静静的嘛呢石》的时候，
青海藏区那里相对专业的演员很少，所以这部作品中的演员基
本上都是本色出演。他们可以看到表面上的故事，但可能无法
理解深层次的意义。所以我对演员的要求就是他们不一定了解这
个人物、这个故事，只需要完成规定情境的表演。但是《塔洛》
（2015）还是有些区别的。大家觉得《塔洛》的主演是一名非职业
演员，但其实他是一个艺术家。

李： 这位演员是如何看待《塔洛》这部作品的？

万玛： 在写剧本的过程中，我觉得他的形象、气质，特别接
近塔洛。尽管他是一名喜剧演员，但是在私下接触时，他身上还
存留着孤独、伤感的情绪。所以我写完这个剧本后，第一时间发
给了他。他说这个角色他很喜欢，并且这个角色与他之前的表演
有极大的反差，所以他想做一个尝试。之后我又对他提出了一个
要求，就是当故事发生到剪辫子那个阶段，辫子要真实地剪掉。

所以他自己犹豫了两天，他留了十几年的辫子，而且藏区对此还有一些讲究。尽管如此，他说还是喜欢这个角色，所以最后成为塔洛。我对他的表演是有很高要求的，他的表演必须呈现出与他以往表演完全不同的感觉，他对这个角色还是做了很多的努力。

李：您的作品其实已经超越了一般的技术和艺术的层面，更多的是对世界观、价值观的深层思考，那么当电影达到这种高度后，是不是让观众理解的难度比较大？

万玛：这种理解缺憾确实存在。尤其在藏地，电影文化不是很普及，大家对电影的接受非常有限。从我 2005 年拍《静静的嘛呢石》到现在，能看出藏区对于电影的认知，对于电影文化的建立仍然很薄弱。我认为电影作为一种文化、一个产业，要发展和普及的话，一方面在于创作者本身和产业工业的支持，另一方面还要依靠观众。优秀的电影需要优秀的观众支持。在藏地年轻人中从事电影行业的人越来越多，电影文化的普及也有很大进展。因此当寻求电影产业发展时，整体的环境也需要进步。

李：最近的两部影片《撞死了一只羊》（2018）和《气球》，在您以前的电影基础之上又达到了更高的水准。《撞死了一只羊》在光影、色调、声音的探索性、故事的叙述方式、杀手题材的借用等方面都充满着现代感的尝试。

万玛：我个人觉得先锋性和探索性的尝试，与 20 世纪 80 年代中国文学及中国小说的先锋性或者探索小说有点类似，我也曾尝试过类似小说的创作，这种表达可能就会忽略读者层面，而《撞死了一只羊》就有这种趋势。

李：当下的年轻受众没有 20 世纪 80 年代中国先锋小说的阅

读经验，也少有对西方现代电影的理解。那么在这种情况下，我们该如何与他们对话？

万玛：作为一个创作者，我希望优秀的观众越来越多，因为优秀的作品需要优秀的观众来支撑。其实仍然存在关于观众的考虑，像原著小说与电影的区别。在电影中为了对这个角色有更方便的理解，会做很多的功课。在写剧本的时候，仅描述两个人物有同样的名字，但在拍摄的时候，会在视听上做一些设计，比如当得知他们两个是村民的时候，镜头切到一人一半，电影中有很多这样的暗示。而在原著小说中，读者仅能隐约感觉到他们之间的内在联系，但不会强调得很清楚。当从小说转化到电影的时候，还是要考虑观众。包括对梦境的处理，小说中不一定是司机进入了杀手的梦境，但是没有电影表达得那么明显。电影中为了帮助观众理解，我让司机穿上杀手的衣服，这样的表达显然更明确。

三、灵感与创作

李：从您电影的叙事和语言风格来看，可以说是极简主义风格，但是真的要去看您的作品，其实必须是目不转睛的。这就意味着您的电影看起来好像是静止的，好像是简约的，但其实是非常深刻的。您是怎么看的呢？

万玛：单单从写作方面讲，我比较喜欢极简主义的写作方法，比如说雷蒙德·卡佛、海明威的小说，都是极简风格的。当然我觉得跟藏语的叙事传统也是有关系的。例如佛经传达的是非常深奥的道理，但它通过非常简单的故事来传递内涵；《智美更登》传达的是大无畏的施舍精神，通过把自己的眼睛施舍出去的故事来讲施舍的精神，很容易把比较宏观的概念和思想传递出去。同时我认为这种风格与叙事传统也是有关的。当我们看印度编导阿巴斯的电影时，会觉得拍摄手法、叙事都很简单，但是我认为这是一种境界，而非技巧。只有当作品达到了一定的高度，这些技巧才能完全融合在其中，所以他的作品呈现出来的其实是一种境界。

李： 您觉得在已有的作品中，您更多的是去考虑凸显技巧与个性的视听语言，还是将技巧隐去，显现出一种境界？

万玛： 无论是小说还是剧情片，在处理叙事时肯定是需要一些技巧的。同样的故事，交给不同的作者，可能就会呈现出不同样态，这里面就涉及很多技巧经验。我一般会考虑整体的风格，在处理题材时先确定风格，再考虑其他。像《撞死了一只羊》和《气球》，我觉得是它们的内容就决定了形式，《撞死了一只羊》的故事与叙事，很难将其改成像《静静的嘛呢石》或者《气球》这种电影。所以当有了题材之后，确定它的风格对我来说是很重要的。当然技巧、经验、情感，肯定也会自然地融入作品中。

李： 刚才提到《撞死了一只羊》，观众会说开篇的镜头，有人会很欣赏，有人就会觉得不能理解，为什么汽车会在可可西里的无人区直直地开过去？

万玛： 我觉得基调很重要，我自己写小说的时候可能会比较看重第一句话，如果找不到的话，甚至会写不下去。有了第一句话之后，可能后面就非常流畅。像马尔克斯写《百年孤独》时也尝试了很多种开头的方法，找到了开头就形成了基调。《撞死了一只羊》也是，我认为这个开头为影片确定了基调，在此中能看到这是一趟孤独的旅程，能看到这个故事是发生在何种空间里的。

李：我觉得现代性已经深入您的故事骨髓中。其实在您的影片中，我们也常常领会到画境的状态，比如《气球》，结尾是气球挣脱了两个孩子的手，飞上天空。那种感觉是一种无言的大美、大善的体现。

万玛：是的，有些时候灵感与创作的冲动突如其来，我会将气球和那一刻的画面相勾连形成结尾，我的小说结尾也是这样写的。有的时候我喜欢先有结尾再开始往回建构这个故事。像《塔洛》和《老狗》（2011）也是，我先是想到了《老狗》的最终结局才完成创作。这个结局特别吸引我，于是我就带着这样的结尾到了藏区小镇，在小镇看实际的场景并寻找演员，然后用6天的时间写完了剧本，如果没有结尾那一刻的话，这个故事对我来说就没有意义了。

李：我觉得这最好地阐释了我心中对作者电影的理解。您作为一个电影作者的独特价值，在这样的一个电影时代，已经很难找到这么纯粹的心态，通过开头或结尾，以一种情调、氛围，从而建构整部电影，这非常难得。

观众：从《塔洛》到《撞死了一只羊》，再到现在的《气球》，它们可以说有所不同，但是都完全看得出是您的作品，您是怎样保证自己在不断进步、融合、变化的过程中，还能保持住自己的特色的？

万玛：我认为首先是跟题材有关，《撞死了一只羊》与我第一部电影《静静的嘛呢石》还是有很大的不同的。《静静的嘛呢石》是一部以写实为主的电影，而《撞死了一只羊》其实是一部以写意为主的电影，从风格上讲有很多探索的、先锋的元素，所以这样的题材、内容需要找到适合它的表现方法。其实在我以前的小说创作里面，这种类型已经出现过，所以到《撞死了一只羊》的时候，把这样的故事通过影像的方式呈现出来是相对熟悉的。

观众：很多艺术电影当中都会有一些超现实的部分以及一些物象化的表达，我们注意到在您的《气球》这部作品当中也有呈现，您怎么看待艺术电影当中的超现实部分，在运用上需要注意什么？

万玛：我觉得要做到恰到好处，分寸感很重要。像在《撞死了一只羊》中，拍摄梦境对我来说是一个挑战。小说里面写到了，但是如何用影像把问题呈现出来，就存在很多现实壁垒。在拍摄过程中我们讨论了很久，后来找到了一些进入梦境的方法，让梦境的呈现不那么生硬。很多电影会涉及梦境，比如费里尼、伯格曼的电影，甚至像克里斯托弗·诺兰导演的《盗梦空间》（2010），它们的呈现都非常好。此外还有很多部分蕴藏着深层含义，像《气球》中老人去世之后，有一段超现实部分，这样的画面与背后的文化或者宗教的理念是有关联的。

四、文学与影像

观众：在创作的过程中，您认为小说创作和电影剧本的创作，哪个对您来说难度更高一些呢？

万玛：我觉得各有难度。小说可能更需要灵感，当想法或灵感产生时，需要立刻记录下来，在记录的过程中需要很多技巧与情感的注入。相对来说剧本创作的时间较长，它需要不断地打磨。建立人物关系、剧情发展都有一些可以遵循的规律。但两者是完全不同的创作方法。所以可能我在写小说的时候，不会想到电影的创作，仅仅按照文学的思维去建立人物、展开叙事。而电影可能要考虑到很多层面，需要进行电影思维的处理。

观众： 从小说改编到电影的案例也非常多。对于您来说，两者之间如何取舍？

万玛： 一方面要看一部小说是否适合改编成一部电影。有些小说天然具有改编的基础。另一方面可能就要看篇幅，一般电影剧本可能只有三四万字，所以我自己比较喜欢从短篇和中篇小说中去改编。当然，很多长篇小说也都改编成了电影，比如说《红楼梦》等经典作品，但成功的很少。尤其可能某一类小说，像马尔克斯的《百年孤独》，有很多导演都想把它改编成电影，但到现在也没有改编成功，所以可能某一类小说不太适合用电影的方式呈现，因为电影很难达到小说本身的艺术高度。所以第一个标准是它适不适合改编，第二个标准是它的篇幅是否适合改编成电影。

观众： 有了这样的标准后，在实际操作当中，您有没有遇到一些困难，怎样去克服它？

万玛： 也很难说有程式化的标准，有些电影剧本可能就取自小说的某一段落，就像《白鹿原》这样一部长篇小说，它有几十万字，但是要把它改编成电影的话，只能取某一条情节线，根据情节线再做电影化的处理。由于小说本身是文学作品，它具有一些文学化的描写，我觉得需要做的工作就是把一些文学化的描写转化成影像化的东西。我自己也改编过自己的小说，在改编

《塔洛》的时候，基本上就把《塔洛》这部原著小说中文学化的东西舍弃或者转化，有些地方强化影像化内容，比如说塔洛遇见杨措之后，塔洛上山，然后过了一个月带着钱回来了。在小说中这一过程是一笔带过的，但在电影里面我觉得需要具体呈现，所以在电影中有塔洛在山上这部分内容的扩展，完全没有台词，仅仅展现塔洛在山上生活的孤独的状态，我认为这可能是将文学作品改编成电影作品的时候，需要强化或者突出的地方。

观众：您怎么看待文学和电影之间的关系？

万玛：20 世纪 80 年代之后，可能电影借助文学改编的作品相对比较多。尤其是第五代导演，像张艺谋的《红高粱》（1987），我觉得确实就是那样一批文学作品，给导演们的创作提供了非常好的改编基础，这些导演作品的成功有一部分因素来自文学原著。这种情况发展到今天，可能发生了一些变化，原创的电影作品越来越多，文学和电影的距离在慢慢地拉大。从总体上讲，我自己觉得文学和电影是两种不一样的表达方式。他们之间确实有关联，但是从表达方式上讲，还是很不一样的。

原载《电影评介》2020 年第 22 期

整体思维与献礼片的创新实践——黄建新访谈

从《开天辟地》、《建党伟业》到《1921》，建党献礼片已经成为献礼片和新主流电影的重要组成部分。在访谈中可以看出，黄建新通过《1921》创作中的史料挖掘与结构创新，显示出建党献礼片的探索与自信；通过对影片中叙事对位与潜意识对位的阐释，探讨了中国电影的整体思维观；而且通过对抒情性与诗意表达的分析，提出了关于建立电影影像系统的思考。中国电影人与中国电影，总在不断追求，永远前行。

史料挖掘与结构创新：建党献礼片的探索与自信

李道新（简称"李"）：黄导，从《开天辟地》到《建党伟业》，建党献礼片已经成为献礼片和新主流电影的重要组成部分。我们都知道您也是《建国大业》和《建党伟业》等影片的主创之一。这一次，您为什么还会接受这个挑战，继续拍摄《1921》这部建党献礼片呢？

黄建新（简称"黄"）：中国共产党成立一百周年是一个非常盛大、值得纪念的特殊年份。上海作为中国共产党的诞生地，既有中共一大会址，又有中共二大、中共四大会址，见证了中国共产党的早期发展历程；不仅如此，中国工人阶级的壮大和阶级觉悟的提高，以及最早成功的中国工人运动也都发生在上海。五四运动以后，《新青年》杂志搬到上海，陈独秀也来到了上海。五年前，上海市委宣传部找到我，觉得应该以中共一大在上海建党这一开天辟地的伟大事业为题材拍一部电影。

刚开始，我总觉得中共一大这个角度不太好找。于是回过头再去看《建国大业》和《建党伟业》两部电影，觉得很像编年史，跟传统意义上观众理解的那种故事片不太一样，是比较少见的类型。观众当然也能接受，但这种电影需要以相当的历史素养和知识储备作为前提，不然的话，由于涉及的人和事件太多，给观众的感受也是不太容易深入的。当然，编年史电影也有优点，可以当作一个历史的参照系让观众产生进一步去探求的兴趣，缺点就是人物塑造会相对较弱。电影最好还是不要按照历史事件的编年进程，而是要以人为中心来叙事和表情达意。有了这样的想法，就觉得新的电影可以转换一下思路。后来，我们又回到史料之中，查找20世纪20年代前后的历史文献，发现20年代实际上是一个与众不同的年代，全世界都在发生巨变，中国也是如此，并正在以其酝酿的思想启蒙和革命氛围重新获得世界的关注。五四运动的意义，必须跟思想革命的先驱和国民意识的觉醒紧密地联系在一起。当然，这样的价值观不需要在影片中直接说出来，而是可以通过人物的塑造和其关系的建立及人物的行动和其性格的刻画予以表现。

正是基于这种想法,我们决定《1921》的叙事结构主要取横截面,基本不做纵轴了。叙事的主干就在1921年4月到8月,平行或者横向展开多条线索和多个人物,期待观众也会跟着这些线索和人物,并以人物为中心去建立认同。但问题也随之出现:第一,中共一大代表都很年轻,并且来自不同地方,如果没有足够的素材塑造贯穿性人物的话,横截面就仍是泛泛而已,仅为一个缩小版的纵轴,也就是回到了以前的编年史叙事;第二,如果要解决贯穿性人物的问题,就要设置戏剧性的对立面人物,需要建立人物的动作线和反动作线。这两条线不成立的话,人物内心世界的变化和外在力量的互动也就失去了依据,无法让观众感受到人物潜意识里的感受。即便能找到几个点,拍了几场戏,但没有情节和情节反转,始终不会有实质性的进展。

于是,我们继续钻研史料、爬梳文献。我们联系了上海的党史专家、一大会址博物馆,还有民国社会生活、上海租界研究等各方面的学者,开了好多次会。专家学者们跟我们讲了很多事情,说到在当时的上海,工人阶级的地位还是不低的,因为上海工人是中国工人阶级的主体,也是中国最早的工人阶级,他们的罢工真有成功的先例,这是一条可以加入的动作线。另外,共产国际也是一条必须加入的动作线。我们先从马林开始。马林是共产国际代表,在向世界各国输送经费、输出革命。另外,共产国际远东书记处代表尼克尔斯基也有点像秘密工作者,他们都是被各国监控的对象。他们一到上海,法租界巡捕房就开始派华人探长黄金荣盯上他们了。这条线比较简单，跟踪与被跟踪的关系是成立的。但也有一个大问题，这条悬疑的动作线和一大会议之间没有特别直接的关联性，这是历史事实，无法展开虚构，因此不能用力太大。但黄金荣跟上海的烟草工人运动有关系，在以往的一大会议故事里，很少有直接对位于工人运动的故事情节，正好可以将此勾连。在当时，李中领导的上海烟草工人，发动了一个8000人的运动，到8月初还取得了胜利。李中是共产党员，黄金荣在法租界巡捕房管华人，要向上爬就不能让工人闹事。于是开始跟工人谈判，甚至直接对工人动手。

李：《1921》是建党献礼片，也可以说是一部应时而作的影片，但是您最先想说、也最感兴趣的还是整部影片的创意、结构、叙事及创新，试图把特定年代的历史命题，置换成一个特定空间的人的命题。也就是说，是在把影片创作当成一部具有作者印记的艺术探索。

黄：我就是想在这一次，用电影本身而不是其他文本的叙述方式拍一部电影。我们曾经讨论过多种建党叙事，都是可以通过文字写作完成的，但将建党叙事固定在1921年这个时间点，就有了很高的难度。六个不同空间的故事素材放在一部影片里去剪辑，并形成一个整体性的电影文本，这是很专业化的问题。

李：是的，这个题材确实很难拍。中共一大13位代表，大多都是年轻人，并且是从全国不同的地方聚拢到上海的，到底如何有效地将他们整合在一起，非常考验创作者的功底，尤其需要以人及其内心世界与外在力量之间的互动为中心，而且是在有限的片长里完成这个任务。

黄：这个是非常明确的。我们还有意外的发现。因为涉及日本共产党，我们想到日本拍，就委托团队在日本找资料。他们在日本警视厅的档案馆居然查到了中国共产党要开会的资料。这个资料国内都没有，我们都愣了，就把复印件给一大档案室看，他们也不知道还有这个资料。资料上表明 6 月 30 日在上海，要开中国共产党成立大会，他们认为当时的日本共产党，是要来参加这个大会以表祝贺的，所以影片才会有日本共产党在上海被跟踪这条线。资料上大部分代表的出处都写上了，如来自长沙、武汉什么的。这个史料证明，日本那条线不仅是成立的，还有值得关注的悬疑惊险的故事发生。

李：影片给人印象很深的地方，就是这些新史料的发掘和使用。其实，在这种题材的电影里，使用新史料有时候也是需要冒险的。黄金荣的线，日本共产党的线，确实比较大胆，想必也会有观众产生疑惑。后来我想，您之所以敢于这么做，应该还是出于叙事创新或者创新叙事的冲动，这来自您做了多年献礼片和主流电影的自信，而我倾向于把这种自信，看成献礼片和主流电影本身的自信。

黄：应该有这种冲动，也有这种追求。我是一个职业电影人，做了一辈子电影，知道电影的根是什么。我的潜意识里非常清楚，也知道观众在这类电影里期盼的是什么。在我看来，主流电影有两种，比如徐克的《智取威虎山》，有很好的故事，充满传奇性；比如《我和我的祖国》，有感人的瞬间，直击观众的情怀。但《1921》这种立足党史的主流电影，虽然历史本身很复杂、很精彩也很伟大，但一旦进入叙事文本的艺术类型里，就一定要抓住人物的个性、性格及其显现的独特魅力。更重要的是，即便要以人为中心，也必须尊重历史本身的真实，以及历史研究的第一手文献。在两个小时的片长里，故事是不能乱编的，但如果有了新的史料，创作者的想象力就会被激发出来，驰骋于新的物理空间或者心理空间，通过史料的排列组合重新激活故事情节和人物关系。因此，我才发现日本共产党的史料，以及影片设定的相关线索之所以重要，是因为这条线从头到尾，跟黄金荣的线对上了，也跟社团活动的线对上了，还跟 104/106 两个门牌号码的线对上了，特别是杂耍场中小丑目睹日本人之间的谋杀，看起来似乎是偶然，其实是在暗示历史的残酷与悲情，以及建党叙事中的人的命运。这是比建党叙事本身更大，也更客观的一个命题。

这样，我们的思想中存在两个逻辑：一个是历史大逻辑，一个是故事小逻辑。这一次，历史大逻辑已经有了相对充足的准备，在筹备讨论的时候也比较容易理清楚；但故事小逻辑就很难，必须反复地去寻找，不断地去建构。我们刻画的不是一个人，而是一群人，比如说萧子升跟毛泽东的关系，他们是好朋友，但是天天争论。我喜欢拍争论，因为可以表现青年毛泽东的另外一面，这是很有意思的部分，这个故事小逻辑正好展示了人物性格的丰富色彩，这是我们特别重视的。萧子升只在影片里出现过两场，两场都是跟毛泽东争论。只有在故事小逻辑里，才有可能呈现生命本真的状态。这种生命的力量超过了任何理论的力量。

叙事对位与潜意识对位：《1921》与中国电影的整体思维

李：影片的意图，以及编导的功底，确实体现在以人物为中心，并且尽最大的努力把需要突出的几个人物的个性，以及相关的情节和细节都非常精彩地表达出来。其中，毛泽东、何叔衡与李达等就特别动人。在影片里，李达与何叔衡讲的故事，是有历史依据的吗？

黄：何叔衡讲的故事就是在这个咖啡馆里构思的。我跟演员张颂文约着见面，本来不熟，但在那个角落里一下就谈了接近7个小时。我们一直在聊何叔衡的理想是什么，参加革命的理由是什么，他从秀才投身革命追求的是什么。不要老说是为了解放全人类，他得有一个原始起点。确实如你所说，这个故事是为了人的尊严，就是想站起来，用自己的眼睛看他想看的世界。

李：这个故事非常有感染力。

黄：是的，也确实动人，拍摄现场很多人都听哭了。再加上张颂文的表演特别走心，并且是自然流露。最后他的眼角湿了，下意识地抹了一把，还拿扇子掩饰了一下。这时候，一般镜头会对准演员面部，但我却给了画外，反而更加令人泪目。另外，李达说自己带人抵制日货、焚烧日货，但一划火柴发现火柴是日本人的，瞬间崩溃。这种崩溃感能想象出来，他希望中国强大，但没有明确说出来，我们得有自己的火种。逻辑就是这样，听讲的人跟他是有双重对位的，即叙事层面的对位与潜意识层面的对位。我也一直在追求这种潜意识对位，如果能把潜意识对位打开，电影的内在力量就会产生，就像这一场给人的反应一样，是特别强烈的。不少人看完都说，火柴这一场戏令人热泪盈眶。在这场戏里，演员黄轩的表演也确实精彩，我跟黄轩一起聊，说我只能拍两条，不然就会丢失即兴感、微妙感，这两条不能出错。摄影师曹郁是自己扛着摄影机拍。通常情况是别人掌机，曹郁指挥，曹郁很大的优点是眼中有戏，他知道演员这时候应该怎么样，镜头该在哪里，观众最想看什么，这会让导演的想象力得到特别大的满足。我们还有一场戏，一大代表们就理论问题互相争论，毛泽东说农民问题那一场戏，好长的一个镜头，是扛着摄影机拍的，穿进去摇近景，推出来再摇，跟着走拍，再用全景，你想看的东西摄影机一定都会让你看到，这很难。

李：您刚才说的潜意识对位，我也特别感兴趣。您是在何种程度上理解潜意识的呢？潜意识对位既包括导演主体，也包括摄影机和演员，以及各种电影元素之间的互动吗？

黄：我说的潜意识，是任何一个人在成长过程中所积累的一切，人都会有潜意识储存。有时候，不经意的一句话，就可以惹得人泪眼蒙眬。那不是理性表述的过程，是瞬间打动人的点。我们老说内心最柔软的部分，是藏在底下的潜意识，电影做得好，就是能够通过各种手段，用感性的方式激活潜意识。潜意识用理性是激不活的，我讲这个道理，是要强调感性方式，强调潜意识。我一直在说这两样东西，一辈子都在追这个感性方式和潜意识，想着如何激活它们。我总说电影拍到最后，一定得有潜意识层面，好的作品是能激活潜意识的电影。这个经验从哪里来的呢？从《黑炮事件》来的。当初拍《黑炮事件》的时候，我并没有主观的想法。比如《黑炮事件》最后有一场推砖头的戏，本来是我拍的片头，后来大家讨论说这个放片头没有用，不能一上来就跟观众传达意义，故事都还没开始呢！可是，放到片尾好像管用，激活了潜意识，观众和评论家跟我的理解也都不一样，这种差别就是那个潜意识，是无关道理的对错和思想的深浅的，而是激活了联想。由此我也意识到，电影有一种力量来源于潜意识。《1921》如果能够激活这种潜意识，这部电影就生动丰富了。

李：我认为潜意识激活是目前中国电影界针对电影的一种深度思考。您觉得目前大家都在谈论的共鸣和共情，跟潜意识激活之间存在着何种关系？

黄：潜意识激活应该是高于共鸣和共情的。共鸣和共情可以用煽情的方式得来，潜意识激活却不行，无法依靠煽情。

李：需要发掘创作者与接受者更加深邃的层面。能够进入潜意识，应该跟此前导演多年来的艺术电影探索有关，是一种逐渐积累的电影感觉。

黄：《黑炮事件》是偶然感觉，有点蒙，《背靠背，脸对脸》就稍微懂得了一些，后来梳理得更加清楚了。好的电影就是要努力激活潜意识。

李：我最近正在做相应的中国电影美学研究，试图回到郑正秋、蔡楚生、吴永刚、费穆、胡金铨、侯孝贤等导演那里，找到属于中国电影自身的美学思想。我发现您说到的激活潜意识，似乎跟上述中国电影美学里的"空气"说和"同化"论比较接近。在一部电影里，创作主体和接受主体，编导和演员、演员和摄影师、摄影师和美工师等，每一个人之间都能形成"空气"，最后我与戏、戏与人、人与景、景与物、物与事、天与地等，一起"同化"，达到"通天下一气"的整体思维境界。

黄：有点关联性，我还没有想过这个问题。一个好的摄制组，就得是一个整体，而且不是剧本层面的整体，是至少要保持在联想关系层面的整体。大家都是在联想关系的层面理解剧本，这个还不是潜意识，因为潜意识是激活以后才产生的。我可以举个例子，摄影机完成联想，演职员可以参与到什么程度？演员会思考为了创造联想，表演应该控制到什么程度；两个人之间对戏，应该产生什么样的感觉，分寸控制如何，眼泪出来还是不出来。总之，联想是可以讨论的，可以通过制作执行方案或落实到技术层面予以完成，可以研究到最毫末的细节。但潜意识是没有办法讨论的，这是不同层面的问题。潜意识是所有想象的结果，要有结构想象和整体想象，最后的完成是去激活。通过体系性的生产，创造一种感性的氛围，通过激活潜意识让这种氛围产生力量。这只是一个永远追求的过程。

李：太好的阐释了！潜意识也是分层次的，个人潜意识、民族潜意识等都有很深厚的东西。我也一直在寻找，中国电影到底有没有属于我们自己的思维方式和美学精神。

黄：中国电影的美学问题，在 20 世纪 80 年代以后谈得不多了。特别是在主流电影、商业电影之后，大家讨论的大多是电影和观众的关系，而从一般心理学和精神分析学出发，使之作用于创作与接受方面的讨论并不多见。中国电影要提高，必须思考这方面的问题。有时候我们讨论电影，经常凌晨三四点都不睡觉，大家都知道心气应该往哪里去。但是，是不是会有一群人跟你有相同的体会，就得靠运气。

抒情性与诗意表达：关于建立电影影像系统的思考

李：刚才谈到，从《建党伟业》到《1921》，您是有叙事和影像方面的整体思考的。

黄：是有如何建立电影影像系统的思考。就《1921》而言，我希望有很明确的抒情性和诗意表达，这是我们的突破点。关于诗意表达，有两个问题需要讨论。一般来说，诗意表达进入美学的层面，必须超越普通的叙事，但在美学层面上探讨如何完成诗意表达是很难的事情。一旦情节进入，诗意表达就不见了，必须很好地平衡叙事和抒情的关系，必须准确地组织画面，构成意象化的、诗意性的情节。在接受美学里，这就是爬不过去的坎儿，光有想象还不行，需要跟具体的镜头和画面，以及声音和光影联系在一起。比如说，影片中受到好评的部分，毛泽东在大街上奔跑，其具体的背景是什么，升格画面升多少格才会摆脱写实的束缚从而获得诗意？在毛泽东的闪回意识里，家乡风土人情该怎么切入？等等。所有这一切，一旦情节化，其中的抒情性和诗意表达就荡然无存了。因此，在拍摄现场，我们跟摄影师经常讨论，这个镜头应该是大全景，那个画面应该是慢速，机器是先稳定再不稳定，需要稳定地移动也需要不稳定地移动，等等，都是非常细微的工作。

李：确实，叙事抒情中都很容易太过写实。

黄：稍微不对就写实了。这就涉及电影创作的具象过程，这个也是有意思的。比如说，1921 年前后，上海的霓虹灯很少，亮度也是不够的，但我们看美国电影，发现那个时代的纽约都是使用灯泡，我们就问上海专家，他们说上海当时也是从国外学来的，用灯泡，特别在公共租界，灯泡一个挨一个。灯泡亮度够了，但又不会炫目，不像霓虹灯那样，没有"幻"的感觉，而是一种

"融"的感觉，跟我们需要的抒情性和诗意表达是合拍的。所以我们装了1万多个灯泡。这就需要创作经验、工作水准以及各部门的配合。

李：我觉得王仁君的表演是成功的。

黄：我跟他见第一面是在隔壁的咖啡厅。我跟他说，我希望毛泽东有一段奔跑的戏，你跑步姿势怎么样，他说还行，我说你一定要练，我希望你的脚尖是弹地的，不要脚后跟那种；于是，他就天天跑，特别累。我说一定要这样，有跃动的感觉，才能表达出毛泽东的青春气息和向上的心劲，否则，这段戏就没有象征意义了。

李：何叔衡牺牲的那场戏很有诗意，也很感人。

黄：何叔衡牺牲的时候，在大银幕上能看到何叔衡嘴角有一丝笑意，但眼睛里是有泪水的。这是一种非常复杂的心理表现，超越了写实的效果。何叔衡跳下悬崖后，我接回了1921年8月上海工人大罢工的万人群像，用了9秒钟的静默表达对先驱者牺牲的礼赞。这也是一种潜意识层面、超越时空限制的精神呼应。这种急速转换中的情节安排，空间跳动感特别强烈，容易让人感觉不太自然，需要在表演、景别、场景、光线等问题上仔细研究，甚至研究在演员表演中，回头应该回到什么程度，是否需要借助演员的视线进行衔接，等等。一部电影就是一个整体，就像书法一样，所有的元素都要融为一体。

李：这也是一种整体思维观。

黄：其实这都是整体思维的一部分。电影有美学层面、心理层面与制作层面，每一个层面之间的互动，构成了这种整体思维。

电影的诗意表达无须完整地复原现实，反而能带来一种整体的美感。

李：对于普通观众来说，能够从整体上体验美感，而对于专业人士，还可以从中获得更多的意义。

黄：我希望能达到这样的效果。每次拍摄，我们都做了充分的准备，但在实操阶段又不墨守成规，会根据现场拍摄的感觉随时予以调整，这对所有的剧组成员都提出了更高的要求。所以我们一直强调电影的职业性和专业性。像黄轩这样的演员，有相当多的表演经验，张颂文就更没有问题了。王仁君在饰演青年毛泽东时，也被要求从整体观上分析毛泽东的精神气质，理解毛泽东的成长经历。毛泽东一辈子充满着求知欲望，陈独秀对他产生过重大的影响，在陈独秀面前，他一定是有学生的样子的。通过查阅历史文献，知道了毛泽东当年在上海，起初是在洗衣房打工，我们讨论很久决定毛泽东的出场，就是跟大家在一起洗衣服，既有亲近感，又充满了青春的活力。所谓心中有理想，眼中有光，就是这种状态。跟学生一样，眼神里有一种青春的单纯性和天然的生命力。

李：陈坤饰演的陈独秀，感觉有点神经质。

黄：陈独秀不是这样吗？你看他的传记，比现在表现得厉害多了。我理解的陈独秀的个性，不仅是张扬，甚至是癫狂，他是个性非常突出的一个人。我觉得他是一个具有极大煽动能力的人，一个能够激活别人意志力的人，因此才是一个杰出的领袖。当然，从冯远征在《建党伟业》中饰演的陈独秀，到陈坤饰演的陈独秀，我希望能够更加深刻地触摸到内心的东西。在我的脑子里，陈独秀真的是一个个性突出的人，这种人其实特别可爱，他全能让你看得到。他的理想和信仰，也就是他的心理原动力。

李：您刚才说到的心理原动力，似乎可以跟前面说到的潜意识层面联系起来。

黄：对。人在童年和少年时期的想法，是会影响人的一生的。

不断追求，永远前行

李：导演的想法真的应该好好整理一下了。另外，郑大圣导演在这部影片里主要承担哪些分工？

黄：大圣有两点很重要。他比我在史学方面要更严谨，他有上海人的性格，一是一、二是二，弄得特别细，绝对不会出问题。而我经常会"跳"一点，但大圣说不行，要弄得特别清楚。影片里的上海视角就是他负责的。这部影片我所有的拍摄时间都在现场，从头到尾没有离开过，所以我们两个总在一起，我想好了就跟他讲，他的想法也会告诉我，沟通好了就现场布置。他的执行力非常强。另外，影片中上海地域文化的微妙潜入，就是大圣的功劳，我作为一个西北人，是弄不明白的。大圣对细节的感受也很好。比如说有一场戏，涉及上海法租界的交通规则，汽车右行到公共租界后变成左行，得挂两块车牌，不然过不去，连黄包车都得挂两块车牌，一边是英美管，一边是法国管，法国找的越南人，英美找的印度人。我们就是这样严格按照这些细节拍的，观众看不看得出来没有关系，懂得的人自然就会发现，觉得影片制作精良。大圣在这方面帮我做了很多，关于租界文化和上海特征，

173

很多看不见的功夫，仔细观察其实都在。

我一直跟大圣说，希望他给我提供更多的事实，我特别不希望进入考证，电影一进入考证基本上就得"死"，我们一定要把电影带入想象之中。这是我做了一辈子电影所积累下来的经验，我希望我的电影能有"洗脑"的力量，能够激活人的欲望。在我看来，电影只有两种。一种是艺术电影，就是个性表达。我有我的深度，你今天不理解，也许你明天能理解。另一种是商业电影，就是欲望的传达，一上来就控制你。我认为艺术电影也应该具有这种力量。《1921》在国内公映以后，还会在其他几个国家公映。但其他地域和国家的观众，还是会把《1921》归类到政治电影里，发行和接受都会存在一些挑战。《1921》对我来讲，让我可以从心理学、社会学以及电影艺术、电影制作的层面展开更加深入的思考和探索。我是一个爱想事情的人，也总想追求一种更高层面的境界。黑泽明在得到奥斯卡终身成就奖的时候说他仍然不知道电影是什么。当时我觉得太过谦虚，现在我明白了。在电影中不断追求，永远前行，应该是真正的电影人生命意义最重要的部分。

李：这一点确实非常可贵，在追寻生命意义的前提下不断探索新的路径。跟您当初拍的《建党伟业》比起来，《1921》最大的进步和收获是什么？

黄：更大的意义是，影片给我提供了一次打破物理时空限制的创作方式。现在，影片第一个镜头就是陈独秀的一双大眼睛，一拉开就是故宫，一群人在长满荒草的故宫里奔逃，然后就开始鸦片战争；最后影片闪回，李大钊参加五四运动，再到他生命中的各个瞬间，六个时空穿插在一起。看起来是非常复杂的时空剪辑，但我认为这本来就是同一个时空：精神时空。我一直喜欢和想拍的电影，不管过去时、将来时还是想象时，都是现在时。我以为把我当下的感受融合进去，观众的理解就不会有问题。后来发现果然没有问题，闪前和闪后，现实和想象，都卷到一起了。我连小女孩的设定都是这样突破时空的，李达家对面住的那个小女孩，跟李达总有对视，后来在其他时空里，也不断完成穿越。还有，杨开慧牺牲的场景，起初节奏太快，后来在两场戏中间，我加了跟她的牺牲无关的一场戏，完全不是按照历史编年的逻辑。所以，这部电影是 2021 年的《1921》。其实，无论商业电影，还是主流电影，都不是所谓的"简单电影"。只要把握住特定的影像法则，商业电影和主流电影同样面临挑战，也可以同样深刻。

李：我发现，很多根据好莱坞剧作法写出来的电影，就特别缺少您说的潜意识。

黄：因为潜意识一定是个体意识、群体意识或者民族意识、国家意识的一部分，也是非常大众的，一旦激活就不属于个别创作者或个别观众了。主流电影与艺术电影一样，在潜意识层面，都有同样的高度、深度和难度，主要考验创作者的整体思维能力。主流电影依然可以进入很深的美学和理论体系中去。

李：现在应该到了中国电影的转折时期，也就是探索中国电影本土理论、升级中国电影美学体系的时候。您正好在这方面进行过很多很深入的思考。

黄：中国电影，确实又到了必须跟理论界产生对接的时代。20 世纪八九十年代，创作界跟理论者有很亲密的关系，后来疏远了，但是以我现在的思考，创作界和理论界的这一次互动，将会对中国电影产生深远的影响。因为电影和文化的整体提高，不能单靠个人的能力，是需要整个知识界来共同推动的。任何一个新的现象和运动出现的时候，都要跟理论结合起来，需要明确美学的主旨，分清各自的责任，懂得彼此的心气应该往哪个方向走。理论工作者的职责就是跟创作者一起，共同打造电影不同于其他艺术媒介的魅力。八九十年代双方共同探讨过电影跟文学和戏剧的关系，以及电影语言现代化问题，因此创造了新的电影运动。聚合才能聚力，互动才能长远，期待着电影的思想探索与电影语言的纵横驰骋。

李：我们再回到《1921》。作为一部献礼片，又取名为《1921》，影片想要通过这样的年代设定呈现怎样的历史意识？

黄：用《1921》作为片名，是想让建党这一开天辟地的伟大事件，和整个世界产生更加深广的关联。视野更宽阔，也更具国际化，片名都不需要翻译。这种国际化表述，是想说明中国共产党的成立，在人类历史上都是具有重大意义的。1921 年的这些人，既有革命的理想、生命的光彩，又有性格的魅力、灵魂的丰赡，他们不仅属于中国，也属于世界。

李：电影很快就要跟观众见面了，您还有没有觉得遗憾的地方？

黄：我没有坚持把《1921》拍成一部个人化的艺术电影，在拍摄过程中我不断修正，觉得还是应该通俗一点。我一直奢望，什么时候能找到一个合适的题材，拍成一部我心中的艺术电影。

原载《电影艺术》2021 年第 4 期

下 编

电影之外

山高水长的期许

直到今天，我都在想：应该不会有人比我更幸运。作为一个出生于 20 世纪 60 年代中期江汉平原南端、家境极为贫寒的农村孩子，能在 18 岁第一次出门远行的时候，就自然而然地走向了师范大学的校门；更能在一所中学、三所大学和世界各地的讲台上，遇到那么多彼此应答或声息相通的莘莘学子，并以令人自豪的教师职业和倾心追索的学术梦想安身立命。

从一开始，我就特别愿意向学生们传递这种幸运意识，以及由这种幸运意识带来的幸福感和成就感。因为我相信，得益于新时期以来中国改革开放的伟大实践，我们这一代不仅免遭父辈们经历过的战争和动乱之苦，而且在摆脱物质和精神贫困的过程中，逐渐获取了更加宏阔的人类视野，以及个体选择的多样性和主体意志的丰富性。也因为我相信，我们这一代亲身践履的中国梦，一定会在我们的学生一代给予更加深广的表达，并随着中华民族的复兴梦想而得到真正的实现。

因此，在 2021 年 7 月北京大学艺术学院举行的毕业典礼上，作为教师代表，我试图跟大家一起思考，在这个呼唤着理想、信念和激情，但又似乎太多"内卷"、"鸡娃"和"躺平"的时代里，走出校门之后，我们的身心何处安放，未来又将何去何从？我的寄语就是《因为我相信》。因为我相信，除了小我的世界，还有大我的天地。作为一个北大人，当然需要自食其力，也可以独善其身，但胸怀广阔、兼济天下的使命和职责早就写进了履历，成为一生的背景；作为一个北大人，既然曾经努力改变了命运，就请再一次出发，努力书写个人、家国与天下的传奇。就像当初做到了最好一样，未来，我们还是可以做最好的。因为我相信，离开北大，同学们都能做到最好的自己。

值得欣慰的是，这一番寄语得到了大量的反馈。有在法国生活的学生留言："谢谢李老师，当年给我的信念银行存满了能量，不管走到哪里，在做什么，这些积蓄都是最坚实的底气。"也有匿名的同学发表感慨："感恩遇见、感恩陪伴、感恩岁月的点滴！老师总是这么感性中深藏着理想与哲思！"

正是因为拥有这种幸运意识带来的幸福感和成就感，我一直都在告诉学生们，一定要懂得珍惜。因为生命可贵，人间值得，请珍惜稍纵即逝的美与知识，珍惜颇为难得的爱与真理。在日常的教学与科研活动中，我更加希望以身作则，带领学生们积极生活、勤勉为学，力图使其无负于当前的青春时光，也无愧于未来的家国天下。尤其是在新冠疫情开始之后，我也在努力关注学生们的心理变化和学习状态，根据线上课程的特点不断调整自己的教学目标，甚至主动探索和创新以往的教学模式，最大限度地消除疫情带来的负面效果。

2020 年春季学期，也是疫情肆虐最为严重的日子。为了陪伴散落在全球各地的本院学生，在本科生同学的主持下，我主讲了北大艺术学院 2019—2020 学年度第二期院长沙龙。在此之前，我给同学们分享了我精心撰写的文章《好奇而行：兼谈为什么要在北大学艺术》。我在谈论了爱因斯坦和卓别林两位伟人的历史性相会之后，充满激情地写道："好奇而行，因好奇而独行，也因好奇而先行，更因好奇而成就为天马行空的自由无羁的美好心灵。或许，这就是一个人安身立命的基础，也是其俯仰天地的依凭。我以为，除了生存和死亡的威胁，一个人的恐惧，无过于失去了因好奇而产生的兴趣与动机，及其欲望与愿景；因为，这才是人之为人的根本。诚然，人类历史上不乏否定情感与压抑人性的黑暗时代，但因好奇而生的兴趣和热爱，终将为世界留下人间的最善、最美和最真。"我是想通过这样的方式，告诉从未经历过大风大浪的年轻学子们如何战胜内心的恐惧。正是在这个学期里，我还带领十几位创意写作班的同学读诗、写诗并分享心得，寻求超脱足不出户并缺乏安全的困境，在语言和诗歌的天空里自由驰骋。

更重要的是，这一学期的"非常网课"——电影史研究专题，还通过腾讯会议、Classin 和北京大学教学网，以微信群交互讨论的方式，结合公众号发布的每期 3 万多字的课程实录，不仅在选课学生中得到前所未有的好评，而且吸引了海内外数千位感兴趣的学生和研究者参与其中。有同学留言："老师，我说的是心里话：每每意识到自己的不足、无知和浅薄，再重新扎进漫漫书海与电影中寻求答案，是让人能真切'抓住'的实感，是迷茫时期的幸福来源。谢谢李老师，谢谢电影史课程！"

也是在疫情期间，受到同学们和参与者的大力鼓励与生动启发，我开始进一步探索慕课与线上教学的方式方法，并跟数字时代的学术转向联系在一起，基于国家社科艺术学重大课题"中国特色电影知识体系研究"，在数字人文的跨界视野与知识管理学的理论框架下，在展现文化自信和促进电影强国的宏大背景里，搭建了一个学术导向、优特数据、众包群智和开放共享的中国电影知识体系平台。通过该平台，我也开始体会到，作为数字时代的一位教育科研工作者，需要积极主动地紧跟学术前沿、社会需要和国家战略，在跟网生一代学子们一起学习和成长的过程中，潜移默化地影响他们的思想和情感，当好他们人生道路上的表率。

记得第一次读到范仲淹《严先生祠堂记》中"云山苍苍，江水泱泱，先生之风，山高水长"的句子时，禁不住怦然心动。那是一种多么神圣而又令人神往的"先生"境界！虽不能至，但心中的向往总是前行的动力。因为我也一直没有忘记，每当我站在故乡的长江岸边，我知道，向西是地球最巍峨的山峰，向东是世界最宽广的海洋。

在北京大学 2023 年新任教职工岗前培训大会上的发言

2023 年 9 月 15 日　北京大学

未名道

学院每年都会安排一次教职工体检，秋生已经好几年没有参加了。忙呢确实是忙的，但不去体检，肯定是有另外的小心思。是没有体检的必要吗？当然不是。那么，是担心各项指标更加难堪呢，还是担心一下子查出无法直面的问题？这样的问题一出来，秋生只能躲。秋生不去体检就是不愿意想得太多，担心想了太多就会徒增更多的烦恼。如此担心来担心去却又不管不顾的鸵鸟心态，完全不可取，自作孽，不知被身边的高人鄙弃了多少回，也是活该。

上周一，秋生准时出现在北大医院，决定体检了。一边体检，一边收获各个科室的同情，确实很暖心。无法直面的问题倒是没有，难堪的指标当然是难堪的，秋生已经用粗滞的肉身体验很久了。

体检的后果，就是努力让自己慢下来，并为慢下来的行为找到合理的依据，想起来也是对此前的若干应诺多有得罪了。然而，有些人总是要见的，有些事总是要干的，何况，一直在干活的人突然慢下或者停下了手头的劳作，肯定会出更大的问题。尽管对于现在的秋生来说，倒也不至于如此。

于是，秋生继续读书、写字、开会、填表，随着学生继续讨论开题答辩思路，终于赶在下半年到来之前20分钟，把即将在8月主办的三个活动，做好了公众号推文，在"北京大学艺术学院"官微上发布了。小功告成，学生们累，秋生也成功地把自己难堪的体检指标，弄得更加难堪了。

为了控制数据，稳定身心，秋生只得抓紧时间，奢侈地关注起心性和禅定。还没有真正开始，秋生就有了一点"顿悟"：所谓道场，即道为道，原本无场；所谓未名，名不可名，正未未名。

这也就意味着，秋生所在的未名湖畔，及其"未名道场"师门群，或许去除了场所或场面，余"未名道"三字已可尽意。

于是，秋生改换了师门群名，在"未名道"里写下了一段话：

近年来时常获知未名道在工作、学业等方面取得佳绩，深感欣悦，不再一一道贺。其中，专业硕士和学术硕士五人顺利毕业，也有人分别进入上海同济大学、香港大学和美国华盛顿大学深造并攻读博士学位；博士研究生三人也将毕业并先后获得北京大学和澳门科技大学博士学位，有人即将进入北京外国语大学工作；访问学者和进修教师五人均游艺志道愿得其所。祝福未名道，迷时师渡，悟时自渡，明慧澄澈，身心俱安。

秋生知道自己身在未名，名中有道，但不可能真正开悟。无法自渡的师者，也就只能跟师门群一起去我执、除偏见，未名道了。

共勉。

2023 年 7 月 2 日　北京

得到太（不）容易，你会珍惜吗？

各位大智小智，也就是 2023 北京大学"知识体系平台（CCKS）下的影人年谱"研究生暑期学校的老师和学员们：

不知道暑期学校应该是什么样子的，但我们用这种方式主办了一次暑期学校。

本来立下了雄心壮志，想要从第一天就开始写公众号文章，记录这一次主办暑期学校的心路历程，但一个星期过去了，文章没有写，身心却有点吃不消，只有作为代码的主体（bodies as code），在编码与解码的信号传递中，试图直面无所不在的"断裂"和"碎片化"（shards），用夜以继日的劳作克服不断袭来的倦怠或抑郁，只为一个笔名的追踪和考证，一帧画面的捕捉和计量，还有知识的生成，以及智慧的降临。

当我多年的老朋友柏右铭（Yomi Braester）拖着疲惫的病中的身躯，在讲座开始前一个多小时才能决定走上讲台的时候，只有我知道这一份情谊是多么宝贵。因为疫情的阻隔，这位拥有语言天赋的老朋友的中文水平也退步得惊人，但当他面对所有学员，用中文说我是他"亲戚"的那一刻，我都差点流泪。在这个世界上，除了父母妻儿和姐妹，我也第一次得到了一个如影随形的兄弟。

陈刚老师是我的学生，但现在已经重任在肩，我觉得我能理解他有多么忙碌。上课的时候，陈刚老师开玩笑说，为了我们的课程，把前一晚在西安的 TFBOYS 十周年演唱会门票都送了人，现在我们知道这个门票多么贵。其实，为了赶上我们的课程，陈刚老师下了飞机就去了医院，发着烧把课程 PPT 修改了一遍又一遍。更加疯狂的是，为了现在的到场，陈刚老师又专程从新疆喀什赶了回来。我查了一下，喀什飞北京需要接近 5 个小时。我们都是坐过飞机的人，知道这一趟多么不容易。

檀秋文老师也是我的学生，同样重任在肩。秋文老师除了带来认真严谨、干货满满的讲座之外，还尽最大努力，几乎每天都要勤勉而又低调地参与我们的每一个环节。我想，也只有我知道，这是一种心照不宣无须言谢的支持，可以超越精致利己主义和权利交换时代的平庸之恶，保卫我们在未名湖西北岸残存的一丁点理想主义。

李春芳老师是我的访问学者，不知道算不算我的学生，但肯定是中国电影知识体系平台 CCKS 的 Co-Founder（联合创始人）。没有春芳老师这位"女性技术狂人"，也就没有 CCKS；当然，没有在座的各位大智小智生产的内容，同样没有 CCKS。我们都懂得了这一点。因此，春芳老师也尽其所能地每天来到这里，除了需要接受解构主义、符号学和后现代历史观的轮番轰炸，还要跟一大批做噩梦都要考数学的技术小白重建信心，为技术和编程祛魅。

陈接峰老师也是我的学生，还是我的访问学者，因勤奋而凸显才华，因知天命而入财务和学术自由之境。精彩的讲座极富感召力和广告力，瞬间便收获应接不暇的迷妹迷弟。这几年在单位的硕士、博士招生指标，肯定完全不够用了。还好，因热爱而学术，因学术而疯狂，因疯狂而幸福的示范效应，跟暑期学校的精神气质，也是搭配得堪称完美。

因为课程安排和发言时间，没法一一讲述朱本军老师、谭文鑫老师、文宽奎老师、韩燕丽老师、李洋老师、邱章红老师以及我们艺术学院彭锋老师的各种脍炙人口的故事，也没法一一呈现他们在本次暑期学校课堂、海外名师讲学计划与中美法日韩电影理论对话上各自的精彩。

我自己也有很多故事，想要各位都能听到。一个星期下来，除了有一个下午去电影局开会实在不能到场，我也参与了本次暑期学校的全部环节。我是想用我的行动告诉各位老师和学员，暑期学校，我和我的团队是认真的；学术，我和我的团队也是认真的。我们呼唤你来，我们想要弄懂和做好一些事情。

数字噪音（digital noise）中，我在听你，你在听我吗？

还请听一句：如果得到太（不）容易，你会珍惜吗？

在 2023 北京大学"知识体系平台（CCKS）下的影人年谱"研究生暑期学校上的讲话

2023 年 8 月 12 日　北京大学红三楼

最圆的球

生在穷乡僻壤，又缺乏科学启蒙。在秋生的童年记忆里，除了冬日屋后水渠上挂满冰凌却又颤颤巍巍的残破木桥，就是只要做梦就得穿越但总被同一个花式厉鬼吓醒的那几堆坟茔。

上了小学，最喜欢认字。第一天就把老师写在黑板上的"毛主席万岁"认得了，还顺着认、反着认、抽着认了很多遍，得到语文老师的表扬，争到了坐在教室中间第一排，也就是在老师眼皮子底下吃粉笔灰的殊荣。这也是 7 岁小孩有生以来得到的最高奖赏。

从此迷上了认字，然后迷上了写字。上学最大的动力，就是期待老师拿出几个难认的字出来认一认，或者布置一篇难写的作文写一写。稍大一点的年龄，几乎认遍了所能看到建筑物上的所有宣传标语，"深挖洞，广积粮，备战备荒为人民"，"鼓足干劲，力争上游，多快好省地建设社会主义"，还有"一切反动派都是纸老虎"，"打倒叛徒、内奸、工贼 ×××"，以及"加速实现四个现代化"，"计划生育好，政府帮养老"。至于某一天的《人民日报》或《参考消息》，无论是贴在各种墙上的，还是被风吹到了自己的面前，都会想办法从头至尾地认过去。再大一点，不认字了，就开始在小本上偷偷写无病呻吟的散文和诗。甚至在高三备考大学的关键时刻，还在作文本上写完模拟作文之后，加写了一篇关于猫的虚构文。语文老师大肆表扬了一番，然后鼓励秋生上大学一定要报考中文系。

秋生如己所愿，也应老师期许，报考了中文系。迄今为止，认字和写字也就成了秋生的事业和专长，除了满足简单活着的生存需求，还兼带尊重和自我实现的高级功能。

然而，在科学和技术面前，秋生始终是个小白。尽管取了小白的中性词义，秋生并不承认自己是个智商、情商或逆商都有所缺失的小白痴，但对自己在自然科学或逻辑思维方面的缺憾，秋生始终无法释怀。譬如，提起"火星"这个词，秋生直接想到的，就不是马斯克的火星移民计划，而是遥远夜空中一团熊熊燃烧的火球。

当然，小白的好处也有不少，至少可以通过放任自己对科普视频的好奇心，适当弥补一下一个人本来就应该具备的某种科学素养，尽管一不小心，也可能变成不可救药的民科，虽然于事无补，但也人畜无害，总体评估还是值得的。据统计，秋生每天都要点击十几次甚至几十次"科普"短视频，内容还旁涉 UFO、末日预言、碳基生命与硅基生命、史前人类、远古基因等，也算把这些貌似科普的危言耸听，当成了克服失眠的睡前小故事。

好在秋生是懂得一点媒介伦理学的。"科普"视频看多了，也就不再相信诸如此类的视频，甚至不想相信那些主流或非主流媒体本身了。现在的秋生，宁愿回到当年的认字状态，想去认认真真地读几本跟"科学"或"技术"相关的书了。

在科学研究、科学史和技术哲学领域，秋生先是读了唐娜·哈拉维的《灵长类视觉：现代科学世界中的性别、种族和自然》，直到把自己虐得找不着东南西北，才勉强告一段落。然后，秋生重读了一遍尼尔·波斯曼的《技术垄断：文化向技术投降》，惊觉以前的浅陋，竟然误解了波斯曼的基本观点，也是后怕得不行。最近，秋生开始读迈克尔·斯特雷文斯的《知识机器：非理性如何造就近现代科学》。

按复旦大学哲学学院教授刘闯所言，迈克尔·斯特雷文斯是当代最重要的科学哲学家之一，他的这一新作是继库恩的《科学革命的结构》之后"最重要"的科学哲学成就。既然如此重要，秋生读起来便更加用心，动不动就能感受到醍醐灌顶。

说到科学与科普之间的关系，秋生在书中读到，科学既无聊乏味，又令人沮丧，或者说至少在 99% 的时间里是这样的，科普读物的读者们看到的只是剩余的 1%；对于科学家来说，大量繁重、枯燥的重复性工作，以及几乎完全由实验数据构成的生活，与其说是一场科学家之间的竞赛，不如说是一次艰苦卓绝的跋涉；科学研究的关键因素，不是金钱，而是意志。

接下来，秋生被斯特雷文斯列举的三个例子震撼了。其中第一个例子，就是 1964 年美国斯坦福大学启动的"引力探测器 B 实验"，该实验研制出的"陀螺仪转子"，也被称为"有史以来最圆的人造物体"。项目负责人弗朗西斯·埃弗里特坚持 40 多年，克服了严重的挫折和复杂的技术问题，在 2008 年签署最终报告时，已经 74 岁。

　　秋生打开真正的科普视频，看到了弗朗西斯·埃弗里特，也看到了目前人类所能制造的"最圆的球"。

2023 年 5 月 1 日　北京

导师非虚构之读书

鸟们围着湖畔的红楼叫着，天气刚刚好。都说春天不是读书天，其实刚刚立夏的五月，也不是读书的好日子。

出门上班之前，当然是有一个不算太小的规划。要回复几封信，看完几篇论文，教育几个学生，都是早就想好的；另外，除了电脑、鼠标、电源线和硬盘，还有要读的几本书，要带的几部书稿，也都反复清点了好几遍，丢了自己也不能丢了它们，仿佛只要随身携带着，就有完成的希望了；再加上家里高人准备好了的爱心便当，一一塞进双肩背包里，走在路上鼓鼓囊囊，自己也觉得太过夸张。

针对秋生这种好多天猫在家里不动，但随便什么时候都有可能背着大包小包突然去上班的特别状况，秋生住家小区的保安是最感疑惑的。应该说，到现在为止，他们肯定不知道秋生在干什么秘密工作。前一段时间，因为有比较密集的任务，某部大院只有开车前往才能免了麻烦，秋生便开着车出去了几回，但回到小区，保安便死死地拦住不让进。说你不是老背着包出门吗，今天怎么会开着车呢。话是这么说，但听起来一点道理都没有。

前不久，一个春意正浓的时刻。秋生应该是又一次背着厚厚的背包从湖边经过了。因为秋生回家后收到了一封电子邮件。电子邮件的标题是"春天的早晨在湖边偶然看见了您"。简直不要太诗意。接着读邮件的内容：

李老师好：

我是艺术学院20级博士生 **，专业 *****。今早在湖边拍照，正巧看见您背着充实的大书包路过。下面是我今早拍的几张图片，与您分享。（这个春天即将过完了，而我却总觉得慌慌张张，还没有好好凝视过它。）

祝李老师一切安好！

下面附着了这位博士生拍摄的6幅照片。秋生满怀欣慰地欣赏起来，并且自作多情地找了半天，才发现艺术史博士的风景照片是不能拍人的。转念一想，这些作品都是因为作者看见了老师背着"充实的大书包"而生出的灵感，还能引发作者想要"好好凝视"春天的惜别情绪，便觉得背着这"充实的大书包"，无论如何也都值得了。

今天值班，秋生"充实的大书包"里，便放着四本写论文必不可少的参考书籍，还有一本汉娜·阿伦特的《黑暗时代的人们》。这是因为在昨天，跟学生们在群中分享读书体会时，秋生说到了哈耶克和本雅明，也顺便激发了自己压抑太久却也奋不顾身地想要读书的勇气。

在昨天的师生群里，秋生便给同学们讲了两个有关读书的小故事。

1996 年冬天，秋生刚刚博士毕业，穷困潦倒、前途未卜之际，又一次来北大中文系访学的秋生的大学老师毕光明，专程到中国艺术研究院安慰秋生。秋生问毕老师："我这个样子是否还有必要坚持做学问？"毕老师说："如果我是你，我就会坚持做下去。"秋生听了老师的话，终于没有"下海"淘金。

今年"五一"劳动节这几天，秋生又在大学师友群里吐槽说，目前这种状况，读哈耶克、陀思妥耶夫斯基未免太过奢侈也是自寻烦恼。群主张开焱老师只是淡淡地回复道："沉下来读书还是所得更多。"当年的学院书记吴瑞霞老师仍然苦口婆心："我们现在的奢侈也就在读点该读的书上了。读书不读书，活着就有烦恼呀！"秋生瞬间便被说服，觉得老师们是对的。于是收拾好心情，再一次打开一本本雅明的书，开始跟着发问：人类还有未来吗？如何言说历史的进程？

讲完了故事，秋生如愿以偿地等到了同学们的反馈，但到现在为止，秋生都没有真正走出哈耶克和本雅明的思想世界。尽管秋生知道，自己还欠着一大背包的稿债，不光是读书就可以偿还的。

2022 年 5 月 6 日　北京

导师非虚构之星座

秋生是不懂星座的，到现在也都不信。其实，无论占星学意义上的星座，还是性格分析层面的星座，秋生都是不折不扣的外行。

应该是在而立之年之后吧，秋生才知道自己也是拥有星座的人，而且是处女座。据说有一个家喻户晓的事实，处女座男人都是典型的完美主义者。但那时候的秋生还很年轻，事业与生活都过得非常潦草，目标和信念也不够坚定，对这种"家喻户晓"的事实，多少有些不以为然。

不惑之年到来的时候，秋生已经是大学里的导师了。除了需要打理大家小家，还要面对三五学生，显然是需要有点性格的，便会经常得到一些貌似肯定但也不一定正面的评价，类似一丝不苟、待人严格什么的。秋生当然知道里面可能包含的潜台词，其实是过于严苛、挑剔成性。对于这样的说法，秋生也是没有办法断然拒绝。

　　直到年近半百，秋生被邀去观摩了一部朋友导演的电影《我是处女座》。处女座男主人公不用说就是十分挑剔，总喜欢教育身边的人记得洗手，不断提醒手下员工还可以做得更好，所以需要重做。因为只能看到别人尤其女生的缺陷，处女座男主人公还差一点陷入了"爱无能"，幸好遇到了同为处女座的女主人公，才找回了"爱的能力"，完成了 happy ending（幸福结局）。看完电影，秋生在心里默念，作为处女座，第一次听说"爱无能"，不过还好，自己不仅早就糊里糊涂地爱过了，而且还在没心没肺地爱着，不用经受如此这般的虐恋。说来说去，身为人文学科教授，秋生早就明白，一个人的自我认知与其身份意识并非与生俱来，更不会由玄妙的星座控制，而是被其所处的社会环境和文化氛围动态地建构。然而，既然已经是作为某种特定性格象征的处女座，那就不妨满足一下处女座的要求，做一个"典型的完美主义者"。尽管秋生同样明白，所谓"完美主义"，其实是一种没有可能实现的空想，对自我如此，对他者亦然。

　　但随着时光流逝，年岁渐长，秋生逐渐痛苦地意识到，自己真的有点"完美主义"了。比如，以前上课和讲座可以重复的内容，现在是完全不能忍。如果因为时间和精力，实在没有更新课件和 PPT 就走上了讲台，即便明知面对的是一拨簇新的陌生面孔，但还是会身体发僵心里发虚，讲过几次的故事也不再觉得有趣，设过几次的幽默梗也不出所料地冷场，听到自己的声音在空气中流浪，纯粹是可怜巴巴地寻找着宿主，便开始自我怀疑这门课程和本次讲座之所以存在的合理性，暗暗发誓下次一定要慎重一点，不要这个样子丢人。

上课和讲座总会结束，有的时候竟然还能得到掌声，自责的秋生又庆幸逃过了一劫。尽管下次上课和讲座，还有可能继续假装别人不知道，再讲同样的故事、设同样的幽默梗，但秋生还是会无奈地重蹈覆辙，只是要更加无情地鞭挞自己，甚至想着嘲笑跟自己一样的可怜人，以显示自己作为处女座的"完美主义"。

作为导师，秋生的工作和生活，除了教学就是科研，除了发表就是填表，除了说话就是写字。秋生的"完美主义"科研，也是典型的眼高手低、虐人虐己，在外人看来纯属不知所云、不知所往。不知有过多少次，秋生发誓写出一系列的文字，想撕去处女座的标签，却又丢不掉魔鬼般附身的"完美主义"。

2021 年 9 月 5 日　北京

导师的笑声

到现在为止，我也不知道通读了母校西北大学发布的《沉痛悼念赵俊贤教授》的讣告多少遍，但我终于意识到，我已经永远失去了我的导师，失去了我事业中最需要感恩、精神上不可或缺、生命里值得依靠的亲人。但在泪眼蒙眬处，脑海中回荡的全是导师叫着我的名字，还有那些响彻时空的爽朗笑声。

32 年前，导师收留了 23 岁的孤独的我。因为在此之前，我已经没有了父母双亲。我还清楚地记得去导师家的第一天，导师看着面黄肌瘦的我，不断地说要多吃饭，师母则一遍一遍地朝我碗里夹菜。我想，家可能就是这个样子的，有了父母的关爱和期待，孩子就不会在外面流浪了。

导师带领我们一边学习一边写作的教学与治学方式，也彻底终结了我的精神流浪，让我第一次从天马行空的感伤之情和不切实际的诗人之梦中清醒过来，开始冷静地面对自己的选择，也逐渐懂得了思辨的价值、文学的魅力和历史的意义，手把手地帮我推开了学术的大门。其实，在跟随导师撰写《中国当代文学发展综史》之前，我从来都不知道自己是可以做学问的。

导师不仅带领我们做学问，还向我们展现了学问可以达到的高度和学者应该追求的境界。这是一种言传身教，更是一种润物无声。通过阅读《论杜鹏程的审美理想》，我们不仅获得了作家研究的独特视角，而且学到了如何摆正研究者与研究对象之间的互动关系。我记得我是看到过杜鹏程《保卫延安》的部分手稿的，甚至跟着导师去过一次杜鹏程家里。通过阅读《中国当代小说史稿》，我们不仅由衷地佩服导师为当代小说写史的勇气，而且特别惊叹于他竟然可以以"人物形象系列"的方式超越传统文学史述的编年体。我同样记得，在这部由人民文学出版社出版的专著里，郑重地登载着导师的整页照片，那是一种多么值得学生们艳羡的荣誉。通过参与撰写《中国当代文学发展综史》一书，我们更是有幸亲历了建构学术大厦的艰辛与快乐，一窥复杂历史的堂奥，得近文字与文学、思想与方法的芳泽。由是播下学术的种子，待学生一代传承和延续。正是在导师学术的深刻影响下，我选择前往北京攻读博士学位，毕业后完成的第一部个人专著，就是在模式化研究脉络中展开的专题史研究，获得过北京市哲学社会科学优秀成果一等奖。只有我自己知道，在我个人的学术道路上，由批评史、文化史和传播史构成的"三史"框架，以及由主体性、整体观和具体化构成的"三体"观念，到底在多大程度上蕴含着导师学术思想的基因。

师恩如海。32 年来，导师收留了我们这些身心的流浪者，给予我们学术的生命，也让我们成为对自己的学生和所在领域有所贡献的人。

　　今天，我们再送您一程，愿您在天堂永远安好。我们会永远记得您的呼唤，还有您的笑声。

2021 年 7 月 15 日　西安

我的同学周燕芬

我的同学周燕芬，其实是西北大学文学院教授，中国现当代文学研究领域的著名学者。

32年前，23岁的我决定去西安寻找苍茫疗愈创伤，在图书馆前大草坪的开学典礼上，听到张岂之校长信誓旦旦地说，我们从此都是"西大人"了。那一瞬间，确实是有不小的激动。在接下来的日子里，我就从身边的朋友和老乡们的反应中，越来越明确地意识到，除了已经是"西大人"，我还有一个值得他们羡慕嫉妒恨的"师姐"，不仅同级，而且同门；不仅特有才华，而且是陕北米脂人。

因为有了周燕芬同学，我便不再怀疑"米脂婆姨绥德汉"之类的谚语。和周燕芬同学在一起从师问道的三年时光，真的是一段赏心悦目的青春记忆，如燕语清越，也如草木芬芳。

跟着家庭、学业和能力都明显比我强大的师姐，在导师的引领之下，我竟然作出了20多万字的硕士毕业论文，还在学报上发表了两篇学术文章。不仅如此，20 世纪 90 年代初期，师姐一度邀我去青砖铺地的榆林古城，在她出生和长大的老屋里吃了丰盛的特色美食，能记住的仍有"拼三鲜"和大笼蒸馍。临近毕业，为了试探一下就业意向，我们在西安莲湖区派出所办理了特区通行证，乘着超过 20 小时的绿皮火车去了一趟深圳。除了陪我在《深圳青年报》吃了闭门羹，经过广州时，师姐同样陪着我，在珠江电影制片厂的办公室里待了一个多小时。师姐的美丽、温婉，还有善良、坚忍的性情，就像南国的暖阳，极大地化解了我这个怀才不遇者自我感觉走投无路的忧愤。

后来，我考到了北京并离开了文学领域，周燕芬则以西安为中心，东进华中师范大学和复旦大学，继续追随现当代文学研究领域的名师求学、深造。再后来，就是经常听到她获得各种学术奖励的消息，并不断收到她寄赠的各类大作了。这些著作的出版机构，不是中华书局，就是人民文学出版社，或者生活·读书·新知三联书店，都令人敬畏或相当了得，展开一读，则显出独具一格、卓荦不群的大家气象。尤其是在走近胡风与"七月派"的过程中，她总是能将研究对象的思想格局、精神面相与个体内在的生命体验联系在一起，在试图穷尽已有档案和史料的基础上，除了多次辗转京沪和全国各地，三次走访梅志老人、三次面约绿原先生之外，还跟贾植芳、胡征与牛汉等胡风社团同人，保持着非常主动深刻的对话关系。毫无疑问，这些在当时顽强活着、风骨尚存的亲历者的访谈和口述，均已成为 20 世纪中国文学史中令人叹惋的绝响。

更加值得肯定的是，周燕芬的学术著作和随笔文字，确如陈思和先生所言，并非"燕语"的"呢喃轻歌"，而是力透纸背的清雅稳健；也如贾平凹先生评价的"心灵洁净"和"人性庄严"，是有执着的人文关怀与反思性的批判精神的。这应该是一个人文学者必备的优良品质。因此，当我在她的著作中读到这样的句子："时间正在愈来愈远地拉开我们和那段历史的距离，这是我们所需要的审视距离。历史曾经那样离奇那样荒诞地捉弄了我们，以悲剧和灾难为代价，我们是不是已经获得了清醒地审视历史的眼光，和理性地读解历史的能力了呢？"我会抑制不住地想要表达我的感动和敬佩，并为同学一直坚守的学术信念和宏大格局而骄傲。

去年8月，我又收到了生活·读书·新知三联书店出版、周燕芬签名印章的平装本随笔集《燕语集》，并加精装本一册，附名家编号限量版鼠年生肖剪纸100号"周燕芬之书"藏书票，名章赫然显示"米脂婆姨"。如此性情，又如此雅致，虽然感觉望尘莫及，却也让我心生艳羡。表里这么美，学问这么精，文字这么好，人又这么自信。

但艳羡之外，还有愧疚。2017年，我也曾出版过一本诗集，周燕芬同学即应约撰写《影像时代的诗人》一文予以评析，知人知音、共鸣共情，显然比我的诗本身高明了太多，但阴错阳差，竟误了在报刊上发表，便收在《燕语集》里。为此，我想我是应该细细读过这本随笔集，认真地写篇感想以作为回报的。无奈俗务缠身，时而怠惰，或则眼高手低，用心过炽，总是开了好几个头，始终没法完成。这也成了我放不下的心病。好在从成为同学的那一天起，周燕芬就没有在乎过我的任何怠慢和闪失。

其实，在收到《燕语集》的两天里，我便一鼓作气地读完了全书中那些生动鲜活而又情思绵密，仿若行云流水的文字。作为学者散文，格调之高是必然的；但我以为，作为作家随笔，也有成熟的精彩和不俗的境界。因为我们是同学，《燕语集》中的人与事之于我并不陌生，有些部分甚至更能体会。在我看来，《我心中的榆林城》和《父亲的宝剑》等"读懂至亲"的篇什，是在以岁月淬炼的赤子之心，为时代更迭和社会变迁中的城与人立传，睿智而又俏皮，理性又不失温润，可算我心目中最好的美文了；《我记忆中的绿原先生》和《一个高大身影的倒下》等"高山仰止"的追记，深情弘扬"七月派"诗人的气节、风骨与人格，感动作者的同时震撼读者的灵魂；《书生李浩》和《杨争光的"光"》等"触摸文心"的随感，既褒奖杰出学者的书生性格与文化情怀，又揭示痛苦写作者的"无处安放"及其精神故乡，知人论世、气脉贯通、情理兼具、寓意深远，既是好读，又是耐读的。

书如其人，文如其人。我的同学周燕芬，"米脂婆姨"周燕芬，著名学者周燕芬，也就是这么美丽而又坚忍，好读而又耐读。

2021 年 4 月 30 日　北京

彭锋的办公室艺术学

彭锋是北京大学艺术学院教授。因为他说他是最不像院长的院长，我就不说他是院长了。实际上，即便在公开场合，每当我要说起彭锋的时候，我也是很不习惯称呼他的职务，觉得一说就不是他了。

有的时候，有的媒体会把彭锋的名字写成"彭峰"，彭锋当然不以为然，并不觉得自己变成了别人有什么不好。有一次，某家著名的国际学术刊物，在 PENG FENG 名字后面颇为郑重地括注了两个汉字"彭峰"，彭锋也是超级淡定。我想，之所以如此举重若轻，是因为彭锋知道地球人都明白，在这个顶级刊物上，能够发出论文的 PENG FENG，即便不要中文名字，也只能是"这一个"彭锋了。

"这一个"彭锋最令人无语的表现，就是勤奋到无以复加。

地球人都明白，勤奋是有多种表现方式的。比如说我自己，也是号称非常勤奋，但我内心知道自己并不勤奋，只是不像有些人那样始终懒惰而已，经常被迫不得已的事情逼急了，就会发愤图强一阵子，但在勤奋之后，是不会甘心于埋没自己勤奋的名声的。也就是说，勤奋之于我，还不是司空见惯的事情。去年夏天，由于突患比较吓人的眼疾，我就跟我的学生说，主要是因为连续看了一百多部影片并写了两篇万字以上的论文，才把眼睛弄伤了。学生们于是纷纷惊叹：都已经是导师了，竟然还可以这么勤奋。

但这样的凡尔赛，彭锋应该是没有的。即便有了，也是名副其实。

彭锋的勤奋，以身处办公室的时间长度为基础，并以跨越中外艺术学界的理论建构为标志。后者是一个学术命题，不适合使用散文随笔的方式来讨论，但前者却是一个可视可触可感的日常生活现象，如果不说出来或者写出来，肯定对不起"勤奋"这两个字。

这么说吧，尽管彭锋非常理解甚至极为同情每一位学者，特别是青年教师的苦衷，在这样的时代里，根本没有办法长时间待在阳春三月的校园，或者夜深人静的办公室，为中华民族的教育事业呕心沥血，并为世界前沿的学术自信孜孜不倦。但连彭锋自己都会忍不住，偶尔要在小范围里表扬一下自己，应该是比总在校园巡逻的保安都清楚，红楼各个办公室的使用率和亮灯率。

面对这种状况，我的表现是默默地表示惭愧，主要是想跟身边如此美好的"一塔湖图"（博雅塔、未名湖、图书馆）道声抱歉。面对彭锋，我已经无话可说。因为我知道，任何来自他者的表扬或赞美，都跟彭锋的实际表现相距甚远。有些自我表扬就是自我吹嘘，会留下不少非议，但彭锋的自我表扬就是自我表扬，不需任何附加的言辞。

快过年了，学院办公会要排春节值班表。我突然意识到，只有我家小孩不在身边，于是自告奋勇地提示说，可以把我安排在大年三十和正月初一。可结果是，我只得到了大年三十的机会，正月初一被彭锋抢走了。更加不可思议的是，彭锋的一句话让我想要积极表现思想进步的心理彻底泡汤了。彭锋说，无论谁在哪一天值班，他都会在办公室。

正月初六，也就是今天。我沐浴着春节的气氛和温暖的阳光走到了学校。经过彭锋办公室的时候，强烈的好奇心再一次攫取了我。

果然，他在第一时间知道我今天来值班了。

2021 年 2 月 17 日　北京大学红三楼 216

李洋的假休假艺术学

　　尽管李洋是不少中国人都会拥有的名字，但北京大学的李洋是唯一的。

　　而在互联网和迷影界，李洋（大旗虎皮）早就是如雷贯耳的存在了。

　　就是这位以"大旗虎皮"之名并以"巴赞"头像活跃在各大网络空间的北大教授，其粉丝忠诚度与学术美誉度都是令人咋舌的。在某中文互联网"高质量问答社区"里，问题"李洋（大旗虎皮）是谁？"下的各种回答及相关赞同，多以"太有魅力"和"令人敬重"等词表达感情，并以"很干净"称誉他的行为和影评；除此之外，竟展开了有关"大旗虎皮"的"学术名词"的争论。也难怪，在网友贴出的李洋论著清单中，不仅有《迷影文化史》和《目光的伦理》等高大上的学术专著，还有《福柯与电影的记忆治理》和《德波与电影的反景观史》等很烧脑的学术文章。针对很多观众耳熟能详的几部国产影片，看批评标题就会不明觉厉：《〈建党伟业〉：形容词电影及其美学》《〈小时代〉：倒错性幼稚病与奶嘴电影》《〈白鹿原〉：减法的艺术与 T 型史诗》。

说实话，作为"大旗虎皮"的同事，我必须经常主动或被动地直面他的难啃的学术名词，有幸或不幸地领受他的超凡的个人魅力。去年年初，为了在《电影艺术》作一篇有关当下电影理论转型的论文，我便知道无论如何也避不开对李洋著作的讨论了。在猛攻了他发表于《文艺研究》等刊物的大量文字之后，我了解到，当下中国电影研究者对电影哲学、电影本体与"后电影"等相关命题的探讨，确实主要建立在对欧美尤其法国理论进行梳理、反思和生发的基础上；而在李洋提出并阐扬的"广义电影"或"广义电影性"的概念框架里，通过对西方（法国）艺术理论与电影哲学原典的译介和阐释，大约有望克服以巴赞—克拉考尔为轴心的模仿本体论，还有克里斯蒂安·麦茨的电影符号学在数字时代面临的根基丧失和体系崩塌，这对电影及电影理论本身都是极为关键的命题。

好吧，话说回来，我总结的只是李洋的学术论文中最容易理解的部分，还并不一定契合李洋本人的思路。我想，此文不是学术评论，不便深谈这些理论的奥义，否则读者就不会关心李洋的假休假艺术学到底是怎么回事了。

因为通过李洋的译文，从阿兰·巴迪欧那里体验到了多年来未曾遭遇的一种深刻的思想启示和电影信念，我便开始养成习惯，只要发现自己对艺术和电影的认识又有重蹈简单化和庸俗化覆辙的危险，我就会想读李洋的论文，特别是他主编的那一套"新迷影丛书"。《宽忍的灰色黎明：法国哲学家论电影》《要么去爱，要么孤独：法国哲学家论电影续编》《真实眼泪之可怖：基耶斯洛夫斯基的电影》《现代性的视觉政体：视觉现代性读本》《电影的透明性：欧洲思想家论电影》等，光是温习一下书名，也会感觉自己瞬间深刻了很多。

确实，李洋的个人魅力就是这样，能够将德勒兹、齐泽克和阿甘本等一众"大神"的电影思想"轻松"地转化为中文世界的理论景观，却让对电影缺乏尊重的人不再轻慢，也让作为思想的电影光彩照人。就像互联网的"大旗虎皮"，即便不靠这么天然的高颜值，也能通过内涵吸引那么多高质量的粉丝。

终于，要说一说李洋的假休假艺术学了。

话说李洋一来北大，就是"新体制"的长聘教授。按学校规定，长聘教授是可以在连续工作 N 年后拥有半年学术假期的。但当李洋决定暂停副院长的工作节奏，想要在休假期间好好做做论文、写写书的时候，我认为这是一个十分必要、非常明智而又令人羡慕的选择。

然而，半年下来，目睹过李洋"名存实亡"的休假经历，我开始对休假产生了新的认知。在北大，所谓休假，其实是假休假的同义词。名义上的休假期间，教授们可以以更加繁忙的本职工作，生动诠释人民教师有假不休的感人事迹。而李洋的假休假艺术学，归根结底，正是其不可替代、不能缺席的个人魅力的延续。

2021 年 7 月 30 日　北京大学艺术学院

表扬与自我表扬

因为总在填表，秋生的日常生活和主要工作，大约以表格为基础、以表扬与自我表扬为目标一路铺开、相互套层并循环往复。其中包括但不限于制订计划、管理预算、报销经费、组织答辩、应对检查、展开调研、参与评审、出席论坛，以及提供咨询、申请项目、竞争"帽子"、继续升级。

秋生知道填表是必须的，但骨子里像未开化的野蛮人一样，并不喜欢填表，看到表格就会想起米歇尔·福柯，觉得自己终于悲剧性地陷入无法摆脱的社会规训和权力运作。这种情绪太过自我，需要检讨。当然，秋生也知道，填表同样是摆脱自我弱化与他者遮蔽的重要途径，是试图从无到有、从少到多、从小到大、从边缘到中心的根本举措，是完全不可能也没有必要避免的。在电影里，秋生一看到无法面对严峻现实，或者面临选择困难就到街头徘徊或酒吧买醉的男主，往往会恨得一塌糊涂，恨不得他赶紧从银幕上消失。在填表方面，秋生就是自我憎恶的那一类。

　　填了几十年，秋生也晚熟了，不再全是不爽。有时候，还会怀念起来曾经有过的填表状态，把所有要填的表填完，把所有表中要填的空填得满满的，确实是有某种填补精神空虚、克服身心匮乏的治愈功能。而在另外一些特殊的情况下，当秋生意识到给出的表扬或得到的表扬都在减少，就会不能自拔地期待重启这种填表工作，试图通过表扬与自我表扬相结合的方式，使自己再度亢奋起来，也好让自己的"人设"更加高大一点。

　　表格人生让秋生走到了今天。没有表格，也就没有秋生赖以生存的教育科研"共同体"，更没有今天的秋生了。至少，秋生是表格人生的获益者。时至今日，秋生除了是某个特定领域的"专家"，似乎也成了填表方面的"专家"。也就是说，成了专业的表扬与自我表扬的人。

　　想到这一点，秋生非常汗颜。秋生知道自己表扬的人和事，有时候是不够理智的，也总会出现言不由衷的夸饰；而自己的努力和实力，跟各种表格中的自我表扬，也存在着不小的距离。唯一的优点，就是在表扬和自我表扬的时候，还是会像做贼一样心慌气短，觉得未免讨好迎合、好大喜功却又名不副实。好在这只是个人的内心尴尬，为的只是作为一个大学教授的虚荣心而已。

　　尤其在最近，秋生又抽空读了一遍伴随自己的"枕边书"之一，张世林主编的《为学术的一生》（广西师范大学出版社，2005），还特别关注了这些出生于20世纪初的学人们对自己的评价，与其说是自我表扬，不如说是自我反思和自我批评。印象深刻者，如：

　　　　钟敬文（1903—2002）："平心而论，在这（民俗学）方面，我只是一个耕耘时间较长、涉猎园地较广的诚实的农夫而已。"

邓广铭（1907—1998）："对于文学来说，特别是对于诗词来说，我至今还只是一个门外汉。"

钱仲联（1908—2003）："我学问肤浅，经历简单，滥窃虚名，自觉汗颜。"

季羡林（1911—2009）："俗话说：'一瓶子醋不响，半瓶子醋晃荡。'在义理之学方面，我是一个'半瓶醋'，这是丝毫也不可怀疑的，但是我有一个好胡思乱想的天性，是优点？是缺点？姑置不论。反正我的'乱想'现在就一变而为'乱响'了。"

任继愈（1916—2009）："自知无经天纬地之才，尽个人有限能力，能做成一两件事，免得让后人再行返工，问心无愧就算不错了。"

饶宗颐（1917—2018）："以渺小之身，逐无涯之智，工作是永远做不完的，我这一点涓滴的劳绩，微不足道，匆促写出，倍感惶悚。"

知识分子大约应该知道求真的艰难与知识的限度，因此对学问和自我都会抱有谦逊、恭谨的姿态，这便是遍历学海之后的自信。本来如此，历来也如此。自知之明即自信，自信方可安身立命。

遗憾的是，秋生更加懂得了道理，却仍然没有足够的自信，也越来越安于填表的人生，想要在表扬与自我表扬中滥窃虚名。

2023 年 5 月 21 日　北京

北大是底线，也是上限

去年冬天，当秋生激动地拿到《燕园散纪》样书的那一刻，突然发现，阳了。

秋生挣扎着发了一下朋友圈，然后沉沉地睡过去。醒来的时候，朋友圈里已经多了太多东西，可能不是几百个点赞和数十个留言就能清楚统计的。

其实，就像秋生在微信上说的一样，作为一本以"电影味"、"燕园思"和"生活流"为主要框架的散文随笔集，《燕园散纪》只是"蹭"了一下北大风物和燕园情感而已，实在不能纳入燕园吟咏或未名湖写作的正体。一个多世纪以来，太多硕儒名流和莘莘学子写了太多的北大，甚至一辈子以北大为中心，写成了学术大师；或者干脆，直接活成了北大想要的样子。

这也是秋生一直不敢明目张胆"蹭"北大的原因。尽管作为北大教师，秋生已经在这个园子里的各个角落服务了22年，但毕竟北大不是秋生的"母校"，秋生是没有真正读过北大的人。正因如此，当周围的北大人或非北大人都在无情奚落或严厉批判北大的时候，秋生不仅没有勇气釜底抽薪，而且连随声附和的动力都没有。

 李道新

在著名诗人、宁波出版社袁志坚社长的支持下，终于让我完成了一个蹭北大风物和情感的散文随笔梦。

2015年11月22日清晨，周末北京，大雪纷飞。我从武汉乘夕发朝至的动车回到北京西站，在西站坐上特19路双层公交车经过自家门口，然后直抵北大东门，赶着为艺术学院广电方向的专业硕士生授课。快到教室的时候，我的激动心情已经难以自持，更被涌出的文字击昏：

"又是周末，又是漫天飞舞的雪；又是京城，又是一梦归来的园。"

这样的情形，便是我从学术著论走向散文随笔的每一个瞬间。

图3　朋友圈截图

北大，是只有把北大当母校的人才敢恨，也才敢爱的。

记得当年，预习了刚刚成为同事的贾平凹的散文《未名湖》，秋生便决定从西安出发，第一次从北京站坐103路电车到了动物园，再从动物园坐332路公交到了夜幕早已降临的北大西门。夜游未名湖的情景，已经不太能够记得，但贾平凹的散文句子，却始终挥之不去：

我度过了三十年的夜，也到过许许多多的湖，却全没有今夜如此让我恋爱这湖。未名湖，多好的湖，名儿也起得好，是为夜而起的，夜才使它体现了好处。世上的事物都不该用名分固定，它留给人的就是更多的体验吗？我轻轻地又返回到汉白玉的建筑上，再作一番细腻的触摸，在沉静里让感觉愈发饱溢；十分地满足了，就退身而去。穿过校园，北大的门口灯火辉煌，我谁也不认识，谁也不认识我，悄悄地来了，悄悄地走了。

这一夜是甲子年的七月十六日，未名的人游了未名的湖。

1984 年，未名的人游了未名的湖，悄悄地来了，悄悄地走了；2021 年，已经不算未名的莫言在未名湖畔演讲《塞万提斯的启示》，讲了一个想把北大的塞万提斯铜像请到北师大住几天的令人捧腹的故事。可以看出，贾平凹和莫言，都是把未名湖当成了真正的海，把北大当成了真正的北大的人。

在秋生看来，真正的北大，确实就在未名湖这片海里。看着不深，却也不浅，没有上限，却有底线。

而北大的底线，也就是秋生的上限了。

2023 年 5 月 4 日　北京

交大亦中

交大亦中是指上海交通大学影视学科带头人李亦中教授。

对于秋生来说，上海交通大学本来是一个只可远观的、十分抽象的学府概念，但因为李亦中教授的存在，交大和上海一下子变得可触、可感，进而更加可亲、可爱了。

同样，作为晚辈，秋生多少有些不敬，本来是不应该用"交大亦中"这样的标题发文的，但经过差不多三十年的交往，秋生认准了李亦中教授不会介意，更不会生气。既然不算本家"大叔"，至少称得上本家"大哥"了，也都是性情中人，秋生就可以这么任性。何况，不知从什么时候开始，在私下里，交大亦中也反复强调，北大秋生就是"咸阳李氏"。此说源于网上，交大亦中曾经看到过一个署名为"咸阳李氏"的神秘帖子。

"咸阳李氏"一定另有其人，秋生是不承认的。秋生连自己的爷爷叫什么都不知道，家谱只能上溯到父亲一辈，跟咸阳李氏怕是八竿子也打不着。但交大亦中却大有来头，多年来出入古今连通中西，异常活跃并且身心坚挺。除此之外，交大亦中还是一个不折不扣的"影二代"，同时作为中国影视学术领域里的资深学者，也是能激励后来者的一个标杆了。

秋生认识交大亦中的时候，亦中还不在交大。但秋生最先记得的，是在大学期间，碰巧看过了亦中参与编剧，由桑弧导演的两部电影《邮缘》和《女局长的男朋友》，片中郭凯敏和陈燕华搭档，在当年是不输现在的当红影星的。后来知道，编剧李亦中竟是电影史上如此有名的导演桑弧之子，才算明白了一些事情的来龙去脉。亦中说起，当年父亲的忠告是：既然教电影，就必须尝尝创作的艰辛。

然而，秋生是彻底的"草根"，最怕头上有光环的人。无奈与亦中大哥的家传、从事的专业和研究的领域都太过相近，动不动就要在电影节、研讨会或学术论坛等场合里"狭路相逢"，也只得放下包袱，坦诚相见了。

好在亦中大哥也足够坦诚。在各种会议上，秋生总有准备不充分的时候，为了显得不那么尴尬，让自己和主办方都好下台，便会想出各种办法应付，有时会极速朗读自己已经发表的相关论文，有时会大量引述相关领域的各种数据和各家观点，有时则要破釜沉舟，甚至整出好几个自己都不敢肯定的理论或方法论。但亦中不这样，他总会避开学者们的这些心照不宣的伎俩，从容不迫地从头开始，或者随心所欲地讲起他的最新发现和特别心得，再配以非常好玩的PPT，夹带着一些亲自组织的视听素材，让会场充满了颇为难得的欢声笑语。

其实，秋生和亦中的关系是非常纯粹的，完全停留在学术交流的层面，主要以相同的学术趣味为中心，几乎不包含任何功利。还有，秋生和亦中都是秋天出生的，不仅有星座相邻的缘分，还都是不可救药的完美主义者。不同的是，秋生有了发表物或出版物，一般都不敢直接请教亦中，担心被他轻描淡写地忽视，或者不留情面地否定；而亦中，时不时就会拿出几部撰著或主编的大作交给秋生，告诉秋生成果还会继续。

多年来，交大亦中一直保有着对中国早期电影史宛如初心的研究兴趣，也一直坚守着自己朴实无华的学术个性。在我们这些早已知行不一、身心分裂，并总在体验着各种"不确定性"的晚生心目中，交大亦中已经成为不可或缺的定海神针。

除了感佩，秋生还能说什么呢？

2023 年 4 月 1 日　北京

闻道犹迷

　　像中了大奖一样，后疫情时代的第一个学期，秋生就领受了中国电影专题、影视理论与批评和电影史研究专题等三门课程，前两门开给本科生，后一门开给研究生，都是专业的，也是必修的。

　　对于秋生这种在大学教了三十年，包括在北大二十多年，从"青椒"瞬变中老年人的职业教师来说，每周三门必修课，当然不算太多，也不会太重。记得当年在西北大学留校后，中文系担心秋生太年轻，只是象征性地给排了一门诗歌鉴赏课，秋生的内心是很受伤的，觉得留了校，却没有得到足够的信任，不知道到底是谁的错。后来，在首都师范大学中文系，终于得到了梦想中的单位关系，大约每个学期都会有影视鉴赏、剧本写作、电影批评、中外电影史、电影文学甚至教育技术概论等超过四门以上的课程等着秋生去上，周末和假期还得跋涉到怀柔、昌平、延庆、大兴等北京周边，与等在那里的中小学老师们展开专业培训。"青椒"

忙得不知有汉无论魏晋，但成就感仍是满满的。因为在大学生和中小学老师的眼睛里，"青椒"看到了一种同道者的熟悉的光芒。

2001 年调到北大后，秋生除了学院的专业必修课，还一鼓作气地开了好几年全校性的通选课，在可容纳四五百人的教室里，不仅可以发现各个院系、各种肤色的学霸，而且可以找到各个领域、各种才能的明星，还能辨出最活跃、最不甘寂寞的各路旁听生，也算极一时之盛了。现在想来，二十年前的秋生，虽然年轻气盛，却也较少禁忌，课日如节日，课堂即相约，一切自然而然，似乎水到渠成，所谓有教无类，大抵就是这个样子；而所谓志于道、据于德、依于仁、游于艺，也就不过如此了。更重要的是，此时的秋生，还不知道学生的绩点及其对老师的评价是多么重要，也没有遇到直接要分拼绩点或者冷不丁的出国求推荐的事情。应该说，这就是身为大学教师在世上所能获得的最美好的情感体验了。

甚至，秋生还接受过学校安排，专程到医学部开了好几个学期的中国电影史课。医学部的选课学生们也是真正热爱艺术、喜欢电影的。在最后一次的告别课堂上，有一个学生对秋生说："老师，我们不希望您生病，但您来医院看病，一定要来找我们。"秋生当即泪崩。秋生知道自己永远不会去医院麻烦学生，但每次经过北大的各家医院时，秋生都在想，可能会有当年教过的学生。

只是到了现在，面对"95 后"的助教，"00 后"的研究生，"05 后"的本科生，秋生表面上气定神闲，实际上真的觉得自己太各色，太尴尬，也太没有底气了。

特别是在讲台上，秋生根据自己对数字时代教学科研的理解，主动减少了以往课堂上的个案分析、文本解读和知识灌输，开始夸夸其谈人工智能与中国电影、ChatGPT-4与未来生命，以及数字人文与CCKS等话题，并且自以为非常上进，终于没有被时代不打一声招呼就抛弃的时候，看到台下的孩子们一副副或疑惑、或淡然、或波澜不惊、或宠辱两忘的面孔，秋生受到的打击还是蛮大的。或许，在"05后"的眼中，老师既然曾经沧海，就应该老成持重一点，不要讲起《梁山伯与祝英台》中的化蝶部分，声音就不由自主地颤抖起来；或者仅仅体会到技术革命的一点点风吹草动，就要在课堂上大惊小怪。

确实，所谓生死爱情，或者人类命运，对于讲台下的"05后"来说，可能全是一些不太切实，也很难产生共鸣的宏大话题。中老年人的半生风雨，也许只是"05后"的杯中一滴。毕竟，这个世界是无时不卷、无处不卷的，与其关注或讨论一些虚无缥缈、很难兑现的问题，还不如继续做个展示、写个小论文、考个单元试，或者考六级之后再考托福，考公之后再考雅思，实在没有着落的，问清老师的要求后做个题。

想起当年章太炎和章门弟子在北大，面对胡适、顾颉刚和傅斯年尤其那些意气风发的"新青年"们，才知道老夫子的坚持是需要一种多么强大的内在信念和精神支撑；也才懂得电视剧《觉醒年代》里的辜鸿铭，是被蔡元培校长和电视剧编导共同挽回了多少实际上无法挽回的脸面。其实，无论章门弟子，还是辜鸿铭，甚或他们的先师孔子，应该比其他人都明白，在文明转型与思想革命的时代里，没有人可以朝闻夕死，因为天下本来无道，所知所行，皆为安身立命而已。

何况道之不存，即心之不存。闻道犹迷，或因本心已失。

话说回来，心之不存，身将焉附？面对人工智能和 ChatGPT 所昭示的后人类世，人是什么，又为何物？

2023 年 3 月 29 日　北京

天下吾心

　　日间碌碌地忙着。看的，听的，说的，讲的，写的，似乎都不是自己的。有那么一点点关切到自己的内心，过后还要反省一下，是不是不该看到，不要听到，最好不说，更不能讲。

　　如此下去，人就会分裂。再一想，人什么时候完整过呢，从来就是碎片，由不得人的。于是释然，觉得只有这样，人才能安慰好自己，也不至于太过苟且，太显狼狈了。

　　其实，日间的自己，看起来并没有那么不堪，甚至可以说不减势头、仍在风头的。毕竟，在春水荡漾迎春花开的时节，带三五学子，一边聊着德勒兹、齐泽克和数字人文知识论，一边从办公的均斋出发，穿过一队队慕名而来的观光人群，沿未名湖南北西东众多大师留下的路径，去往上课的第一教学楼，然后高谈阔论，臧否古今，人仿佛也会深刻厚重、古朴典雅起来，就跟燕园的这些著名建筑一样。

　　但从来不会深刻厚重，也始终无法古朴典雅。因为日间的慌乱是根本的事实，每一件即将开始或者在线等待的任务，都比自己要紧，错过了也就错过了，不知道什么时候才能拿得起，放得下。

更何况，当自己刚刚想要炫耀，为了备课又看了一遍贾樟柯导演的《江湖儿女》，问讲台下的同学们冯小刚都在这部影片中干了什么的时候，就有使命在肩的同学直接告诉自己："不知道冯小刚是谁，也不知道谁是冯小刚。"也是足够坦率的。在自己崩溃之前，先让冯小刚崩溃吧。

真正属于自己的，只能是深夜，或者是凌晨。尤其睡了一个小觉再醒来，便会感觉什么事情都没有：自己回来了。

回到自己的自己，才知道自己真正想要的是什么。

自己真正想要的只是读书。

不是为了写论文，也不是为了写书才去读身前身后堆积成山的各种书，而是为了内心的空虚，也为了真正的自己，从线上线下飘散如云的各种书中，找到一本总在想着的那本书，集中了精神，用心去读。

譬如今日凌晨，醒过来的自己，便读到了马一浮。

作为人名，马一浮自己是知道的，主要因为浙江大学的校歌歌词；但作为人，马一浮就离自己太远了。以前，自己并不在意这种远离，以为本来就没有缘分，也就没有关系；但现在，自己开始感到了越来越难以释怀的愧疚和不安，觉得这种远离终究是自己的不对，想要改错也许还来得及。

毕竟，自己这一代，虽然不可能像马一浮一样进德修业，风骨傲然，也无法做到像这位通儒一样"天下虽干戈，吾心仍礼乐",但不可更改的是,我们永远是先天不足的早产儿,在马一浮绝望的执守中仓促地来到这个世界,并在这一代人的悲怆血光里,开始了自己无根无源的生命之旅。

2023 年 3 月 15 日 北京

万物生长

秋生回过头来，看一看延展到遥远地方的漫漫来时路，总觉得人生太过飘忽，确确实实太像一阵无法驻足的风，一路上轻易地放走了太多人，太多事，太多心情，还有太多本来应该聚精会神才能感受的风景。

上周，秋生抽空去了一趟莫干山，下山之后，又去了一趟成都，会了一些老朋友，遇到一些新朋友。其实，很多老朋友和新朋友都是住在北京的，但在北京，一年甚至几年、十几年都难得一见，只有到了另外一个地方，才能心无旁骛地聚会在一起，仿佛低头不见抬头见的样子。

在莫干山的第一个早晨，6点钟不到，秋生就独自下楼，开始攀爬网红民宿背后的竹山，这样的行为当然是蓄谋已久的。今年的新竹还未出土，但往年的旧竹仍有新生的状貌，漫山遍野地矗立着，就是名山的姿态了。但名山和山名之于秋生，都是若有若无或可有可无的所在，因为在秋生的心目中，老家宅基周边的那一小片苍翠，才是竹林嵌入生命的颜色。站在山腰眺望，秋生看到了莫干山云蒸霞蔚的神奇光影，也看到了江汉平原上的那三间苇墙茅草房，春天的竹笋钻过墙壁，竟然在堂屋的正中央破土而出。

在莫干山的第二个夜晚，秋生与来自北京、杭州、湖州、德清的新老朋友们，以各自不同的睡眠时间，共同领略了村中狗子们的绝世武功。秋生一般都是没心没肺的人，经常充耳不闻倒床便睡，只记得狗子们吵啊吵的，似乎闹得不可开交。但其他朋友就不一样了。次日早餐期间，作家朋友便就狗子们的吵闹行为，详细地编织了一个声音叙事，讲述了编剧村昨晚发生的一场决斗，充满着狗子世界的爱恨情仇。

顺着作家朋友的声音叙事，秋生还听到了更多的鸡叫和蛙鸣，以及满目金黄的油菜花海中蜜蜂振翅的微弱气流声。是惊蛰的声音，也是春天的声音；是大地回暖的声音，也是万物生长的声音。也就是在这一刻，秋生又回到了自己的少年时代，听到了湿润的南方空气中的鸟的鸣叫声，还有母亲在菜园里唤着秋生的浅浅的声音。

也就是在这一刻，秋生似乎触到了莫干山，也懂得了德清的游子文化。当万物生长的时候，只要择准时机保持亲近，或在孟郊的乡野诵起这流传千古的名句，人就跟万物一样活泼地生长，再也不会被各种外力连根拔起。

2023 年 3 月 7 日　北京

相较于愤怒，更近于悲伤

闲遥本来是诗人，18 岁的时候就是。秋生也不例外。

20 世纪 80 年代的大学生，谁还不是个诗人呢。大家一起聊起天来，无论你是什么学院、什么系、什么专业、什么方向，谁都不敢说自己不喜欢北岛、舒婷和顾城。几番交流下来，如果引不出"卑鄙是卑鄙者的通行证，高尚是高尚者的墓志铭"一类的厉害句子，基本上就要被朋友圈无情地鄙视，直至销声匿迹无脸见人。记得是在 80 年代的最后一个年头里，秋生终于去了所有诗人的永远的故乡长安，在大学南路附近遇到一位飞行器设计与工程专业的老乡。老乡知道秋生是中文系的，便顺手拿出一个写得密密麻麻并厚达 530 页的笔记本。

没错，是他的一本手抄的原创诗集。

值得庆幸的是，就在此后好几年的春夏之交，在诗歌和诗人苟延残喘的最后时光里，闲遥仍然用不俗的诗才追到了地质楼最美的女生，然后用辗转的际遇见证着一代人的坚忍。秋生呢，也得感谢当年胡诌的几首破诗，竟能在身无分文、一无长物的境况下，一举"捕获"地理楼的高人，然后信誓旦旦着想要共度余生。

如果没有三十年后的社会乱象、全球疫情，诗歌对于闲遥和秋生而言，就只是一个被明显利用过的工具：抚慰过青春，滋养过爱情，美好过回忆，承载过憧憬。三十年来，不会再少，也不会再多了。

然而，就在秋生沉默的几年里，闲遥再一次回到了当年，成为真正的诗人，有思想，有力量，也有浓烈的诗性。在秋生看来，出现在"闲遥录"公众号里的那些文字，尽管并没有被更多的人读到，但却是无愧于诗的极其深刻的句子。例如最新的一首：

那么（2023.01.06）

那么频繁的尖锐的车子的呼啸
那么多消失的音讯
那么绵长的队伍
缓慢跟进
天空中那么多弯曲的倒影

那么整齐明媚的歌声
那么辉煌的庆典
那么静好安稳

不管"愤怒出诗人"一说出自哪里，秋生始终认为，闲遥现在的诗歌创作虽然是"愤怒"的，但相较于愤怒，更近于悲伤。

就像莎士比亚的人物，在舞台上感受着这一切。

2023 年 3 月 1 日　北京

字节麦田

再也没有一件事情超过核酸，能够让秋生如此魂不守舍。

譬如今天，凌晨 4∶49 醒来，便再也睡不着。就开始想，是不是可以爬起床来，去做个核酸呢？

当然不可以。

因为迄今为止，在秋生住家和单位周边，跟麦当劳和 7-11 一样 24 小时开放的核酸点，是没有存在过的。

于是起床读书备课，继续读《我们何以成为后人类：文学、信息科学和控制论中的虚拟身体》，同时准备下午 3∶10 的线上课程。李翰祥是讲过二十年的，但 PPT 不能总是老样子；更重要的是，变成"后人类"，到底意味着什么呢？

好不容易跟书中的"虚拟的身体"和"闪烁的能指"搏斗到天亮，PPT 的进展仍然过于缓慢，又开始想着要去做核酸了。抬头看看墙上的挂钟，竟然刚到 7∶30。这么尴尬的时间点，是去还是不去呢？去呢，还要等一个小时开门；不去呢，开了门还是要去的，那就不知道要排多么长的队伍了。

正当选择困难症发作之时，没有选择的选择完成了解围。

从 7:35，就开始陆陆续续地收到各方微信、短信或邮件，催交至少五种评审表、决议书、学术讲座题目、会议论文提要，附加通信地址、邮政编码、电子邮箱、个人简介等；还有两篇即发论文，需要自我终审和提交许可，以及新老朋友的寒暄叙旧、以往弟子的推荐签名和现今学生的见面约定。如此交叉，时空紊乱、忙乎一通，抬头再看墙上的挂钟，已经 9:59。

10:00 是要开办公会的。于是匆忙抛开一切，点进了微信会议。好在各位都在紧急关头，大事小事分身无能、应接不暇，只好开个短会了。确实创了短的纪录，才花去一个半小时。

加了衣服出门。

核酸点果然人满为患。北国初冬，丽日长天；大人小孩齐上阵，人头攒动显生机。

为了不跑题，秋生决定在核酸过后，顺便抓紧时间锻炼一下。秋生锻炼的方式总是走路，平时走到单位，今天只能走到单位的中间位置。

先是在农科院东门附近的"最美"天桥上，第一千次观望三环以内的北京，这唯一一片还有稻谷、麦子、玉米、高粱生长的土地。

秋生是农村人，拿到大学录取通知书的那一刻，他还在家乡的水田里插秧，汗珠跟泥浆一样浑浊，蚂蟥吸在大腿上，一拍就是一道血痕。秋生懂得父母兄弟姐妹的苦，才会如此喜欢看到绿色的田野、茁壮的植物和丰收的场景。感谢命运，让移居都市的秋生住在了农科院附近。每一天，秋生都想着回到这一块农田外面，看一看谷穗逐渐变黄，听一听麦苗生长的声音。

秋生继续走，走到了北三环。往东，看到了一排很具规模的办公楼群。秋生也是一点一点地看着这些楼群建了起来，有一天就注意到楼群上出现"字节跳动"的字样。

秋生不是程序员，但知道"字节跳动"是什么，又已经在多么大的程度上介入了每个人的日常生活。

尽管没有任何成见，但秋生仍然不服气。在他热爱的麦田旁边，为什么会是字节跳动呢？

当然，在秋生热爱的麦田旁边，为什么不会是字节跳动呢？

2022 年 11 月 21 日　北京

那些可爱的人啊

这是一篇想起来热血沸腾，写起来举步维艰的小文。既然如此纠结，你到底是想还是不想，写还是不写呢，秋生。

不想的话，也就不想了。不写的话，其实更没有什么大不了的。信息早就过载，拜托不要使用多余的比特，徒增自己和他人的负担，好不好？

但总有些东西，还是需要想一想，需要写一写的。人生在世，能留点东西给别人，当然也是值得的。即便现在，连多余的比特也是不容易留得下来了。

上周路过未名湖，蓝天碧水，黄叶飞舞，只要是个人，都会被陶醉。可在当时，秋生突然感觉到分身，觉得自己变成了"非人"。有一个句子钻进了他的脑子，把他自己吓得够呛："如此美景，人间不配。"

拖着肉体走到办公室，坐定之后，正要炫耀地发一下朋友圈，秋生的分身醒了过来，义正词严地说："你也是太过矫情，什么人间不配，是你这个独特的个体不配，懂了吗？"

秋生一想，果然很对。人间好好的，没有什么配不配的。何况，你也好好的，甚至比其他人更好，无病呻吟很有意思吗？

于是，秋生果断地删除了这一条朋友圈，自我认定为无聊的图配文。这才平安无事了，局面稳定下来，黄叶飞舞着。秋生可以继续胸怀天下，期待人间大同了。

想起当初要写的这一条朋友圈，其实是这样的：

> 上午通过北京大学视频号直播，看完期盼已久的数学家张益唐的讲座《朗道 - 西格尔零点猜想》。发了一条微信："一句也不懂，但听得浮想联翩。"

确实，关于讲座内容，对我这样的数学小白而言，当然是比"天书"还难的东西。所谓"天书"，总可仰赖个人的灵性去参悟，但对于张益唐的讲座，即便悟性再高，如果没有身在高端专业领域的持久的修炼，应该也会不知所云吧。

我要说的只是我的"浮想联翩"。

一个人，来到世界上，饮食男女，五色沉迷，会被各种已知或未知的权力所左右，也会被无数主动或被动的欲望所驱使。命运虽未被注定，此在的存在即生存。

但我想，如果过了"知天命"的年纪，对人对事就该有了不同的认知。比如说，那些曾经让你怦然心动或者不能自拔的风景，也许就不再是那些无数地图和导航所指引，大量媒体和平台所推介，以及众多眼光和足迹所能抵达的"地方"，即便这个"地方"

是你一直心心念念的所在，就像马丘比丘。同样，那些对你来说曾经如此可爱的人，随着各自的时光流逝，除了身边仍在爱或必须爱着的少数几个，可爱的人已经远去或者消失，或者不再可爱，甚至变得可恨了。

记得有一首歌的歌词唱道："那些可爱的人啊……"当初听到的时候，觉得也是矫情得不能再矫情，现在听来，便觉得饱含深意：那些可爱的人啊，你在哪里呢？

2022 年 11 月 25 日　北京

在人的天空中逃亡

迟至 1994 年秋天，作为一个电影史方向的博士候选人，秋生才第一次通过大银幕瞻仰爱森斯坦的影史杰作《战舰波将金号》（1925）。秋生本来是要默默地表示尴尬的，但在 1994 年秋天，全中国的电影院都要关门，电影实在没人看了。秋生转而理直气壮地想，要尴尬的应该不是秋生，而是谢尔盖·米哈伊洛维奇·爱森斯坦本人。

但当秋生成功地克服了自卑心理，拿着那张十分可疑的电影票根混进北京电影洗印片厂，跟挤满了中放厅的骄傲的北京电影学院师生们一起，看到在书中读过多少遍、在脑海里想象过无数次的伟大的"敖德萨阶梯"，看到那帧脍炙人口的画面时，才知道天才的世界多么深广，杰作的力量多么震撼；而电影的生命，从一开始就会多么顽强。

在英国著名艺术评论家、策展人大卫·西尔维斯特（David Sylvester）的《培根访谈录》（1975）里，弗朗西斯·培根（Francis

Bacon）谈起自己看到《战舰波将金号》以及那张定格照片时表
示："我在看到那段影片的时候，还没有开始从事绘画，但是，它
让我记忆犹新。有一段时间，我想要在某天能画出最好的人类呐
喊，这不含有任何特殊的心理学因素。但我做不到，而爱森斯坦
就做得很好。"

　　也是在 1994 年秋天，秋生才惊觉爱森斯坦的电影及其呈现的
"人类呐喊"，不仅能够启发弗朗西斯·培根这种 20 世纪最重要的
绘画艺术家，而且能够唤醒秋生这种身心晚熟、惯于迷失的普通
人。1994 年秋天，为了在精神上加入爱森斯坦和培根的行列，秋
生写下了这样一首诗：

　　　　一个人
　　　　站在碎石的岭口
　　　　孤单的思想无所附依
　　　　听一听雷声和风声在高空
　　　　隆隆而过
　　　　莫名的淡蓝色光焰升腾
　　　　让一个人走遍山川湖海
　　　　赤足践踏
　　　　充满瓦砾的废墟
　　　　这破败而美丽的意象
　　　　是一个人言不尽意的苦痛
　　　　在日中蒸发
　　　　在月中凝聚

在星辰中散射光芒

一个人

站在碎石的峪口

河道干涸

观念在野蛮的灵魂里深深犁过

而后如伤口般赤裸

一个人在宁静和幽暗的峪口

挥舞浑圆的双臂

卵石冰凉

枯木逢霜

冬月的森林紫气密布

天命以谁和谁的言语

笼罩谁和谁的肌肤

在谁和谁的祭坛上

谁和谁相约

一个人

站在碎石的峪口

初始的呼吸沉重

野鸟在飞翔

野火在燃烧

欢乐已如车辙

弯弯曲曲的沟回

远离身心

湮没于市井

一个人

被无由的苦痛击中

孤单的思想无所附依

疤痕却如羽毛轻盈

在万物复苏的季节亮出歌声

这是乐音与香火缭绕的时刻

一个人

跪下他的双膝

在缥缈的境界中

复现明亮如镜的额头

在宁静和幽暗的峪口

一个人被久远的网络拘囿

恐怖的预感在秋夜子时逼近

溪中之水

也选择广阔的道路逃遁

一个人目睹树叶

在寒潮中旋转和飘零

于是只允许自己沉思默想

或者飞速狂奔

喘息中的言辞清晰异常

照耀所有云中雾中的阴影

一个人面对单薄的时光

自言吉祥

自言凶险

自言生命里的一切事物
都是言不尽意的苦痛
在人的天空中逃亡

2022 年 10 月 30 日 北京

一切极恶全像花儿一样盛开

最近为了赶稿，几乎没日没夜。因为当你拖了出版社一年两年，还是可以找个借口说自己很忙；但你拖了人家十年，怎么自圆其说呢？

可越是紧张到飞起来，就越是想要回忆一些似乎不那么紧要的人，做一些不那么靠谱的事情。就像这一段时间里，总有一个句子缠绕着我，让我无处藏身，也欲罢不能。这个缠绕着我的句子是波德莱尔于1860年写的，用汉语翻译说不定比法语表达更深邃：一切极恶全像花儿一样盛开。

好吧，波德莱尔，你征服了我，一次又一次，穿越时空，穿越文化，也穿越了语言。

人的一生总有一些命定。在我的一生中，能够正儿八经地遇到你，还能煞有介事地为你写一本书，这该是一种怎样的缘分。或者，概率应该是趋近于零了。确实趋近于零，因为当我真的可以去找你的时候，我只觉得这就是你的巴黎，丝毫没有我在的理由。我的眼镜带着我的心情，突然碎裂在你和你们这些伟人的墓地，就像你的诗一样，像沙滩一样碎裂的天空。尽管有那么一个瞬间，芳香、色彩、音响全在互相感应，但共感的恐怖袭来，就全是载着梦幻的柩车。

是不是可以这样说：

人的一生，总是需要读完像《恶之花》《卡拉马佐夫兄弟》这样的几本书，跟着几个像波德莱尔和陀思妥耶夫斯基这样的人。然后，人就在书中永远地活着，你也会在内心最需要的时候，选择跟他在一起。

2022 年 4 月 12 日　北京

独鹤与秋蝉

写论文遇到难处。无可奈何之余，也就心安理得地刷起了手机，开始经历各种难以言表却又不可自拔的激烈情绪。

直到突然看见"戏剧与影视学研究"公众号里分享的"重磅新书"《严独鹤文集》（3卷，严建平、祝淳翔编选，上海文艺出版社，2021），总算减轻了内心深处的愧疚之感，毫不犹豫地点击了"购买"。仿佛这一次刷手机沉迷，只是为了跟严独鹤以及这一套书相遇。

对于我这种以电影史研究为主业，求学期间也曾研习过现当代文学的学者而言，严独鹤当然不是一个陌生的名字。相反，随着学业调整、年岁渐长，我感觉自己终究还是要回到老的中国尤其晚清民国那里去，不仅是因为自己无论如何也逃不出老庄、李杜和苏辛，以及王国维、鲁迅和宗白华的魅惑，他们的存在，便是可以安放精神归宿的原乡了；而且是因为不断总结着的人生经验，似乎跟严独鹤、周瘦鹃、包天笑、张恨水、范烟桥等人的距离越来越近。

还因为严独鹤在其"鹤立鸡群"的办报和写作生涯中，留下了不少有关电影的文字。资料癖好者如我，便一直想要收集得全面一些，说不定还能突破正在难处的论文的瓶颈呢。

从下单开始，16 个小时内就拿到了《严独鹤文集》，还比原价便宜了一半，感觉赚了不少。实体书店的关张，确实情有可原了。拆开精致的盒式包装，迫不及待地翻阅三卷本目录，发现收入的"影戏"文字，尽管并没有想象中的那么多，但也补充了数种容易忽略的、颇有价值的篇什，对正在难处的论文，无疑是有很大的帮助。于是下定决心，以后不要再为家里越来越小的书房空间患得患失，只需更加频繁地为中国出版事业做出贡献即可。

如果仅仅是为了利用严独鹤解决自己正在难处的论文，我就不会浏览文集第三卷"杂文卷"，也不会读到刚过而立之年的严独鹤在自己主理笔政的《新闻报》上发表的那些趣文。

记得当年在读民国文章的时候，遇到现已不知其名的一位作者的一篇小文《爱国贼》，对当年那些"爱国者""爱国"以至成"贼"的讥刺，简直比陈大悲的同名独幕剧（1922）本身还要鞭辟入里、入木三分，就单篇的价值而言应该完全不输给鲁迅的文章，便觉得民国能人实在太多，许多人身上都有着个性十足而又令人崇仰的风景。

严独鹤也不例外。跟《爱国贼》几乎对应的《总统瘾》（1921）一文，虽然不及前者的讽刺机敏畅快，倒也别有深意。除此之外，仅在 20 世纪 20 年代的发表序列中，《辫帅》（1920）、《雅贼》（1922）、《书局瘟》（1924）、《机械人》（1927）、《独身税》

（1927）等杂文，单看题目便要让人佩服其卓越的组词能力兼讽喻天赋。尤其较早的《德谟克拉东》（1920）一文，简直可以让读者拍案叫绝。在这篇小文中，严独鹤是从时任江西教育厅长许寿裳开始说起的：

> 江西教育厅长许寿裳，平日好讲"德谟克拉西"主义。然而，他的行为，却又和"德谟克拉西"反背。大家便称他为"德谟克拉东"，可谓妙极。德谟克拉西近来闹得了一片声响，差不多大家都晓得了。德谟克拉东，这名字倒很新鲜。我看这位先生，何妨就把这五个字，挂起一个招牌来，另外提倡一种"德谟克拉东"主义。他就算是这种主义的发明家，或者吹牛得法，居然风行一时，便也有人花了一千六百元，来请他演讲，更不必看着杜威，觉得眼热了。

由此看来，年轻时代的严独鹤，思想和才华确实独树一帜、卓尔不群。后来，因为"吾道不孤"，独鹤确实可以不"独"了（范敬宜语）。为了印证这一点，在1950年8月21日《大报》第二版，年逾六旬的严独鹤署名"晚晴"，发表了《秋蝉》一文。文章中，严独鹤明确表示"以蝉比人"，将诗人、文人笔下反复颂赞和慨叹的对象，那些看似高洁、空口叫喊却又软弱无力的"蝉"，毫不犹豫地当成"小资产阶级知识分子的一个象征"。临近结尾，"晚晴"写道：

> "知了！知了！"知而不行，就此完了。西风一起，连

叫也不得劲了，便只能很微弱地曳着残声，很凄清地了结一生。

原本独鹤就是秋蝉。"晚晴"对自己这么狠，也是我没有想到的。

于是读了独鹤之子严祖佑所撰《父亲严独鹤散记》，回忆逝世前两年亦即 1967—1968 年的严独鹤：

> 我发现，素来谨小慎微的父亲已然心胆俱裂，终日恐惧地瞪着眼睛，坐在破沙发上呆呆地出神。

其景也哀，其情也伤。但不得不说，早在 1950 年，独鹤就非常准确地预感到了十八年后秋蝉的悲剧命运。

虽然凄清地了结一生，秋蝉总归还是他自己，那只曳着残声的"知了"。

2022 年 2 月 12 日　北京

买花大叔种花记

这是秋生第一次在写作中自称"大叔"。

真的感觉昨天还是小伙子，今天就是大叔了。头发白了太多，又是稀稀拉拉的，还不敢让它们见人，便总想戴个帽子，天冷了还要迫不及待地加个围巾，美其名曰御寒防感冒。大叔的内心活动竟然这么丰富，这也是秋生始料未及的。

既然已经是大叔，也就可以适当地率性一下了。这当然还是秋生的内心活动，秋生家的高人就不这么认为。秋生家的高人觉得，没有事业追求的男人太过无趣，何况学问也是没有止境的，秋生你已经是老大不小的大叔了，还想怎么折腾，还能怎么率性！血糖超标了多少？胳膊能不能再抬高一点？明天要述职的报告写好了吗？拖了两个月的论文交稿了吗？不再打算申报那个已经公布选题的项目了吗？

领导是深知员工的软肋的，何况是家里的高人。秋生也非常明白自己的处境。所谓大叔，就是刚刚想要堕落的时候，会被轻轻地注射一点鸡血，然后挤在半夜的笼子里挺起耷拉的头脑引吭高歌。

好在秋生算一个不太合格的文人。虽然没有如愿当成诗人和艺术家，但从小屁孩开始直到现在的大叔年龄，也都没有改变对美的向往和对生命的热情。在这一点上，可算陶渊明、苏东坡和凡·高、莫奈的知音。为了在催逼的项目、成山的稿债和难却的人情之外，寻找一点点自由的时空，也就是满足自己想要率性一下的可能，秋生酝酿了很久，终于决定从网上买点花花草草种在自家阳台上，既可陶冶性情，又能安慰身心。

一旦打定了如意算盘，秋生就在网上找到了一株蜡梅。

秋生对蜡梅的好感，也是很晚才获得的。准确地说，是在新冠病毒横行全球之前的那一年，那个冬天的夜晚。当秋生从一所大学家属院的无名小道上一如既往地走过，无意间便被一阵阵清香缠住了脚步。随后，秋生写了一篇名为《梅》的小文发在了自己的公众号上，以短暂的"花痴"身份，率性地表白了一次爱情，肉麻如"天地之下，一梅一人，如是而已"的表述，几乎被所有的读者识破了机关。

但从此以后，秋生便一直惦念着家属院里的梅。一到了冬天，就想着必须要去看一看。然而，新冠疫情带来的不仅是隔离，而且是根本的改变。第一个冬天无法去看梅，只是待在家里念陆游的《卜算子》，真正理解了"驿外断桥边，寂寞开无主"的深意。好不容易熬到第二个冬天，可以去看梅了，想象着"零落成泥碾作尘，只有香如故"的美好悲情，却看到了梅的枝叶，竟缺少了梅花，更体会不到那种如故的梅香了。

于是断了家属院的念想，秋生试着种下了网购的"素心蜡梅"十年苗。按网店宣传，作为盆景，该蜡梅耐寒耐热好养活，年份越久越适合。果然如此，连秋生这种把绿萝都能养成枯叶，把仙人掌都会渴死在阳台的人，"好养活"一定是广告的必杀技。

种下了素心蜡梅，浇了点水，秋生便不再管。昨天突然想起来，急忙到阳台上一看，蜡梅真的活过来了，还支棱着一朵小小的嫩黄的苞。秋生凑到跟前仔细品过，也太迫不及待了。

秋生没有闻到如故的梅香。

秋生因此总结：身为大叔，香不香其实不重要，重要的是好养活。

2022 年 1 月 13 日　北京

考研

昨天的《电影艺术》杂志公众号，贴出我在"《电影艺术》创刊 65 周年暨未来发展座谈会"上的发言整理稿。在将其转发到自己的微信群时，我摘录了其中的一段话：

> 中国电影家协会和《电影艺术》编辑部所在的北京北三环东路 22 号，是我能随口说出门牌号码的少数地点之一。记得 1988 年夏天大学毕业之际，跟着同班同学们满校园照相，为了表达自己不可一世的鸿鹄之志，我还随身携带一本当年的《电影艺术》杂志，摆了很多与众不同的造型。

然后就有朋友问：那些与众不同的造型的照片呢？

于是，我便开启了又一轮翻箱倒柜的寻找模式。幸好还有身边的高人指点，终于在视线几乎不能抵达的书房角落里，获得了两本古早的 PHOTO ALBUM（相册）。这些年来，因为顾虑岁月的流逝，便自觉抵制了诸多袭上心头的怀旧情感，甚至故意不去触碰那些凝聚着时光和记忆的物件，免得止不住滥情并让人生出怜悯。但相册已经打开了，并且如愿地找到了两张手持《电影艺术》摆造型的照片。

所以，还是怀个旧吧。

一句话，之所以会有手持《电影艺术》摆造型的奇特举止，是因为大学毕业之前考了一下研究生，并且是电影专业的。

又得回到 20 世纪 80 年代了。尽管在那个已经被严重怀念的年代里，好不容易跨过高考"独木桥"的大学生们，大约都是无差别地被称为"天之骄子"的，但对于我们这种普通省级师范学院中文系的毕业生来说，可以选择的出路其实非常有限，就是回到自己县里的中学教书。当我们在弗洛伊德的力比多、哈姆雷特的活着还是死去以及各种现代主义、后现代主义中浸泡了三年之后，我才突然意识到：很快就要毕业了，人都是要走出校园去面对就业的。自从得知这一明摆的事实，一个人的大学生涯就要提前结束了。

好在虚无过后，还是会产生自我救赎的强大动力。不知道是超级自卑，还是太过自信，当确定想要考研的那一刻，我就直接忽略了自己的文学本行，选中了听起来更加美妙以及缥缈的电影专业。现在想来，这一选择即便不是虚荣心作祟，也绝对是不自量力的体现，甚至可以算自暴自弃。如果我是当年的吴贻弓导演，在上海师范大学与上海电影制片厂联合招收电影专业的硕士研究生，我也不会录取一位如此缺乏电影背景的人，更何况，真的有点来历不明。然而，当年的我不是这样想问题。

我觉得我是爱电影的，尽管由于家庭出身和教育背景，几乎从来没有机会进过任何一个摄影棚、摸过任何一款摄影机或者见过任何一个真正的电影导演，但我相信热爱就是值得，值得就是无所畏惧。否则，就不会跟同学们结伴，在经济极度拮据以至身无分文的状况下，还能跑遍黄石市的所有电影院，想方设法去看每一部正在公映的电影；也不会在看完了《黄土地》和《一个死者对生者的访问》之后回到学校的操场，仍然旁若无人地跟同伴大声争论，就像疯子一样；更不会误导系里的当代文学课毕光明老师以为这两个学生真懂电影，竟然冒险地让我们站在讲台上肤浅地炫耀。总之，当我走进考场的时候，就是怀着这种绝望的希望。

果然就没有考上。倒不是分数不够，而是没有如期接到复试通知书，最后也就只能认命了。于是停止了幻想，跟最崇拜的西方文论课张开焱老师商量着选了一个题目，煞有介事地写起了毕业论文，为当时正在热议的"娱乐片"如何走出僵化与困境开出了诸多不着边际的药方。这就回到了《电影艺术》。

1988 年前后的《电影艺术》，还有《当代电影》等刊物，除了经常发表程季华、李少白、郑雪来、罗艺军、邵牧君等老一代影人的文章，还活跃着戴锦华、钟大丰、贾磊磊、饶曙光、王一川、尹鸿等一批令人瞩目的学术"新锐"。就是这些现已成圣的"大咖"们，除了为《红高粱》《孩子王》等影片摇旗呐喊，还就"第五代"的尴尬处境以及惊险片、娱乐片等问题展开了大量的讨论和争鸣。作为一个远离京城，更加远离电影话语圈的年轻人，我就是在这样的氛围中，看到了《电影艺术》杂志并将其带到了毕业合影这种仪式性的场景中。

现在想来，如果没有第一次考研，我是不会去看《电影艺术》的；如果没有这一次考研失利，我跟《电影艺术》的关系，也绝对不会是现在这个样子。

2021 年 12 月 26 日　北京

为学术的一生

　　发言的题目不是我的发明，更不是我目前为止的自况，因为充其量，我只能勉强说自己"为学术的半生"，中间还要打上很多折扣，留下大量遗憾。之所以套用这个题目，是因为在我已有的学术经历中，特别是在求学和治学的很多关键时刻，我都在非常急迫甚至有点疯狂地寻找我想要做的那种学术，以及想要成为的那种学术中人，也就是既有思想又有学问，既有目标又有信仰，既有理路又有趣味的大学者，当然也不至于命运太过坎坷、结局太过悲惨，这样，便可以心安理得地做点学问，甚至心驰神往地追随他们。我以为只有这样，才可能无愧于历史和时代给予的机缘，也无悔于自己虽然平凡却也有梦的一生。

　　记得去年9月5日，在北京电影学院研究生新生入学教育活动上，我做了一个题为《读研：就是我们需要的人生》的发言，在我自己的微信公众号"光影绵长李道新"上发表后，短时间阅读量超过了1万，创造了有史以来的新纪录，更是远远超过我在此公众号分享的一些学术论文。有读者留言："之前看过李道新的书，而今再看这篇文章不由得泪流满面。毕业两年生活在别处，今天终于鼓起勇气追求自己想要的人生。感谢李老师！""看老师的文字内心触动很多，读博的几年成为人生中最难坚守和迷茫的时期，读博往往也是个人内心的斗争，走过的的确最起码是战胜了内心。老师的一席话能为多少迷茫的人指明方向。"……

正是基于这样的反应，让我觉得做一个这样的发言比写一篇学术论文似乎更有价值，也让我坚信今天的出行是有意义的。确实，我乘坐的航班正是在今天凌晨零点 25 分降落成都双流机场；而我的回京航班，又会在今天下午 6 点钟起飞，即便航班准时，我打的这一趟"飞的"也是够我自己受的。实际上，我的内心活动是尽管最近一段时间刚刚开学，确实忙得不可开交，身体状况也在不断地发出警告，但四川师范大学老友骆平、陈佑松、谢建华的邀请，总让我想不出任何理由婉拒，甚至有点迫不及待想要一见的冲动。同声自相应，同心自相知，人与人之间的缘，有时候值得用身体和生命去维系。

更何况谢建华副院长告诉我，我将要面对的是影视与传媒学院的研究生们。你们的大致年龄和学业状态，跟我自家的孩子正相匹配。从前，我以为儿子很不屑于我的专业选择和文字生涯，也不会去关注我的行踪以及我的文章和论文。但我最近发现我错了。不过，这是非常美好的错误，我希望永远错下去。

回到北京电影学院去年的发言。在开头部分，我比较悲观地表示，我们曾经以为将会越来越美好的世界，并没有如我们所愿，反而变得越来越物质而且无知；并对我们这个充满了投机、欺骗、焦虑和患得患失的功利主义时代产生了深深的忧虑。我也自问：我们曾经以为将会越来越有价值和意义的人生，到底在哪里呢？

问题仍然有待解决，新冠病毒却突如其来。但让我们始料未及的是，随着疫情席卷全球，人类的命运、世界的格局和中国的处境居然都被无情地改变。有一首流行歌曲叫《天不遂人愿》，歌中唱道："有种莫名的恐惧在心间，可能会迷失在远方路线……我只怕最后天不遂人愿，怕被风雨改变最初执念。"——这种天不遂人愿的"莫名恐惧"，确实充斥在很多人心间。

那么，当我们在风雨飘摇的今日坚定为学的信念来到这里，或者无路可走不得不加入考研大军的时候，"学术"二字到底意味着什么呢？或者说，当我们的大学都在"全面建成世界一流"的时候，以学术为志业里的"学术"，还是它本来的样子吗？另外，在这个弥漫着物质主义和功利主义的时代，为学术的一生是不是太过迂腐的选择？或者，学术真的已经沦为排行榜上的指标体系或者升级"戴帽"的权宜之计吗？

讨论这个问题，还是要回到我所读过的那本文集《为学术的一生》（张世林编，广西师范大学出版社，2005）中。这本文集收入了钟敬文、周有光、邓广铭、张岱年、季羡林、程千帆、任继愈和饶宗颐等44位中国当代学人的自述。这些被后人尊敬的学术大师，全部出生于20世纪之初（1902—1919），并将生命之火延续到了90年代中期，可算终得颐养天年。大师确实值得尊敬，但因为遭遇了战争的毁坏、朝代的更迭与动乱的浩劫，他们的一生其实也存在着巨大的缺憾。也就是说，跟20世纪以来宛如星汉灿烂的欧美人文社科巨擘相比，当代中国大师的学术原本可以更加深广也更加杰出，并为人类思想文化贡献更多中国知识和东方智慧。

　　然而不得不说，在为学术的一生的信念里，上述大师们都经历了太多为生存而苟活的日子；这些严酷惨痛的经历既伤害了他们的身心，也严重制约着现当代中国的学术水准。相信在座有人读过季羡林先生的《牛棚杂忆》，也知道季老自辞"国学大师"、"学界泰斗"和"国宝"等称号的原因。在《病榻杂记》中，季老记述："我一生做教书匠，爬格子，在国外教书 10 年，在国内 57 年。人们常说：'没有功劳，也有苦劳。'特别是在过去几十年中，天天运动，花样翻新，总的目的就是让你不得安闲，神经时时刻刻都处在万分紧张的情况中。在这样的情况下，我一直担任行政工作，想要做出什么成绩，岂不戛戛乎难矣哉！我这个'泰斗'从哪里讲起呢？"——吾生也晚，虽然没有在未名湖畔偶遇过季老，但也在北大讲堂的一次学术论坛中，见到了真人，并领略过季老不同凡响的平凡和谦逊。

　　没有了值得效仿的"大师"，学术的光芒确实是要暗淡的；同样，没有了值得追随的"泰斗"，人生的方向也要迷失。曾经读过托马斯·卡莱尔的《论历史上的英雄、英雄崇拜和英雄业绩》，便被其中的句子激动得难以自持。卡莱尔写道："无论从哪方面说，伟人都是良师益友。他是灿烂夺目的光源，能使接近者受益与愉悦。其闪烁的光芒照亮了世界的黑暗。它不仅像盏明灯，更像上帝赐予的日月光辉；这是一种体现天赋创见、豪迈刚毅和英雄崇高品德的永不熄灭的光源，在其光辉的照耀下，人人都会感到受惠无穷。"——我觉得我是真正从卡莱尔的思想中受惠了，尽管知道卡莱尔的这种"英雄史观",其实是"唯心主义"的。

毫无疑问,爱因斯坦就是卡莱尔"英雄史观"意义上的人类学术的伟人,但爱因斯坦说过:"学术是一项美好的志业,只是不能指望靠它谋生。"马克斯·韦伯对这种学术非功利的观点深以为然。1917 年 11 月 7 日,这位杰出的德国学者应慕尼黑大学自由学生联盟邀请,在一家书店报告厅做了一个题为《以学术为志业》的演讲。讲座的听众主要是若干年后即将走上职业生涯的学生,其中一些有可能会开始自己的学术生涯;而 53 岁的韦伯本人,仍然处在如何把职业和志业协调融合的困难时期。103 年过去了,韦伯的演讲一如当初一般生动鲜活,他所面对的大学制度和学术机制,及其提出的相关解决方案,甚至比当初更加贴合欧美和中国的实际。韦伯甚至告诫听众,有志于学术,就需要有远大的胸怀和巨大的耐心,一年又一年看着才气不如自己的人得到晋升;学者必须具备很强的自制力,不仅要在学术兴趣上追求独特性,而且要在选择研究题目、论文问题时保持专一和前后一致;从事学术还需要一种热情,有了这种热情,一个人才可以忍受长年的辛苦甚至挫折,只有用热情追求的东西才真正具有价值。而学者的"性格",就是持之以恒地献身于学术的精神。

我想,关于学术与生命之间的联系,马克斯·韦伯早已说尽,也做到了最好。看来,只要内心笃定,视学术为天职,并以学术本身为目的,我们中的大多数都能以学术为志业,或者做到为学术的一生。

在这里,我觉得应该跟各位分享一下我自己的生命与学术的关联。可能已有同学从报刊文集中看到过一些对我的学术访谈或者我自己发表的文学随笔，但我最想强调的是尽管成为一个学者并非我这种农家子弟的少年梦想，但我总是非常明白，文学和电影是我最初的兴趣和持久的热爱。我永远忘不了在破旧老屋里被一本无头无尾的小说吸引，以及独自一个人跟在放映队后面追看露天电影的时光。正是为了将自己永远留在这种文字和光影的美丽与魅力之中，即便是在穷困潦倒甚至走投无路的时刻，我也庆幸自己从来没有想到过放弃。在我以前的著作《影视批评学》后记里，我写过这么一段话："现在总爱想起十五六岁在家乡小镇上寻觅的日子：那是一个又矮、又黑、又瘦的农村少年，单薄的身体淌过寒风，停留在一个小小的书摊旁，以一分钱为代价租得一本缺少封面的《大众电影》，让贫瘠的心灵短暂地沐浴在梦幻的阳光之中。"40 年过去了，我的脑海中仍有那个十五六岁的农村少年。

爱我所爱，常怀感恩；轻装上阵，步履不停。就是带着这样的自己，倏忽间就走过了"为学术的半生"。我知道我自己和我们这一代学人的优势与缺陷，也知道无论文学还是电影，作为学术都有难以企及的深度和广度，我只是自己热爱的学术的平凡践行者，但只要投入其中，便会乐此不疲。我想要跟大家分享的，正是这种将生命与学术关联起来的纯粹的快乐。

然而，应该还有同学会说，老师太幸运，可以在快乐之中回顾为学术的半生，并畅想为学术的一生，但我们这一代竞争压力太大，生存空间太小，即便从事学术，也再难体验到那种纯粹的快乐了。对此我深表同情，但也不无疑惑：跟战争、饥饿和贫穷、动乱带来的死生无常相比，和平年代的生存压力真的能够打垮一个正在追梦的年轻人吗？或者，原本因为心气浮躁、根基难固，被寄予了全民期待的"后浪"们，早已放弃了少年的那个自己，也就有意或者无意地放弃了生命里的快乐之源和美好执念。

确如爱因斯坦所言，学术不能谋生；但也如马克斯·韦伯所表明，学术就是生命。如果真的热爱，那就尝试着好好地读一些值得读的书，看一些值得看的电影，一丝不苟地完成你的第一篇论文，并在此后的学术劳动中，兢兢业业地写好每一篇文章，诚诚恳恳地用好每一个字词。尊重并享受学术带给你的成绩，也就是尊重并享受此生难得的幸福与快乐。无论结果如何，也就无怨无悔了。

相信各位都听说过抗战时期的西南联合大学，也看过《无问西东》这部电影。影片里总是让我热泪盈眶的画面，是在大雨滂沱或敌机轰炸中，联大师生们坚守课堂一心向学的情景。这就是中国人心目中最好的大学、最好的学者与最好的学术。为了那一份感动，也为了一代又一代的学术传承，无论疫情如何肆虐，也无论全球局势把我们导向何方，我们仍然可以期待以学术为志业，并向往为学术的一生。

2020 年 9 月 25 日 北京

因为我相信

尊敬的叶朗先生，亲爱的老师们，各位毕业生的家长，231位北大艺术学院的毕业生们：

非常幸运能够代表艺术学院教师，在这个艺术学院史上最大规模、空前但不绝后的毕业典礼上发言。

如果你看过正在影院上映的电影《革命者》，就能听到李大钊牺牲之后面向银幕和观众的呼喊："你们一定要相信！"还有包括孩子们在内的所有民众的隔空应答："我相信！"这一段充满着澎湃的崇高诗意和浪漫主义情怀的蒙太奇组合，确实像情感的洪流一样动人心旌。

这样的"情动"效应，也曾出现在北岛的诗歌《回答》中。那些建立在"卑鄙是卑鄙者的通行证，高尚是高尚者的墓志铭"基础上的诗句："我不相信天是蓝的，我不相信雷的回声，我不相信梦是假的，我不相信死无报应。"其实是在用否定的方式表达执着的肯定："我相信！"

是的，因为"我相信"，先驱者的牺牲才能被唤起，后来人的脑海才能存留高尚者的墓志铭；因为"我相信"，我们中的大多数总在埋头苦干，负重前行，没有落入绝望的深渊与怀疑的陷阱。尽管远方太远，现实骨感，但我仍然固执地相信：越是犹疑不定的时刻，我们越要相信；即便伤痕累累，也要相信我们的相信。

今天，作为教师代表，我衷心祝贺你们通过刻苦的努力，终于圆了一个"90后"一代的北大梦；我相信，当你们拿到毕业证书的这一刻，多少会对这么迅速就成为北大校友的"残酷"现实感到不可思议。在这个呼唤着理想、信念和激情，但又似乎太多"内卷"、"鸡娃"和"躺平"的时代里，走出校门之后，我们的身心何处安放，未来又将何去何从？

原谅我不合时宜，在本应庆祝、欢快的时刻提出这么沉重的问题，这就是我们"60后"一代无法摆脱的宿命了。我也意识到，毕业的时候，我指导的很多学生之所以会胜利大逃亡一般地离开我，是因为我们一见面，我就会说："把错别字改了，把文章写得通顺一点。"

其实，当我用这样的方式跟你们话别的时候，我们早已深切地意识到：北大变了，中国变了，世界变了，我们都变了。我也曾经疑惑，我们眼里的世界是不是同一个世界，我们会不会因同一首歌而动容，因同一幅画而落泪；我们是否会以同样的方式面对权力和财富，面对天下受苦人孤独无助的眼神；我们能不能回答父辈们和先行者们的呼声，即便他们放弃了一切，只为要我们相信。

但我还是要说，请相信，人间值得，总有光明。请相信我们一直在追求的美和艺术，相信以美育代宗教的可能性，相信美在意象，相信艺术同宇宙和万物一样深邃，相信艺术也是人生忘我的那一瞬。

请相信爱，爱这个多元的世界，也爱每一个四季与晨昏，还有获得的每一份亲情、友情和爱情，以及那些仰望星空的超然、脚踏实地的快乐、不期而至的小确幸。

因为我相信，除了小我的世界，还有大我的天地。作为一个北大人，当然需要自食其力，也可以独善其身，但胸怀广阔、兼济天下的使命和职责早就写进了履历，成为一生的背景；作为一个北大人，既然曾经努力改变了命运，就请再一次出发，努力书写个人、家国与天下的传奇。就像当初做到了最好一样，未来，我们还是可以做最好的。

因为我相信，离开北大，无论做什么，你们都能做到最好的自己。

2021 年 7 月 13 日　北京

一场事先张扬的书店关张事件

　　对于读书人，或者准确地说，对于残留了一点仍去实体书店购书习惯的读者而言，北京师范大学东门盛世情书店的谢幕，其实是一场事先张扬的书店关张事件。

　　跟京城以至全国各地的很多书店一样，盛世情书店总是一个特殊的令人挂牵的所在。这不仅仅是因为老板对学术的痴迷和对书店的经营，使其太像真正的读书人应该光顾的地方：清晰的专业性，却又显出深刻的低调；发现和洞见的快乐心情，瞬间就会因直面现实而变成无可挽回的颓败；就在腾挪之间险些踩到电热水壶和经典书籍的逼仄店面，遍布高山仰止却又令人绝望的柏拉图、黑格尔，以及老子、庄子、王阳明。

　　确实，在书店早已升级换代的今天，再也不会有另外一个空间，让人感受到如此近身的时间与存在之痛。我的意思是，真正的读书人对纸质书籍和实体书店都是有虐恋的，盛世情满足了这种变态的情感。

相较于立足中心商务区或者诉诸高雅品质的实体书店，盛世情还有另外的魅力。

在中国，或者说在很长的一段时期里，跟当官太大或赚钱太猛完全不一样，读书太多既非需要炫耀的雅兴，也非值得表彰的懿行。一定程度的麻木不仁甚或反智主义，是安身立命的根本。但盛世情这种书店的存在，既在某个侧面印证了读书太多造成的不良后果，也打破了实用主义和功利主义的读书观，甚至几乎可以看成对蒙昧无知和装腔作势的公开叫板。那些想要在设计感十足、店名非常哲学、咖啡总在飘香的网红书店打卡发朋友圈的人，是无法在盛世情获得必要的赞美的。因为知道盛世情的人本来也不多，去过盛世情的人当然有限，期待中的流量无论如何是上不来的。然而，盛世情就是这么一个纯粹以书为中心的直奔学术主题的书店，看起来跟读书人的书房一样拥挤不堪、杂乱无章，进去以后，却能异常清楚地感觉到，自己需要的东西放在书架的哪一层；或者，在哪一排书架的中央，能够遇见想象不到却又渴盼已久的新东西。就像巨无霸的现代超市兴起之后，有的人仍然怀念童年小街拐角处的杂货铺，不用刻意计划，也不必穿戴齐整，抓件破褂、拖个烂鞋出门，就能得到垂涎多日的彩色蜡笔和麦芽糖。

所以，盛世情书店带给读书人的最大满足，除了纸质书籍这种美好的获得，自然就是跟老板面对面的交流了。盛世情的老板是大家都认识的，这从书店充满日常生活的饭菜香和烟火味中就能得到理解；但最令人感动的，是盛世情的老板几乎认识所有常去他家的读书人。不得不说，这是一种古风的遗存。在当今，某些诉诸高雅的网红书店同样不大，可给人的感觉，见到的人是店员，见不到的操手是资本，品个咖啡可以，找个书就断然不行；但进入盛世情书店，第一眼见到的，大多就是老板的真身。老板不仅知道你的名字、你的单位、你的专业，甚至你的学生，而且还会告诉你，你自己的大作又在这里卖出了两本；除此之外，还会告诉你这里新添了一本库布里克传，一本塔可夫斯基，一本《特吕弗：我生命中的电影》。

已经记不得自己第一次进入盛世情书店的时间，但记得很清楚的是当年在新街口外大街看片、淘碟和逛书店的日子。只要有空了，去到那一条大街上，人就会被各种满足充斥着，晨昏不分，春夏更替；岁月流转，雄心不再。

只记得两三年前，听说盛世情书店又要关张了，便赶紧去看了一次，并跟老板展开了一段还算深入的聊天。那一天，老板既说起书店关张的各种无奈，又谈到世俗社会的普遍忧虑，还吐槽了家庭的琐事和儿子的选择。我许诺老板，要给约稿的报纸写一篇有关盛世情书店的文章。但许诺的文章一直没有写，因为两三年过去了，盛世情并没有关张。可现在，盛世情是真正关张了。

得到消息的时候，我的第一反应，是要在自己的书架里找到一本书，能够证明是从盛世情书店购买的。但我终于没有如愿。

这一场事先张扬的书店关张事件，就像我们总在期待着不要发生的某种必然。我们明明知道曾经拥有过，却始终不知道拥有了什么。

2021 年 3 月 16 日　北京

相比于墨，更近于血

　　1934 年 6 月 1 日，智利诗人巴勃罗·聂鲁达（Pablo Neruda）
走出马德里火车站，很高兴地跟等在那里的西班牙诗人费德里
科·加西亚·洛尔迦（Federico Garcia Lorca）重逢了。接下来的半
年间，洛尔迦与聂鲁达几乎天天见面，形影不离。12 月 6 日，在
马德里举行的一场著名演讲中，洛尔迦称聂鲁达是所有拉美诗人
中最伟大的一个，"相比于哲学，更近于死亡；相比于智慧，更近
于痛苦；相比于墨，更近于血"。

　　是的，相比于墨，更近于血。

　　这与其说是洛尔迦对聂鲁达的评价，不如说是聂鲁达对洛尔
迦的洞察。1935 年春天，聂鲁达回赠一首《给洛尔迦的颂歌》：
当你飞翔，穿得像一棵桃树 / 当你笑，笑声像大米在飓风中甩打 /
当你歌唱，动脉和牙齿 / 喉咙和手指都在颤抖 / 我愿为你的高贵而
死去 / 我愿为红湖而死去 / 那里，你生活在秋天深处 / 靠着一匹倒
地的战马，一个鲜血四溅的神。

是颂歌，也是谶言。一年后的 8 月 17 日（或 18 日），洛尔迦神秘"失踪"在他的家乡格拉纳达。聂鲁达知道，在佛朗哥叛乱引发的战争中，凶手们"血腥处决"了这位"西班牙良心的响亮捍卫者"，20 世纪最伟大的西班牙诗人。

1996 年，由西班牙、法国、美国和波多黎各联合制作了一部根据伊恩·吉布森（Ian Gibson）小说改编并试图揭开洛尔迦死亡之谜的故事影片。值得注意的是，影片的西班牙语片名 *Muerte en Granada*（《死于格拉纳达》）与英文片名 *The Disappearance of Garcia Lorca*（《加西亚·洛尔迦的失踪》）之间存在着重要差异，这也为观众打开了意味深长的解读空间。

按西班牙语片名，伟大诗人不仅"死"了，而且"死"在了"格拉纳达"。影片的故事主线，正是围绕着主人公里卡多·费尔南德兹（而非加西亚·洛尔迦）1954 年从波多黎各返回自己曾经逃离的家乡格拉纳达，冒着生命危险执着地想要弄清楚"到底是谁杀害了洛尔迦"。通过画外音，影片回溯至二十年前的一个夜晚，14 岁的里卡多被首演的《耶玛》所征服，洛尔迦诗中挑战虚伪、偏见与不公的那种叛逆而又粗暴的力量，即将改变里卡多的一生。甚至，在少年里卡多心里，洛尔迦就是一切。也是在这个夜晚，洛尔迦告诉他的崇拜者："格拉纳达是我们的城市，他在你的每一寸肌肤和灵魂里。"并且温柔地寄语和叮嘱里卡多："不要忘记我。"

接下来的故事，就发生在里卡多和洛尔迦共同的城市格拉纳达。为了那一夜的寄语和叮嘱，里卡多不顾一切地追寻着诗人死亡的真相，但也无可奈何地卷入了各种说法的"罗生门"。随着双

271

线情节的不断推进，影片的节奏逐渐加快，气氛愈益紧张，洛尔迦被凶手们血腥处决的时刻即将到来，里卡多也一步一步地走向绝望和崩溃的边缘。正像影片即将结束之前，勇猛的斗牛士因精神恍惚而被公牛的锐角刺中，血染衣袍；也像罪恶的枪声响起后，栽倒在浓重黑夜里的洛尔迦，鲜血迸溅，泪水流淌。现实场景中的里卡多，也只能满脸是血地跪倒在地上，失声号叫。事已至此，他已经不知道，该把为洛尔迦复仇的枪口对准哪一个目标。那一刻，跟十八年前的洛尔迦一样，里卡多也死在了自己的家乡。

相比于墨，更近于血。从这样的角度分析，影片英文片名便失去了应有的分量。

2008 年，英国和西班牙联合制作了另一部以费德里科·加西亚·洛尔迦和萨尔瓦多·达利为主人公的传记影片《少许灰烬》（*Little Ashes*）。影片虽然没有如其中文译名《达利和他的情人》一样，仅仅关注达利和他的同性情人之间的"秘密"生活，却也将叙事的重点放在了 1922 年的马德里，包括洛尔迦、达利与路易斯·布努艾尔等在内的一些杰出艺术家的青年时代及其复杂隐秘的情感世界。同样值得注意的是，影片并没有停留于呈现洛尔迦与达利之间疯狂而又痛苦的肉欲和恋情，而是以此为出发点，试图揭示写作、绘画、电影等艺术形式与个体生命本身之间的内在关系。也是在影片即将结束之前，编导者终于将情感认同的天平彻底地偏向了洛尔迦。洛尔迦拒绝了巴黎的诱惑，也离开了马德里和爱着的达利，回到自己的家乡格拉纳达。在跟《死于格拉纳达》不太相同的"血腥处决"段落里，枪声响起，洛尔迦倒在了光天化日的橄榄树林，一片野花盛开的山坡下。

相比于墨，更近于血。在《少许灰烬》里，从无线电中听到洛尔迦死讯的达利，就着画室昏暗的灯光，几乎丧失理智地在画布上涂刷着黑墨，并将浓重的夜色滚满了全身。看一看镜中的自己，再披上一身墨黑的袍子。

达利永别了爱人，以更现代的艺术，笑着迎来自己的辉煌。

2021年2月5日 北京

追捕聂鲁达

关于诗与诗人、传记与电影。

聂鲁达是一个诗人，生在智利中部酒乡帕拉尔城，死于祖国军事政变悲伤的火光与凄厉的枪声。

作为一个逃亡的诗人，被追捕的聂鲁达曾经缔造不朽的传奇。遗憾的是，直到大学二年级的时候，我才第一次看到巴勃罗·聂鲁达这个名字，并且囫囵吞枣地读过了翻译成中文的上海文艺出版社版《诗歌总集》。当年遇到聂鲁达，还只当全在歌咏爱情；现在再读聂鲁达，似乎已能理解得更多。

在 1971 年诺贝尔文学奖授奖仪式上，作为 20 世纪以来最伟大的西班牙语诗人之一，聂鲁达发表了《吟唱诗歌不会劳而无功》的演说。演说开始，聂鲁达就以大段篇幅，回顾自己翻越安第斯山脉前往阿根廷寻求政治避难的"漫长行程"。1948 年至 1949 年间，正当盛年的共产党诗人聂鲁达，既是智利政府的参议员，又因毫不妥协地控告总统维德拉的暴政，遭到当局的通缉和警察的追捕。事实上，这一次"通缉"和"追捕"，为早已享誉拉丁美洲的诗人戴上了更加耀眼的光环。

1952 年 7 月 26 日，当智利首都圣地亚哥城几乎一半的人群都聚集在机场周围的时候，聂鲁达是作为"英雄"回到了自己的家。在传记《聂鲁达传：生命的热情》（2004）一书中，英国作家亚当·费恩斯坦（Adam Feinstein）通过亲历者的回忆，描述了这一天，大约 5000 人在圣地亚哥布尔内斯广场欢迎诗人的疯狂场景：舞蹈之后，当聂鲁达终于出现，人群中爆发巨大的骚动，随即是一场持续的、电击似的呼喊；手帕、手臂和帽子在空中高高举起，人们不停地呼喊着聂鲁达的名字。有人注意到，聂鲁达的脸上有一点点紧张，眼泪在他的双颊奔流。

2016 年，智利导演帕布罗·拉雷恩（Pablo Larraín）拍摄电影《聂鲁达》，再一次回顾了聂鲁达举世瞩目的逃亡经历。电影同样通过亲历者的回忆讲述，并贯穿着讲述者生前死后的画外音。值得注意的是，这一次，讲述者并非聂鲁达的同道者，也非聂鲁达自己，而是独裁政府的一个年轻警察，亦即"追捕"聂鲁达的那个人。不得不说，影片视角独特，也因独特的视角而虚构了一个在聂鲁达的自传和传记中均无法讲述的故事。毕竟，跟主人公聂鲁达光彩照人的天赋和盛誉相比，追捕者寂寂无名，几乎不值一提，但影片最有趣也最具原创性和想象力的地方，恰好就在这里，通过被影片赋予的主观视角及第一人称画外音，追捕者不仅想要跟聂鲁达一较高下，而且想要在影片故事中争夺主人公的中心位置。然而，从一开始，聂鲁达就在人群和镜头中占据着本应拥有的核心地位，追捕者只得隐藏在摄影机后面，默默观察围绕着聂鲁达的各种诗歌集会和权力博弈。随着故事情节朝向聂鲁达自主控制的境地不可阻挡地展开，追捕者的主观视角及其第一人称画外音，也变得越来越令人起疑。这样，追捕者不得不现身在镜头里，并充满自信地宣布自己的登场。亲自登场的聂鲁达的追捕者，通过跟踪、窥视、搜查与自我想象，从最初的自信登场，到最后的崩溃死亡，逐渐被聂鲁达的诗与人格魅力所征服，也终于明白自己本来源于字里行间，现在才成为有血有肉的人，只有聂鲁达才能给他生命，让他永恒。甚至，当他死时，也只有聂鲁达的认定，才能让他获得原本属于自己的姓名。追捕变成了哀求，诗人不战而胜。画外音一再重复："说出我的名字，说出我的名字吧！"聂鲁达一字一顿地说出："奥斯卡·贝鲁恰诺。"棺材被揭开，已死的追捕者睁开了眼睛："你说出了我的名字。我不是一个配角。"想要证明自己的存在，就去追捕诗人吧！这样，诗就洗去了不劳而获的污名，诗人也会在命定的逃亡中获得永生。追捕诗人，让每一个追捕者都成为大地和心灵的俘虏，也让那些艰难活着的人，一想到诗人，内心就会闪烁丛林与海洋、天空与贝壳，还有希望的许诺、生命的热情。或许，这就是聂鲁达想要告诉我们的，事物的日常，梦想本身。

2021 年 1 月 31 日　北京

盛夏

北半球的盛夏，恰是南半球的隆冬。秋生相信，尽管还在很小的年龄，即便没有学过自然或者地理，人都是应该懂得这一常识的。

但秋生不敢确定，到底是从什么时候开始，自己才会觉得终于可以离开身处的坐标，去往这个星球的背面。甚至，秋生几乎都无法想起来，是否曾经有过这种不切实际的幻想。毕竟，那些总在地图上看过很多遍的地方，都是太过遥远的译名。亚马逊、伊瓜苏，还有马丘比丘。

直到 2016 年盛夏，秋生从北京飞到了圣保罗。

先是从北京飞到迪拜，而从迪拜经停法兰克福飞往圣保罗的途中，完全是在不经意之间，秋生竟然赶上了阿联酋航空公司的巨胖型空客 A380。坐上去几个小时之后，秋生才敢活动活动身体，便发现这飞机的体量确实惊人，好奇地上楼使用了卫生间，下楼都有点担心找不到自己的座位。其实，秋生此前坐过很多国内的航班，国际航班也经历了十多个来回，但遇到空客 A380，还真是头一次。在秋生的错误印象中，空客大飞机早就因为安全隐患退出了市场。没想到，这一次就这么赶上了，内心的震惊跟小时候第一次看到真的飞机一样。小时候的天空很蓝，只要银色的飞机一来，秋生就会跟着小伙伴一起狂喊疯追，把嗓子喊哑了，破鞋跑丢了，也是不管不顾的，仿佛天上的飞机可以听得到也能看得见，发个善心就把想要离家的孩子们带走了。

经过接近两万公里，长达 30 个小时的飞行，秋生从北半球到达南半球，也从盛夏进入隆冬。在南半球的冬天，秋生继续飞行，飞到了里约热内卢、巴西利亚、欧鲁普雷图、萨尔瓦多以及圣路易斯，再返回圣保罗附近的坎皮纳斯。显然，坎皮纳斯这种不大不小的拉美城市，如果没有特殊的缘分，也是无论如何不能被秋生记住的。

只有看到了巴西东北部的小城和风景，秋生才发现隆冬时节的南半球，既有热得发昏的沙漠和丛林，又有令人惊异的不可能的可能性。确实，如果距离赤道不够远，冬天和夏天的区别也就没有那么明显了。但大西洋沿岸的小城圣路易斯，由法国人始建，然后被荷兰人占领，接着由葡萄牙人统治，本身就成了一座名副其实的殖民博物馆，长了见识是肯定的。而从圣路易斯出发，随车颠簸大半天之后，秋生开始体会到早就期待的河流和雨林。更重要的是，一个叫作 Lencois Maranhenses（千湖沙漠）的异星球景观，也会在最好的季节、不远的地方等待着秋生。

壮美的日落时分，秋生安静地站在沙丘上极目远眺。天地之间，大西洋的微风拂面，星罗棋布的白沙与蓝湖交错其间，无尽绵延。

秋生突然意识到，正当季候的盛夏，也就应了自然的节律，知了各人的天命。就像人生的飞行与飞行的人生，小时候，秋生没有想到这样的可能性；长大了，秋生也没有想到这样的不可能。

2021 年 2 月 9 日　北京

阳春

三月的时候，秋生已在古代的长安。

秋生是写诗的，长安当然最适合，但写着写着，就觉得太没有信心。主要的原因是，秋生也研究文学史，很知道李白、杜甫、白居易的伟大，人家随便拿出一个东西来，即便是1200多年前的急就章，也能把当下诗人的脸羞得通红，更会让平庸的他们无地自容。秋生预感到诗人的梦想就要破灭了。

何况，经历过上一年春天的诗人悲剧，还有春夏之交的躁动抑郁，可怜的诗人们遭到了空前的打击，秋生自然不能幸免，心碎的感觉像血一样溅红了古老的城墙，也像明德门的残迹一样兀自惨白荒凉。挣扎着划拉了一些自命为诗的文字，秋生的句子从"所有的记忆都打湿故乡"，变成了"一个创伤打成结，一个遗忘在空中飞翔"。

尽管如此不堪，长安仍然值得。

譬如在冬天，路上堆着雪，结着冰，蹬个破自行车在上面，想一想就有摔倒的风险，但秋生不害怕，因为后座上多了一个人。过了小雁塔，又过了南稍门，都不知道想要去哪里，只是被后座的信任鼓舞得忘记了一切，也摔倒了很多次，好在后座的人也是忘记了自己，竟一路跟到了小寨，看见了大雁塔，想必是感动于秋生即将放弃的句子和摇摇晃晃的车技。

譬如在夏天，为了看一场露天电影，秋生很早就会从城墙西南角的校园，赶到南门外很远的另一座校园，既看了电影，又见了人，还在星空下的跑道上交流了人生，那种微风拂面、半夏凉初透的感觉，无疑是比诗歌更加人性也更加真切的体验，是能疗愈身体的疾患和心灵的病痛的。

又譬如在秋天，秋生读多了红楼西厢，正准备面对植物园的衰草伤春悲秋的时候，就有人来陪他一起看夕阳。那是长安的夕阳，在千年的城楼上方；夕阳之下，老艺人背靠巨大而又沉默的城墙，吼出来高亢而又泣血的秦腔。突然之间，秋生似乎懂得了长安，也懂得了人与人之间的陪伴，也就是不离不弃的地老天荒。

孤独不再，春天就会到来。

三月，没有春风得意的马蹄疾，却有一日看尽的长安花。

秋生走啊走，走到了城南；在城南，秋生约好了心中的陪伴，一路走到了含光门。在含光门，阳光正好，人也正好。诗人梦想破灭的秋生，获得了想要的爱情，也获得了难以置信的生活。

很多年后，秋生写出了这样的文字：

感谢一座城。因为一个人。

2020 年 9 月 5 日　北京

凛冬

在此之前，秋生只在《林海雪原》的小说和电影里体验过寒冷。

义兵也是如此。

三十年之后，秋生和义兵回顾起那一天晚上的经历，不约而同地说起那种刺骨的寒冷，才叫一辈子的刻骨铭心。

秋生和义兵是在同一个房间里睡了半年的同事。半年前，他们俩还是住在隔壁宿舍的同班同学，经常邀在一起出了校园看电影，逛马路的时候顺便想要捡点硬币当零花钱，运气好的话还能买得起一本定价 1.25 元的《意象派诗选》。

大学毕业了，从地区教育局派过来接人的几辆大卡车，拉着秋生、义兵还有同一个地区的校友们，顶着盛夏的烈日返回了地区。想到读了四年大学，最后的结局仍然是发配原籍，秋生和义兵就非常不服气，觉得倒不如去西藏墨脱或者新疆阿尔泰，也算支援边疆，到了地区任人宰割，感觉未免太失败了。

于是，义兵决定不回自己的家乡，而是跟着到了秋生的县里。县教育局说一中留不下，你们两人去城关中学吧。城关中学说住房不够，你们两人住一个房间吧。于是，秋生和义兵睡在了同一个房间里。

显然，这样下去是会出问题的。第一个学期快要结束的时候，秋生和义兵就铁了心，无论如何都要离开了。

秋生和义兵非常明白，想要离开的唯一办法就是考研。但在考研之前，秋生和义兵还在年级办公室的报架上，无意中看到了新华社主办的中国新闻学院在武汉招考新闻学第二学士学位的新闻。秋生和义兵都是文学出身的准诗人，不到万不得已是不会对新闻学感兴趣的。但他们知道，已经到了万不得已的地步了。

那一年的冬天，应该是特别寒冷。秋生和义兵上完最后一节课，心急火燎地转车换船赶到武汉，时间已近深夜十二点。拖着疲惫的身体找到考试地点之后，他们才开始想到要在周围寻一间旅馆。无奈身处汉口的繁华地带，东奔西走了好几条街道，大小旅馆竟然都是客满。虽然不停走动，但寒风吹在身上，两个人都感觉太冷，实在熬不下去了。何况，几个小时之后还有两门考试，说不定就决定了未来的命运。

秋生和义兵确实找不到地方住，便不得不在凌晨两点左右放弃了投奔旅馆的打算。也就在做出决定的那一刻，他们终于明白了自己的处境。再转过头一看，附近便是一早起床就要进入的考场，考场外边的小工地上，散放着几根粗粗的水泥管道。一个全身裹着大小塑料袋的流浪汉蜷缩在管道里面，紧紧地抱着自己的编织袋；另一个人则冻得瑟瑟发抖，还在上气不接下气地咳嗽。

秋生和义兵找到了属于他们自己的水泥管道。然而，水泥管道通透宽敞，却并不是休息和睡觉的好地方。如果在夏天，凑合着也就过去了，太阳升起的时候一切照常；但这是在冬天，风也刮得阴险，甚至更加肆无忌惮了。义兵说，黑夜给了我黑色的眼睛，秋生说，凛冬保佑我们活着见到光明。于是我们怀念起昨天晚上，在一个房间里睡觉的温暖的小被窝，那是多么美好的日子。接着很快达成了共识：如果可以重新选择，只要不被冻死或者饿死，就任由这个世界蹂躏吧。感觉全身都要冻成冰块之后，秋生和义兵终于放弃了休息和睡觉的努力。他们钻出管道，就着路灯施舍的光亮，继续复习《新闻学概论》。看到揭露资本主义社会虚伪的新闻自由的章节，照例义愤填膺。

太阳升起来，秋生和义兵仍然活着。

他们急忙找了一个地方放下行李，胡乱洗了一把脸就走进了考场。中午回到寄放行李的地方，看到门口的 18 寸黑白电视机里，正在播放美国影片《巴顿将军》。恰好巴顿将军站在巨幅星条旗下，一字一顿地对着自己的士兵训话：

> 我要你们牢记，好战是美国的传统，一切真正的美国人都爱战争的刺激。美国人从来都是胜利者，所以美国人历来都不会打败仗，将来也永远不会打败仗……

离开武汉的路上，秋生和义兵沉默着，面对着一片荒凉。凛冬将至，他们知道，在这世上，唯一靠得住的就是阳光。

2020 年 8 月 8 日　北京

立秋

高考已经结束。

1984 年的高考，7 月 9 日才结束的。那些年真的是"一考定终生"。尤其对于农家孩子秋生，主要担心的不是考上什么档次的大学的问题，而是能不能考上大学彻底跳出农门的问题。其实，在秋生心目中，北京大学跟地区师专相比，是没有那么大的差别的。考上其中的任何一个，也就行了。

走出考场，秋生无法适应炙烤的阳光，突然感觉一阵眩晕。家在县城的同班女生，直接倒在了校门口接她回家的爸爸身上；另一位女生则擦着委屈而又幸福的泪水，收获着亲友递过来的汽水和鲜花；同桌男生的妈妈对同桌说：舅舅给你订了一满桌子菜，还有你最喜欢吃的鱼糕。

鱼糕也是秋生最喜欢吃的。

但秋生从来不羡慕，他知道人的命是各不相同的。有的人可以跟爸爸妈妈撒娇，有的人可以随心所欲选学校，都无所谓。秋生独自一人回到冷冷清清的宿舍。三天考试实在太累，秋生把剩下的一点"补脑汁"全部喝掉了。

然而，秋生完全不知道自己考得怎么样，更不敢去想考不上怎么办。因为需要提前估分填报志愿，只得偷偷摸摸地算来算去，得出了一个不至于落榜的分数，相中了一所普通得不能再普通的师范学院。

张榜前后的那几天，秋生第一次体验了人生中太过残酷的真实。其实，对于不到 18 岁的秋生而言，人生是需要慢慢展开的，不必如此紧迫和急促。

但在 18 岁的立秋，命运真的始料未及。

高考结束后，秋生回到了江北的老屋。老屋里只有旧病折磨之下忧心忡忡的母亲，以及年纪尚小也得独立撑家的妹妹。四个姐姐都出嫁了，破败的老屋是儿女们的心痛。

秋生想跟母亲和姐妹们说说高考的事情。毕竟，这是秋生读了这么多年书的结果，也是秋生可以改变命运的最后一次努力。但母亲听不懂，总在担心田里的稻子再不赶紧收割就来不及了，会耽误了农事影响收成；姐妹们也没有心思，每天必须起早摸黑去地里，赶在立秋之前割完早稻、耕完水田接着插下晚稻秧苗；这号称"双抢"的十多天，恰恰是一年到头热得人发昏的日子，也是平原上历代农民埋头苦熬的"鬼门关"。终于，秋生被姐妹们带去了自家耕种的稻田。踩进热得发烫的田垄，拍掉小腿上疯狂吸血的蚂蟥，看着所有人超出负荷地辛苦劳动，秋生发誓：一定不要再应了父母姐妹的宿命，也千万不要忘了生养自己的血汗之地。

顶着精疲力竭的毒阳，听着最难将息的蝉鸣，秋生等来了想要的结果。

立秋了。

秋生在县城教育局大楼外墙最不显眼的角落，找到了自己的名字。秋生明白，一个月之后，自己不会跟着同学们去到北京和上海，也不会去到广州和武汉，但从这一刻起，他会永远离开，走到自己想也想不到的地方。

18 岁的秋生，独自一人来到江边，看着滚滚东逝的长江水，秋生隐约感到了秋天的临近。但 18 岁的秋生，世界刚刚打开，生命正当青春。

2020 年 8 月 6 日　北京

风雨苏格兰

第一次看到梅尔·吉布森导演并主演的《勇敢的心》(*Brave Heart*)，应该是在 20 世纪 90 年代末期。当影片获得 1996 年第 68 届奥斯卡金像奖最佳影片、最佳导演等 5 个奖项以及最佳原创剧本、最佳配乐等 5 个提名之后，想要一睹其魅力的强烈渴望，就让我在北京北三环中路北太平庄的一家音像店里，第一时间淘到了名为《惊世未了缘》的三张 VCD。

我迫不及待地赶回家里，通过刚刚添置的 586 电脑光驱，看完了这部讲述起义领袖威廉·华莱士带领苏格兰人民为争取民族独立，不屈不挠反抗英格兰统治的史诗影片。片长接近 3 个小时，气势恢宏、悲凉壮阔而又荡气回肠。当威廉·华莱士临刑前喊出"自由"(freedom)的时候，我已被感动得热泪盈眶；而在影片最后，当那把象征着继续抗争的利剑，缓缓掠过云天直插苏格兰的苍茫大地时，我更是体验到了一种前所未有的震撼。

直到今年年初，我第一次去到苏格兰。

当然，在爱丁堡的风中，我并没有听到想要听的那一支风笛曲；在洛蒙德湖的雨里，也没有看到想要看的那一些高地人。但我发现，短短几天，我想要走近却又无法领略的，正是 20 多年前我在《勇敢的心》中要感受却又无法穿透的那种苏格兰风雨，凄苦而又激越，昂扬而又悲怆。

1 月中旬，我跟同事李松教授和刘晨研究员一起，赴英国参加了北京大学艺术学院与爱丁堡大学艺术学院联合举办的一个研究工作坊，名为"跨文化交流中的艺术礼品"。值得庆幸的是，工作坊所在的爱丁堡艺术学院杭特楼（Hunter Building），窗外不远处就是著名的城市标志爱丁堡城堡。在工作坊期间，我根据规定主题做了一个研究报告，探讨作为一种献给国家或民族的礼物的"献礼片"。

在我看来，电影作者可以通过字幕"题记"的方式，将自己拍摄的影片献给亲朋师友或相关人群；也可以将其作为一种特殊的礼物，献给特定的国家和民族。前者不胜枚举，后者主要指新中国成立以来拍摄的各种"献礼片"，也可包含《勇敢的心》这种史诗电影，是爱尔兰裔美国电影人梅尔·吉布森献给苏格兰民族的珍贵"礼物"，不仅脍炙人口，而且影响深远。

确实，接下来的爱丁堡之行和苏格兰高地之旅，我都是在根据从《勇敢的心》中获得的影像感知或声音印象，证实或证伪我所看到和听到的一切。尽管我也知道，《勇敢的心》的外景地和大量群演，其实大多出自爱尔兰；更明白《勇敢的心》只是一部虚构的古装影片，跟苏格兰历史文化本身存在着不少的差异。但我仍然固执地想要把我在苏格兰所看到和听到的，跟曾经感动和震撼自己的一部电影联系在一起。有点蛮横无理，却又不可救药。

　　幸好在爱丁堡，仍然留存着那些来自历史深处的城堡、教堂和甬道；而在爱丁堡的风中，仍然矗立着大卫·休谟、沃尔特·司各特与亚当·斯密等伟大人物的雕像；在纳尔逊纪念碑和苏格兰国家纪念塔附近的街道上，还能遇见一位身着苏格兰盛装的老者，专心致志地吹奏着风笛。这就是苏格兰，即便在前往高地的途中，时隐时现的雪峰、连绵不绝的山峦以及平静宽广的洛蒙德湖畔、雨中的风景，也正应了长久的想象：苏格兰既是一种文化的氛围和精神的滋养，也是一部为自由而抗争的电影，一首为爱而叹惋的悲歌。正如《洛蒙德湖》所唱：

> 小鸟在歌咏，野花在开放
>
> 阳光下面湖水已入梦乡
>
> 虽然春天能使忧心欢畅
>
> 破碎的灵魂再也见不到春光
>
> 我走山地，你走下路
>
> 我要比你先到苏格兰
>
> 但我和爱人永不能再见
>
> 在那最美丽的洛蒙德湖岸上

　　伫立在细雨中的洛蒙德湖畔，我也终于意识到，这就是苏格兰，是偶遇后的心动，也是经久不息的震撼。

2020 年 10 月 11 日　北京

后记

《银幕之海》是我的第二本散文随笔集。

主要收录 2020 年以来发表在《电影艺术》《当代电影》《人民日报》《光明日报》等各种主流报刊，以及"光影绵长李道新"公众号的部分文字。人过中年，岁月渐长，也越来越想要弄懂何谓作者的担当、学者的本分，以及如何言为心声，不拘性灵。

之所以在我的第一本散文随笔集之外，很快就有第二本，原因之一，是在第一本《燕园散纪》"编辑推荐"读到了这样的句子：

> 品电影短长，思燕园古今，述生活苦乐。
>
> 收录北大教授李道新几十年来散文随笔，记录一个艺术研究者眼中的人、事、情。
>
> 体验愈益深广的世界和更加幽微的人性，以艺术之光烛照每一个不可复制的生命。

唯愿每一次出走,都是响应生命的召唤;而每一次迷失,
都能遇见你我的指引。

感谢《燕园散纪》责任编辑朱璐艳,以及本书编辑王立华,
虽然未曾谋面,似乎相识经年。就像这样的文字,流淌出来,就
是我跟读者之间共同的美好的人生体验。说着话,写着字,不恐
惧,也不孤单。

第二个原因,跟书名有关。很久之前,我就吃惊地发现,我
出生的那个村子,名叫"银海"。

我记得江汉平原棉花丰收的场景,真的是一片银色的海洋;
我也永远不会忘记,当银幕支起在喧闹的夜空,人海聚集在闪烁
的光影之间,银幕之海中有世界的故事,也有我自己的故事。

2023 年 5 月 31 日　北京富海大厦

图书在版编目（CIP）数据

银幕之海 / 李道新著. —北京：中国国际广播出版社，2023.11

ISBN 978-7-5078-5462-6

Ⅰ.①银… Ⅱ.①李… Ⅲ.①散文集－中国－当代 Ⅳ.①I267

中国国家版本馆CIP数据核字（2023）第237947号

银幕之海

著　者	李道新
责任编辑	王立华
校　对	张　娜
版式设计	邢秀娟
封面设计	Guangfu Design | 王广福

出版发行	中国国际广播出版社有限公司 ［010-89508207（传真）］
社　址	北京市丰台区榴乡路88号石榴中心2号楼1701
	邮编：100079
印　刷	北京汇瑞嘉合文化发展有限公司

开　本	880×1230　1/32
字　数	250千字
印　张	10.5
版　次	2024 年 3 月　北京第一版
印　次	2024 年 3 月　第一次印刷
定　价	68.00元